অনন্তের টানে

ফ্যান্টাসি-অ্যাডভেঞ্চার সাসপেন্স (প্রথম খণ্ড)

জি মিনারভা

This is a work of fiction. Names, characters, place, and incidents are either the product of the author's imagination or used fictitiously. Any resemblance to actual events, locales, or persons, living or dead, is entirely coincidental.

For information, permissions, or licensing inquiries, please contact:
ghoshal.manoranjan@gmail.com

সূচীপত্র

সারসংক্ষেপ

বিনি, এক কিশোর আবিষ্কারক, হঠাৎ এমন একটি রহস্যময় যন্ত্র বানায় যা সংকেত দেয় অজানা জগতের। পরিবারসহ তারা যাত্রা শুরু করে এক অদ্ভুত সিঁড়ির পথে, যেখানে প্রতিটি ধাপে অপেক্ষা করে নতুন পরীক্ষা—ভয়, বিভ্রম, সময়, প্রলোভন আর বিশ্বাসের খেলা।

অন্ধকার নগরী, আলোর প্রহরী, আর সংকেতের রূপ তাদের শেখায়—

আসল শক্তি কোনো যন্ত্র নয়, বরং ঐক্য, বিশ্বাস ও সাহস।

অবশেষে তারা পৌঁছায় “সমাপ্তির প্রহরী”-র সামনে, যে তিনটি ভবিষ্যতের দরজা দেয়। নিরাপত্তা, খ্যাতি, নাকি অজানা?

পরিবার একসাথে সিদ্ধান্ত নেয়—**অজানার পথে যাওয়া।**

কিন্তু দরজা পার হতেই স্পষ্ট হয়—এ যাত্রা কেবল শুরু।

সিঁড়ির শেষ মানেই অনন্তের ডাক।

অধ্যায় ১ : যন্ত্র আবিষ্কার

বিনি জন্ম থেকেই যেন অন্যরকম। ছোটবেলার খেলার মাঠে অন্য বাচ্চারা যখন ক্রিকেটের ব্যাট হাতে দৌড়া দৌড়ী খেলায় মেতে ওঠে, বিনি তখন পকেট থেকে একটা স্ক্রু ড্রাইভার বের করে বসে যায় কোনো ভাঙা টেবিল-ঘড়ির পাশে।

পাড়ার ছেলেমেয়েরা অবাক হয়ে তাকাত।

—"এই বিনি, খেলবি না?"

—"না রে, আমি অন্য খেলা খেলছি।"

—"আবার কীরকম খেলা?"

—"যন্ত্রের ভেতর লুকোনো রহস্য খুঁজে বের করা।"

শুনে সবাই হো হো করে হাসত। কারও চোখে ও ছিল মজার পাগল, কারও চোখে বোকা। তাই অচিরেই তার ডাকনাম হয়ে গেল **"পাগলা বিনি"**।

বাবা ছিলেন গ্রামের প্রাথমিক বিদ্যালয়ের শিক্ষক। বেতনের অঙ্ক খুব বড় কিছু ছিল না, কিন্তু তিনি জানতেন—ছেলের চোখের ঝিলিক অস্বাভাবিক। তিনি প্রায়ই ছাত্রদের বলতেন, *"বই মুখস্থ করলেই যে সব শেখা হয়, তা নয়। কেউ কেউ জন্মায় জিনিসপত্র ভাঙতে, নতুন করে গড়তে। ওদের থামিও না।"*

মা অবশ্য ভীষণ চিন্তিত থাকতেন। প্রতিদিন ঘরে ধাতব গন্ধ, কোথাও না কোথাও ব্যাটারির ধোঁয়া। একদিন তো দেখা গেল, বিনি রেডিও খুলে কাগজের উপর সারি সারি নাট-বল্টু

সাজিয়ে রেখেছে।

—"আবার কী করছিস, রে?" মা গম্ভীর গলায় জিজ্ঞেস করলেন।

—"শিখছি মা।"

—"কী শিখছিস?"

—"এরা কেমন করে কথা বলে।"

—"রেডিওর আবার কথা!"

—"হ্যাঁ, এই যন্ত্রটাই তো আমাদের গান শোনায়। গান কি কথা নয়?"

মা দীর্ঘশ্বাস ফেলে রান্নাঘরে ফিরে গেলেন। কিন্তু বাবার কাছে ঘটনা বলতে তিনি প্রায়ই বিরক্তি মিশিয়ে বলতেন, *"ছেলেটা মাথামোটা হয়ে যাচ্ছে। সারাক্ষণ যন্ত্রপাতি ভাঙচুর ছাড়া আর কিছু বোঝে না।"*

বাবা তখন হেসে উত্তর দিতেন, *"তুমি চিন্তা করো না। পাগলগুলোই একদিন দুনিয়া পাল্টে দেয়।"*

বাড়ির ছোট্ট একটা ঘরেই ছিল বিনির আস্তানা। সেখানে অগোছালো ভাবে পড়ে থাকত পুরোনো রেডিও, হাতঘড়ি, টর্চলাইট, কাগজপত্রে আঁকিবুকি করা সার্কিট ডায়াগ্রাম। মাটিতে কাগজ কেটে বানানো তারের খসড়া, টেবিলে ব্যাটারি, কাঁচি, চশমা—সব যেন এক অদ্ভুত ল্যাবরেটরি।

সে কখনো খেলনার গাড়ি ভেঙে মোটর বের করে নিত, কখনো ঘড়ির ভেতর গিয়ার খুলে দেখে কতগুলো দাঁত আছে। তারপর নোটবুকে লিখে রাখত—

"ছোট দাঁতের গিয়ার দ্রুত ঘোরে, বড় দাঁতের গিয়ার ধীরে। গতি বদলানো যায়।"

বন্ধুরা তার এই নোট দেখে বলত,

—"এগুলো লিখে কী হবে?"

—"একদিন কাজে লাগবে।"

—"কী কাজে?"

—"একদিন আমি এমন কিছু বানাবো, যা তোমরা কল্পনাও করতে পারবে না।"

বন্ধুরা হো হো করে হাসত, কিন্তু বিনি তখন ঠোঁটের কোণে অদ্ভুত হাসি নিয়ে নোটবুক বন্ধ করত।

বিনি তখনও বুঝতে পারেনি, তার এই "অন্যরকম খেলা"ই একদিন তাকে এমন পথে নিয়ে যাবে যেখানে মানুষ আর প্রাণীর সীমানা ঘুলিয়ে যাবে।

বিনি শুধু যন্ত্রপাতি নিয়েই মেতে থাকত না, প্রকৃতির প্রতিটি খুঁটিনাটি তার কাছে ছিল রহস্যময় জগত। সকালবেলা স্কুলে যাওয়ার পথে সে রাস্তার ধারে দাঁড়িয়ে থাকত পিঁপড়ের সারি দেখার জন্য। সার বেঁধে কীভাবে তারা খাবার নিয়ে চলেছে— একটা-দুটো হলে ছুটে যেত এদিক-সেদিক, কিন্তু শত শত পিঁপড়ে একসঙ্গে চললে তাদের মধ্যে যেন অদৃশ্য যোগাযোগ তৈরি হয়।

সে হাঁটু গেড়ে বসে ফিসফিস করে বলত,

—"তোমরা কীভাবে জানো কোন দিক যাবে? কে বলে দিচ্ছে তোমাদের? তোমরা কি কথা বলো একে অপরের সঙ্গে?"

অবশ্য পাশে দিয়ে হেঁটে যাওয়া মানুষজন ভ্রূকুটি করে তাকাত। কারও চোখে কৌতূহল, কারও চোখে উপহাস। কিন্তু বিনি কিছু কেয়ার করত না।

আকাশের প্রতিও তার অদ্ভুত টান ছিল। রাত হলেই উঠোনে বসে টকটকে তারা গুনত। কখনও ডায়েরিতে লিখত—

"এই যে তারা, এরা নিশ্চয়ই একে অপরের সঙ্গে আলাপ করে। হয়তো আমাদের শোনবার মতো ভাষা নয়। কিন্তু যদি শোনা যেত, তবে কি মানুষের কণ্ঠের চেয়েও সুন্দর শোনাত?"

কখনও সে কাকের ডাক শুনে বলত,

—"আজ কাকের ডাকটা যেন খুব খিটখিটে। মনে হচ্ছে কারও ওপর রাগ করেছে।"

বন্ধুরা শুনে হেসে উঠত,

—"কাকের আবার রাগ হয় নাকি?"

—"অবশ্যই হয়," বিনি উত্তর দিত গম্ভীর ভঙ্গিতে।

—"তুমি যদি না বুঝো, তার মানে এই নয় যে ওরা বোঝে না।"

পাড়ার গলির এক ভবঘুরে কুকুরকে সে বিশেষভাবে পছন্দ করত। নাম দিয়েছিল **কালু**। কালু সারাদিন কোথাও না কোথাও ঘুরত, সন্ধ্যার পর আবার ফিরে আসত গলির মোড়ে। বিনি বসে থাকত জানলার পাশে, আর ভাবত—

"কালু কি জানে কোথায় যাবে, কাকে এড়িয়ে চলবে, কোথায় খাবার মিলবে? ওর ভেতরেও নিশ্চয়ই চিন্তার ঢেউ ওঠে। যদি ওর ভেতরের সেই কথা শোনা যেত!"

বড়রা এসব দেখলে বলত, *"ছেলেটা সারাদিন প্রাণীর সঙ্গে আলাপ করে বেড়ায়, একদিন পাগল হয়ে যাবে।"*

কিন্তু বিনি এসব কথায় কান দিত না।

তার কাছে প্রকৃতি মানে ছিল বিশাল এক পাঠশালা। বাতাস, নদীর গর্জন, ঝিঁঝিঁ পোকার ডাক—সবকিছু যেন তাকে ডেকে বলত, *"এসো, আমাদের কথাও শোনো।"*

প্রতিদিন রাতের ডায়েরিতে সে লিখত—

"মানুষ ভাবে শুধু তারাই কথা বলে। কিন্তু আমি জানি, প্রতিটি প্রাণী, প্রতিটি গাছ, প্রতিটি নদীও কথা বলে। শুধু আমরা শুনতে পাই না।"

এই বিশ্বাসই ধীরে ধীরে তার মনে তৈরি করছিল সেই স্বপ্নের বীজ—একদিন এমন কিছু বানাতে হবে, যাতে এই অদৃশ্য আলাপকে শোনা যায়।

স্কুলে পড়ার সময় থেকেই বিনি আলাদা হয়ে উঠেছিল। ক্লাসে সে মনোযোগী, শিক্ষক যা বোঝাতেন তা শুনত আগ্রহ নিয়ে। কিন্তু খাতায় লিখত একেবারে অদ্ভুত উত্তর।

একবার জীববিজ্ঞানের পরীক্ষায় প্রশ্ন এসেছিল—**"প্রাণীর খাদ্য শৃঙ্খল ব্যাখ্যা করো।"**

অন্য ছাত্ররা বইয়ের ভাষায় লিখল—ঘাস → পোকা → ব্যাঙ → সাপ → ঈগল ইত্যাদি।

বিনি লিখল—

"মানুষ ভাবে সে সবার ওপরে, কিন্তু যদি প্রাণীরা মানুষের মন বুঝতে পারত, তবে মানুষের শৃঙ্খলটাই একদিন উল্টে যেত।"

অনন্তের টানে

শিক্ষক খাতা দেখে বিস্ময়ে চোখ কপালে তুললেন। খাতায় নম্বর কম দিলেন, কিন্তু ক্লাস শেষে ডেকে নিয়ে বললেন,
—"তুমি অন্যরকম ভাবছো, বিনি। তবে সবসময় মনে রাখবে, অদ্ভুত ভাবনা সবাই গ্রহণ করে না।"

বন্ধুরা তার খাতা দেখে হেসে বলত,
—"এইভাবে লিখে আবার পাস করবি নাকি?"
—"আমার লেখাটা ভুল নয়," বিনি গম্ভীর গলায় বলত।
—"ভুল না হলেও কাজে আসবে না। নম্বর কমলে তো বকুনি খাবি।"

বিনি মাথা নাড়ত—"তবু আমি যেভাবে ভাবি, সেভাবেই লিখব।"

বন্ধুরা ধীরে ধীরে দূরে সরে গেল। খেলাধুলার মাঠে সে কখনো যেত না, আড্ডার আড্ডায়ও দেখা যেত না। ফলে ক্লাসের ভেতর কিংবা পাড়ায় তাকে একা একাই দেখা যেত—কখনো যন্ত্র খুলে বসেছে, কখনো ডায়েরিতে অদ্ভুত আঁকিবুঁকি করছে।

পাড়ার প্রতিবেশীরাও বিরক্ত হতো।
কেউ বলত, *"ছেলেটা সারাক্ষণ ধাতব জিনিসপত্র নিয়ে পড়ে থাকে, একদিন বিস্ফোরণ ঘটাবে।"*
কেউ বলত, *"খেলাধুলা করে না, আড্ডা দেয় না, মাথা একদিন গোবর হয়ে যাবে।"*
কেউ আবার ফিসফিস করে বলত, *"মেয়েদের সঙ্গে কথা বলতে শেখে না, এইভাবে থাকলে কে বিয়ে দেবে ওকে?"*

এইসব কথায় বিনি কখনো রাগ দেখাত না। চুপচাপ শুনে নিজের কাজে ডুবে থাকত। ভেতরে ভেতরে একটা আত্মবিশ্বাস কাজ করত—
"এরা এখন হাসছে, কিন্তু একদিন আমার তৈরি জিনিসই এদের অবাক করে দেবে।"

মাঝে মাঝে অবশ্য মন খারাপ হতো। রাতে বিছানায় শুয়ে সে ভাবত, *"আমি কি সত্যিই এত আলাদা? নাকি সবাই-ই আমার মতো ভাবে, শুধু প্রকাশ করে না?"*
তখনই জানলার বাইরে তাকাত। কালু নামের সেই কুকুরটা অন্ধকার গলির মুখে বসে আছে। তার চোখে যেন এক অদ্ভুত সহানুভূতি। বিনি ফিসফিস করে বলত,
—"কালু, তুমি যদি কথা বলতে পারতে, তবে হয়তো বলতে—আমি একা নই।"

এভাবে ধীরে ধীরে সে নিজের চারপাশ থেকে আলাদা হয়ে গেল। বন্ধু, প্রতিবেশী, আত্মীয়—সবাই একপাশে, আর সে অন্যপাশে।

কিন্তু এই আলাদা হয়ে ওঠাই তার মনে আরও গভীর করে বসিয়ে দিল অদ্ভুত প্রশ্নগুলো—
"প্রাণীরা কি সত্যিই বোঝে না? নাকি আমরা বোঝার ক্ষমতা হারিয়েছি?"

এই প্রশ্নই তাকে ঠেলে দিচ্ছিল আরও দূরে, সেই স্বপ্নের দিকে, যেখানে মানুষ ও প্রাণীর মাঝের অদৃশ্য দেওয়াল একদিন ভেঙে যাবে।

অনন্তের টানে

বর্ষার এক সন্ধ্যা। আকাশ কালো মেঘে ঢেকে আছে, যেন অজানা ভারে ঝুঁকে পড়েছে পৃথিবী। ঘরে বসে পড়াশোনার নাম করে বিনি জানলার পাশে চুপচাপ তাকিয়ে ছিল। বাইরে টুপটাপ বৃষ্টির ফোঁটা পড়ে ছাদে টিনের শব্দ করছে, আর দূরে বিদ্যুতের ঝলকানি অন্ধকারকে প্রতি মুহূর্তে আলোকিত করে আবার ঢেকে দিচ্ছে।

রাস্তার মোড়ে বসে আছে এক চেনা কুকুর—কালু। শরীর ভিজে একাকার, কিন্তু চোখ দুটো অদ্ভুতভাবে জ্বলজ্বল করছে। যেন ও কিছু বলতে চাইছে।

বিনি তাকিয়ে রইল দীর্ঘক্ষণ। হঠাৎ মনে হলো, চোখের ভেতরে লুকোনো এক ঝড়কে সে বুঝতে পারছে। যেন কালু গর্জন করছে– *"আমার কষ্ট হচ্ছে, কেউ কি তা শুনতে পায় না?"*

বুকের ভেতর ধক করে উঠল তার।

"আমরা তো প্রতিদিন প্রাণীর চোখে তাকাই, ডাকে শুনি। কিন্তু ওরা আসলে কী বলতে চায়, তা তো আমরা বুঝিই না। যদি এমন কোনো যন্ত্র বানানো যেত যা এই অদৃশ্য সংকেতকে রূপান্তর করে মানুষের বোঝার মতো ভাষায় প্রকাশ করতে পারত!"

চিন্তার ঝলকানি বিদ্যুতের মতো নেমে এলো মাথায়। সে চমকে উঠল। এতদিন সে যন্ত্রপাতি নিয়ে খেলা করেছে, নতুন নতুন গিয়ার, সার্কিট, মোটর বানিয়েছে—কিন্তু কোনো স্পষ্ট লক্ষ্য ছিল না। আজ হঠাৎ করেই লক্ষ্য যেন চোখের সামনে স্পষ্ট হলো।

জি মিনারভা

অনন্তের টানে

সে ফিসফিস করে বলল,

—"আমি এটা বানাবো... এমন কিছু বানাবো যা প্রাণীর মনের কথা শোনাতে পারবে।"

ঝড়-বৃষ্টির শব্দ মিলেমিশে যেন তাকে উৎসাহ দিচ্ছিল। বাইরের প্রতিটি বজ্রপাত যেন বলছিল—*"হ্যাঁ, এগিয়ে চলো।"*

সে ডায়েরি খুলে লিখল—

"আজ, এই মুহূর্তে সিদ্ধান্ত নিলাম। আমি এমন এক যন্ত্র বানাব, যা সংকেতকে শব্দ রূপে রূপান্তর করবে। মানুষ শুনবে প্রাণীর না বলা কথা।"

সেই রাত থেকে বিনি আর আগের মতো থাকল না। খেলাধুলা, আড্ডা, এমনকি বই পড়াও তার কাছে দ্বিতীয় হয়ে গেল। সমস্ত মনোযোগ কেবল এক জায়গায়—**স্বপ্নের যন্ত্র**।

এটা ছিল তার জীবনের মোড় ঘোরানো মুহূর্ত—এক অচেনা সন্ধ্যায়, এক ভবঘুরে কুকুরের চোখে তাকিয়ে জন্ম নিল পৃথিবী পাল্টে দেওয়ার স্বপ্ন।

সেই রাতের পর থেকে বিনির জীবন বদলে গেল। মাথায় একটাই চিন্তা ঘুরপাক খাচ্ছে—*"প্রাণীর মনের সংকেতকে মানুষের ভাষায় রূপান্তর করতে হবে।"*

পরের দিনই সে তার ছোট্ট ঘরটাকে আরও অগোছালো করে ফেলল। টেবিলের উপর পুরোনো রেডিওর সার্কিট, ব্যাটারি, ভাঙা টেপরেকর্ডার, টর্চলাইটের লাইট—সব ছড়িয়ে ছিটিয়ে। ডায়েরির পাতায় সে সার্কিটের ছবি আঁকছে, সংখ্যা লিখছে, আবার কেটে দিচ্ছে।

প্রথমে সে বুঝতে চেষ্টা করল শব্দের প্রকৃতি। মানুষের কণ্ঠস্বর বা প্রাণীর ডাক আসলে একেকটা কম্পাঙ্ক।

সে ভাবল—"যদি ডাক হলো বাইরের শব্দ, তবে হয়তো মনের ভেতরেও একধরনের কম্পন তৈরি হয়। সেই কম্পন ধরা গেলে... তার রূপান্তরও সম্ভব।"

কাজ শুরু হলো ব্যর্থতা দিয়ে।

এক রাতে সে পুরোনো রেডিও খুলে নতুন করে তার জুড়ে দিল। ব্যাটারি লাগাতেই *ফটাক!* করে স্ফুলিঙ্গ বেরোল। ঘরে ধোঁয়া ছড়িয়ে গেল।

মা ছুটে এসে চিৎকার করলেন—

—"কি আবার ভাঙছিস? বাড়িটা আগুনে পুড়িয়ে সব্বাইকে মারবি নাকি?"

বিনি গম্ভীর গলায় বলল,

—"না মা, ভয় পেও না। শুধু একটা ভুল হলো।"

মা চোখ রাঙিয়ে চলে গেলেন, কিন্তু বাবা দরজার কাছে দাঁড়িয়ে সব দেখলেন। কিছু বললেন না, শুধু কাঁধে হাত রেখে মৃদু হাসলেন।

—"চালিয়ে যা, একদিন না একদিন ঠিকই কিছু হবে।"

এই অদম্য সমর্থন বিনিকে আরও শক্তি দিল।

এরপর থেকে রাতের পর রাত সে ঘুমাত না। কানে হেডফোন, সামনে সার্কিট। কখনও ট্রানজিস্টর বদলাচ্ছে, কখনও ক্যাপাসিটার, কখনও মাইক্রোফোনের জায়গা পাল্টাচ্ছে।

প্রতিবারই ব্যর্থতা—কখনও শব্দ শোনা যায় না, কখনও শুধু ভোঁ ভোঁ আওয়াজ।

তবুও হাল ছাড়ল না।

সে ডায়েরিতে লিখল—

"প্রতিটি ব্যর্থতা মানে আমি আসল পথের আরও কাছে যাচ্ছি।"

পাড়ার লোকজন এখন আরও হাসাহাসি করত।

—"ছেলেটা পাগল হয়ে গেছে।"

—"একদিন বিস্ফোরণ ঘটিয়ে সবাইকে মেরে ফেলবে।"

কিন্তু বিনি এসব শোনার সময় পেত না। তার কাছে প্রতিটি তার, প্রতিটি যন্ত্রাংশ যেন একেকটা সম্ভাবনা।

এক সন্ধ্যায়, জানলার পাশে বসা একটি কাককে লক্ষ্য করছিল সে। যন্ত্রের সাথে মাইক্রোফোন জুড়ে কাকের দিকে ধরতেই অদ্ভুত একটা *গুঞ্জন* শোনা গেল। শব্দ অস্পষ্ট, মানুষের ভাষা নয়, কিন্তু তবুও যেন ভাবনার প্রতিধ্বনি।

বিনি শ্বাস আটকে শুনতে লাগল। মনে হলো কাকটি ভাবছে—

"খাবার... খাবার চাই..."

সে লাফিয়ে উঠল।

—"হয়েছে! কিছু একটা হচ্ছে!"

এখনও পরিষ্কার হয়নি, তবুও এই ক্ষুদ্র সাফল্য তার মনে আগুন ধরিয়ে দিল।

সেই রাতেই ডায়েরিতে লিখল—

"আজ প্রথমবার সংকেতের আভাস পেলাম। আমি থামব না।"

এভাবেই শুরু হলো তার দীর্ঘ গবেষণার পথচলা—অসংখ্য রাত, অসংখ্য ব্যর্থতা, আর ছোট ছোট আশার ঝলকানি।

মাসের পর মাস কেটে গেল। বিনির ঘরটা এখন একেবারে অচেনা রূপ নিয়েছে। টেবিলের উপর সারি সারি রেজিস্টর, ট্রানজিস্টর, সার্কিট বোর্ড, পুরোনো মাইক্রোফোন, এমনকি টিভি থেকে খুলে আনা স্পিকার পর্যন্ত ছড়িয়ে ছিটিয়ে। দেয়ালের পাশে রাখা আলমারির ভেতরে অসংখ্য নোটবুক—প্রতিটি পাতায় আঁকা সার্কিটের নকশা, তার সঙ্গে লেখা ছোট ছোট নোট: *"এভাবে হলে সংকেতের গতি কমে যায়"*, *"কম্পাঙ্ক বাড়াতে হবে"*, *"ডাটা রূপান্তরের আরেকটা পথ।"*

রাত-দিনের পার্থক্য যেন হারিয়ে ফেলেছিল সে। বাইরের দুনিয়ায় তখন অন্যরা কলেজ, চাকরি, ব্যবসা নিয়ে ব্যস্ত, কিন্তু বিনির কাছে পৃথিবী সঙ্কুচিত হয়ে দাঁড়াল এই চার দেওয়ালের মধ্যে—যেখানে শুধু যন্ত্রের শব্দ, ব্যাটারির গন্ধ আর সোল্ডারিং আয়রনের ধোঁয়া।

অসংখ্য ব্যর্থতার পর এক ভোরে, যখন আকাশে আলো ফুটছে, সে টেবিলের সামনে বসে নতুন সার্কিট জুড়ে দিল। এবার একটু আলাদা পদ্ধতি ব্যবহার করেছে। সেন্সর দিয়ে কম্পাঙ্ক সংগ্রহ, তারপর বিশেষ চিপের মাধ্যমে রূপান্তর, শেষে স্পিকারে আউটপুট।

হৃদপিণ্ড ধুকপুক করছে। মাইক্রোফোন জানলার দিকে ধরল। বাইরে কালু বসে আছে।

এক মুহূর্ত নীরবতা... তারপর স্পিকার থেকে ভেসে এল কর্কশ, অস্পষ্ট একটা শব্দ। শব্দটা মানুষের ভাষা নয়, তবুও

তাতে যেন অর্থ আছে। যেন কালু বলছে—
"ঠান্ডা লাগছে... ভিজে গেছি..."
বিনির শরীর শিউরে উঠল।
সে আবার চেষ্টা করল। এবার একটা পাখি উড়ে গেল পাশ দিয়ে। যন্ত্রে ভেসে এল টুকরো টুকরো আওয়াজ— *"খাবার... ডানা ক্লান্ত..."*
তার চোখ ভিজে গেল আনন্দে।
—"হয়ে গেছে! আমি পারলাম!"
কয়েক সেকেন্ড দাঁড়িয়ে থেকে সে যন্ত্রটিকে হাতে তুলে নিল। ছোট্ট রেডিওর মতো দেখতে, সাদামাটা বক্স, কিন্তু ভেতরে লুকানো এক বিপ্লব।
সে ফিসফিস করে বলল—
—"তুমি শুধু যন্ত্র নও। তুমি আমার স্বপ্নের রূপ। আজ থেকে তোমার নাম **সংকেতরূপী**।"
সেই মুহূর্তে মনে হলো, দুনিয়ার সীমানা ভেঙে গেছে। প্রাণী আর মানুষকে আলাদা করে রাখা অদৃশ্য দেওয়াল যেন ফাটল ধরেছে।
তবে আনন্দের ভেতরেও এক অদ্ভুত ভয় জন্ম নিল।
"যদি সত্যিই প্রাণীদের মনের কথা সবাই শুনতে পারে, তবে কী হবে? মানুষ কি গ্রহণ করবে, নাকি ভয় পাবে?"
কিন্তু ভয় দূরে সরিয়ে বিনি নোটবুকে লিখল—
"আজ, সংকেতরূপী প্রথমবার জীবন্ত প্রাণীর মনের কথা প্রকাশ করল। এই দিনটা আমার জীবনের সবচেয়ে বড় দিন।"

সে বুঝতে পারল, এখন থেকে তার জীবন আর আগের মতো থাকবে না।

এবার শুরু হলো প্রকৃত যাত্রা—প্রথম পরীক্ষার।

অধ্যায় ২ : প্রথম পরীক্ষা ও দ্বন্দ্ব

সেদিন ভোরে আকাশ পরিষ্কার। রাতের বৃষ্টির পর মাটিতে এখনও জল জমে আছে। বিনি ঘুম থেকে উঠেই ঘরের কোণে রাখা ছোট্ট যন্ত্রটির দিকে তাকাল—**সংকেতরূপী।**

গত কয়েক সপ্তাহ ধরে বারবার পরীক্ষা, ব্যর্থতা আর সাফল্যের টুকরো টুকরো অভিজ্ঞতা তাকে ক্লান্ত করে ফেলেছিল। কিন্তু আজ সকালে তার বুক ভরা এক অদ্ভুত অনুভূতি—*আজ কিছু একটা ঘটবেই।*

জানলার ধারে বসে আছে কালু, সেই চেনা কুকুরটি। ভিজে গা ঝাড়তে ঝাড়তে তার দিকে তাকাচ্ছে। বিনি যন্ত্রটিকে টেবিল থেকে তুলে নিল। এবার কোনো দ্বিধা নেই।

মাইক্রোফোনটা কালুর দিকে ধরতেই যন্ত্রের ভেতর হালকা গুঞ্জন শুরু হলো। বিনি শ্বাস আটকে শুনতে লাগল। কয়েক মুহূর্ত নীরবতার পর স্পিকারে ভেসে এল কর্কশ, টুকরো টুকরো শব্দ।

শব্দগুলো প্রথমে অস্পষ্ট—"উঁহ... উঁহ... ঘ্রর..."—কিন্তু হঠাৎ স্পষ্ট হয়ে উঠল এক অদ্ভুত ধ্বনি, যেন ভাঙাচোরা বাংলায় কেউ বলছে—

"ভিজে গেছি... ঠান্ডা... খাবার চাই..."

বিনির শরীর কেঁপে উঠল।

সে হাঁপ ছেড়ে যন্ত্রটা নামাল।

কালু তখনও তাকিয়ে আছে তার দিকে। সেই চোখের দৃষ্টি যেন বলছে— *"তুমি আমাকে সত্যিই শুনতে পেরেছ।"*

বিনি উত্তেজনায় কাঁপতে কাঁপতে ডায়েরি খুলে লিখল—

"আজ, প্রথমবার পরিষ্কার সংকেত পেলাম। প্রাণীর মনের আওয়াজ সত্যিই ধরা যায়!"

আনন্দে চোখ ভিজে এল তার। এ যেন ইতিহাসের মুহূর্ত। এক সাধারণ কিশোরের হাতে পৃথিবীর সীমানা ভেঙে গেল। মানুষ ও প্রাণীর মাঝে যে অদৃশ্য প্রাচীর, তার প্রথম ইটটা যেন খুলে পড়ল।

সে মনে মনে বলল—

—"এটা শুধু শুরু। একদিন সবাই শুনবে।"

কিন্তু একই সঙ্গে বুকের গভীরে ভয়ও গর্জে উঠল—

"মানুষ কি এই সত্য মেনে নেবে?"

তবুও বিনি জানত, আর পিছু হটার উপায় নেই।

সংকেতরূপীর প্রথম পরীক্ষায় সফল হলো।

প্রথম পরীক্ষায় সফল হওয়ার পরও বিনির মনে এক অদ্ভুত অস্থিরতা কাজ করতে লাগল।

দিনভর ঘরে বসে যন্ত্রটিকে একবারের পর একবার চালাত, কখনো কালুর দিকে, কখনো পাখির দিকে। প্রতিবারই টুকরো টুকরো শব্দ, ভাবনার খণ্ডাংশ ভেসে আসত— *"খিদে... ক্লান্তি... ভয়..."*

শুরুতে আনন্দে বুক ভরে যাচ্ছিল, কিন্তু ধীরে ধীরে সেই আনন্দের ভেতর জন্ম নিল অদ্ভুত এক ভয়।

"আমি কি খুব বেশি দূরে চলে যাচ্ছি? মানুষের কি আদৌ জানা উচিত প্রাণীর মনের ভেতরকার সবকিছু?"

সে জানত, মানুষ অনেক সময় প্রাণীদের ভালোবাসে, আবার অনেক সময় ব্যবহার করে, শোষণ করে। যদি একদিন সবাই প্রাণীর মনের কথা শুনতে পারে, তবে কি তারা ভালোবাসবে? নাকি ভয়ে, লোভে, কিংবা রাগে আরও নির্মম হয়ে উঠবে?

ডায়েরিতে লিখল সে—

"প্রাণীরা আমাদের মতোই অনুভব করে। কিন্তু যদি সমাজ এটা জানতে পারে, তখন কি মাংস খাওয়া বন্ধ করবে? না কি যন্ত্রটা ধ্বংস করে আমাকে পাগল বলে তাড়িয়ে দেবে?"

বাবা-মায়ের কথাও মনে পড়ল।

বাবা সবসময় সাহস দিয়েছেন, বলেছেন— *"অন্যরকম চিন্তা পৃথিবীকে বদলায়।"*

কিন্তু মা? তিনি তো শুরু থেকেই ভয়ে কাঁপছেন। একদিন যদি তিনি সত্যিটা জেনে যান, হয়তো ভয় পেয়ে বলবেন— "এটা ঈশ্বরের নিয়ম ভাঙা, সর্বনাশ হবে।"

বিনি জানলার বাইরে তাকিয়ে রইল। আকাশ ভরা তারারা যেন একসঙ্গে ঝলমল করছে। মনে হলো, তারারা ফিসফিস করে বলছে— *"তুমি যা করছ, তা বিপদ ডেকে আনবে।"*

শরীরের ভেতর কাঁপুনি চলে এলো।

যদি সত্যিই যন্ত্রটা মানুষের হাতে বিপদ ডেকে আনে?

যদি কোনো শক্তিশালী মানুষ একে ব্যবহার করে প্রাণীদের দাস বানায়?

অথবা মানুষের মনের কথাও শোনার উপায় খুঁজে বের করে?

সে যন্ত্রটিকে টেবিলের ওপর রেখে দূরে সরে গেল। প্রথমবার মনে হলো, হয়তো নিজের আবিষ্কারই অভিশাপে পরিণত হতে পারে।

কিন্তু মনের আরেক প্রান্তে তখনও আগুন জ্বলছিল—
"না, আমি ভয় পেলে চলবে না। আমি জন্মেছি রহস্য উন্মোচনের জন্য। সত্যি যদি ভয়ঙ্করও হয়, তবু তাকে থামানো যায় না।"

বিনির চোখে তখন দ্বন্দ্বের আগুন—ভয় আর কৌতূহলের লড়াই।

এটাই ছিল সেই মুহূর্ত, যখন সে বুঝতে পারল—**তার যাত্রা সহজ হবে না।**

কয়েকদিন ধরে বিনি যন্ত্রটি লুকিয়ে রেখেছিল। ঘরের টেবিলের এক কোণে কাপড় দিয়ে ঢেকে রাখত। যখন একা থাকত, তখনই চালু করত। কিন্তু ভেতরের কৌতূহল আর গোপন আনন্দ তাকে টিকতে দিল না।

সে ভাবল—*"আমি যদি একাই দেখি, তবে এর গুরুত্ব বোঝাবে কে? অন্তত আমার কাছের কয়েকজনকে দেখানো উচিত।"*

এক বিকেলে সে শৈশবের দুই বন্ধু—রাহুল আর সায়ন—কে ডেকে পাঠাল। তারা দুজনেই তার অদ্ভুত অভ্যাসের কারণে অনেক দূরে সরে গিয়েছিল। কিন্তু ডাকে অবাক হয়ে আবার এল।

ঘরে ঢুকেই রাহুল হেসে বলল,
—"তুই আবার কী নতুন যন্ত্র বানালিরে? বোমা না তো?"

সায়ন মুচকি হেসে যোগ করল,

—"হ্যাঁ রে, সাবধান থাকিস। এই পাগলটার যন্ত্র ফাটলেই খবরের কাগজে শিরোনাম হবে—'পাড়ায় বিজ্ঞানীর বিস্ফোরণ।'"

বিনি কোনো উত্তর দিল না। গম্ভীরভাবে কাপড় সরিয়ে যন্ত্রটি টেবিলে রাখল।

—"এটার নাম সংকেতরূপী।"

বন্ধুরা একে অপরের দিকে তাকিয়ে আবার হেসে উঠল।

—"নামও ঠিক সিনেমার মতো।"

বিনি এবার মাইক্রোফোন জানলার বাইরে ধরল, যেখানে কালু অলস ভঙ্গিতে বসে ছিল। যন্ত্র হালকা গুঞ্জন করল, তারপর স্পিকারে ভেসে এল—

"খিদে... হাড় চাই... ঘুম পাচ্ছে..."

রাহুলের মুখ হা হয়ে গেল। সায়ন চমকে উঠে বলল,

—"এটা কীভাবে হলো? কুকুরটা কি সত্যিই—?"

বিনি শান্ত স্বরে বলল,

—"ওর মনের সংকেতকে রূপান্তর করেছে। এই যন্ত্রের কাজ এটাই।"

ঘরে নীরবতা নেমে এলো। মুহূর্ত আগের হাসাহাসি মিলিয়ে গিয়ে এক ভয় মিশ্রিত বিস্ময় ছড়িয়ে পড়ল।

রাহুল ধীরে ধীরে ফিসফিস করে বলল,

—"মানে... তুই আসলেই প্রাণীর মনের কথা শুনতে পাচ্ছিস?"

বিনি মাথা নেড়ে বলল,

—"শুধু শুনছি না, সবাই শুনতে পারবে। এটিই আমার আবিষ্কার।"

বন্ধুরা একে অপরের দিকে তাকাল। তাদের চোখে কৌতূহল আছে, কিন্তু তার থেকেও বেশি ভয়।

সায়ন কাঁপা গলায় বলল,

—"এটা ভালো কিছু না, বিনি। মানুষ যদি জানে, সব গোপনীয়তা ভেঙে যাবে। সবাই ভয় পাবে তোকে।"

রাহুল আস্তে করে বলল,

—"কিন্তু সত্যিই যদি এটা কাজ করে... তবে তুই ইতিহাসে নাম লিখে ফেলবি।"

বিনি চোখ বন্ধ করে গভীর শ্বাস নিল।

বন্ধুদের প্রতিক্রিয়া সে আগেই আন্দাজ করেছিল। কেউ বিস্মিত হবে, কেউ ভয় পাবে। আর এই ভয়ই হতে পারে তার সবচেয়ে বড় শত্রু।

যন্ত্রের প্রদর্শনী শেষ হওয়ার পর ঘরে এক অদ্ভুত নীরবতা নেমে এলো। স্পিকারের শেষ শব্দগুলো যেন এখনও ভেসে বেড়াচ্ছে—*"হাড় চাই... ঘুম পাচ্ছে..."*।

রাহুল আর সায়ন মুখ চাওয়াচাওয়ি করছে। বিনির দিকে তাদের দৃষ্টি আর আগের মতো বন্ধুত্বপূর্ণ নয়, বরং আতঙ্কে ভরা।

রাহুলই প্রথম মুখ খুলল।

—"বিনি, তুই যা করছিস এটা ঠিক নয়। প্রাণীদের মনের কথা জানা মানে তাদের সব গোপনীয়তা প্রকাশ পাওয়া। এটা স্বাভাবিক নয়।"

সায়ন সঙ্গে সঙ্গে যোগ করল,

—“আর ভাব তো, যদি এটা মানুষের ওপর প্রয়োগ করা যায়? কেউই তো নিজের মনের কথা অন্যকে শোনাতে চাইবে না। এটা ভয়ঙ্কর হয়ে উঠবে।”

বিনি প্রতিবাদ করার চেষ্টা করল।

—“কিন্তু আমি তো কারও ক্ষতি করতে চাই না। আমি শুধু চাই প্রাণীদের কষ্ট আমরা বুঝতে পারি।”

রাহুল মাথা নেড়ে বলল,

—“তুই বুঝলি বটে, কিন্তু অন্যরা কি বুঝবে? মানুষ এটার অপব্যবহার করবে। কেউ প্রাণীকে নিয়ন্ত্রণ করবে, কেউ মানুষের মনের গোপন কথা টেনে বের করবে। তখন কি তুই সামলাতে পারবি?”

সায়নের চোখে তখন প্রায় আতঙ্ক।

—“আমি তো বলি, এখনই এই জিনিসটা ধ্বংস করে ফেল। না হলে তোকে সবাই পাগল, জাদুকর বা শয়তান বলে দোষ দেবে।”

বিনির বুকের ভেতর কেঁপে উঠল।

সে এতদিন ভেবেছিল বন্ধুরা তাকে বুঝবে, পাশে দাঁড়াবে। কিন্তু আজ স্পষ্ট হলো—এটা শুধু আবিষ্কার নয়, এটা ভয়ের উৎসও হতে পারে।

বন্ধুরা বিদায় নিয়ে চলে গেল। দরজার কাছে দাঁড়িয়ে সায়ন শেষবার ঘুরে তাকিয়ে বলল,

—“শোন, এটা নিয়ে কাউকে কিছু বলিস না। তুই যত কম লোককে দেখাবি, তত ভালো।”

দরজা বন্ধ হয়ে যাওয়ার সঙ্গে সঙ্গে ঘরটা আরও নিস্তব্ধ হয়ে গেল। যন্ত্রটা টেবিলে পড়ে আছে, যেন নীরবে হাসছে—
“দেখেছিস, সবাই ভয় পাবে।”

বিনি জানালার বাইরে তাকাল। কালু তখনো বসে আছে, নির্বিকার। প্রাণীর মনের জগৎ মানুষের চেয়ে অনেক সরল।
কিন্তু মানুষের মন?
তার ভেতরেই জন্ম নিল আসল ভয়ের বীজ।

বন্ধুরা চলে যাওয়ার পর ঘরে এক ধরনের শূন্যতা নেমে এলো। বিনি টেবিলে রাখা সংকেতরূপীর দিকে তাকিয়ে বসে রইল। বন্ধুরা তার আবিষ্কার দেখে ভীত হয়ে গেছে—এটা সে কল্পনা করেছিল, কিন্তু এতটা তীব্র প্রতিক্রিয়া আশা করেনি। সে হঠাৎই গভীর একাকিত্বে ভুগতে লাগল। মনে হলো, হয়তো সবার কাছেই সে বিচ্ছিন্ন হয়ে পড়বে।
“আমি যদি কাউকে বোঝাতে না পারি, তবে এর কোনো মূল্যই থাকবে না...”

ঠিক তখনই দরজা খোলার শব্দ হলো। বাবা ঘরে ঢুকলেন। হাতে এক কাপ চা। মুখে চিরচেনা শান্ত হাসি।
—“এত রাতে একা বসে আছিস কেন?”
বিনি একটু ইতস্তত করল। তারপর ধীরে ধীরে টেবিলের কাপড়টা সরিয়ে দিল। সংকেতরূপী উন্মুক্ত হয়ে উঠল। বাবার চোখে বিস্ময়ের ঝিলিক দেখা গেল।
—“এটাই কি সেই যন্ত্র? যেটা নিয়ে তুই এতদিন মগ্ন ছিলি?”

বিনি মাথা নেড়ে সম্মতি দিল।

—"হ্যাঁ বাবা। এটা দিয়ে প্রাণীর মনের সংকেত শোনা যায়... এমনকি কিছুটা মানুষেরও।"

বাবা চুপ করে তার দিকে তাকিয়ে রইলেন। তারপর ধীরে ধীরে চেয়ারে বসে পড়লেন।

—"আমার ছেলে সত্যিই এক অসম্ভব স্বপ্নের পেছনে ছুটছে।"

বিনি কাঁপা কাঁপা গলায় বলল,

—"কিন্তু সবাই ভয় পাচ্ছে, বাবা। বন্ধুরা বলল এটা ধ্বংস করে ফেলতে। তারা মনে করে এটা মানুষের সর্বনাশ ডেকে আনবে।"

বাবা গভীর শ্বাস নিলেন। তারপর কোমল স্বরে বললেন,

—"শোন বিনি, পৃথিবীতে নতুন কিছু আবিষ্কার হলেই মানুষ ভয় পায়। যখন প্রথম বিদ্যুৎ আবিষ্কৃত হলো, তখনও সবাই বলেছিল এটা বিপজ্জনক। যখন উড়োজাহাজ উড়ল, সবাই ভেবেছিল মানুষ মরবে। কিন্তু আজ বিদ্যুৎ আর উড়োজাহাজ ছাড়া জীবন চলে?"

তিনি একটু থেমে বিনির চোখে চোখ রেখে বললেন,

—"ভয় সবসময় থাকবে। কিন্তু আবিষ্কারকরা ভয়কে জয় করেই ইতিহাস লেখে। তুই যদি সত্যিই বিশ্বাস করিস এটা ভালো কাজে লাগতে পারে, তবে থেমে যাস না।"

বাবার কণ্ঠে দৃঢ়তা ছিল। সেই কণ্ঠে বিনি যেন নতুন আলো খুঁজে পেল।

বাবা আরও যোগ করলেন,

—"কিন্তু মনে রাখিস, প্রতিটি আবিষ্কারের সঙ্গে দায়িত্বও

আসে। তুই শুধু যন্ত্র বানাচ্ছিস না, একদিন হয়তো পুরো সমাজকে বদলে দেবে। সেদিন যেন তোর উদ্দেশ্য কখনও ভুলে না যাস।"

বিনির বুক হালকা হয়ে গেল। সে যেন আবার সাহস পেল। ডায়েরি খুলে লিখল—

"আজ বাবা বললেন ভয় জয় করাই আসল। আমি পিছু হটব না।"

বাবার সঙ্গে কথোপকথনের পর বিনি নতুন শক্তি পেয়েছিল। কিন্তু ঘরের ভেতর এমন একজন ছিলেন, যিনি তার যন্ত্রটিকে একেবারেই মেনে নিতে পারছিলেন না—মা।

সেই রাতে মা যখন ঘরে ঢুকলেন, টেবিলের ওপর সংকেতরূপী দেখে তাঁর মুখ ফ্যাকাশে হয়ে গেল।

—"এটা আবার কী বানিয়েয়েছিস?"

বিনি ধীরে ধীরে বলল,

—"এটাই আমার আবিষ্কার, মা। আমি এর নাম দিয়েছি সংকেতরূপী। এর মাধ্যমে প্রাণীর মনের কথা শোনা যায়।"

শব্দ শুনেই মায়ের হাত থেকে জলের গ্লাস পড়ে গেল মাটিতে। টুং শব্দ করে ভেঙে চুরমার হলো।

—"কি বললি? প্রাণীর মনের কথা? ওরে বাবা, এটা তো অশুভ! এ ধরনের কাজ মানুষ করলে সর্বনাশ ডেকে আনে।"

বিনি প্রতিবাদ করল,

—"না মা, এটা অশুভ নয়। এতে প্রাণীদের কষ্ট আমরা বুঝতে পারব। তাদের যত্ন নিতে পারব।"

কিন্তু মা ভয়ে কাঁপতে কাঁপতে চিৎকার করে উঠলেন,

—“না! এটা মানুষের কাজ নয়। ঈশ্বর যদি চাইতেন, তবে আমাদের প্রাণীর মনের কথা শুনতে দিতেন। তুই যা করছিস, সেটা ঈশ্বরের নিয়মের বিরুদ্ধে।”

বিনির বুক কেঁপে উঠল। সে জানত মা সহজে বুঝবেন না। তবুও ধৈর্য ধরে বলল,

—“মা, আমি কারও ক্ষতি করতে চাই না। আমি শুধু সত্যটা জানতে চাই।”

মা চোখ মুছতে মুছতে বললেন,

—“তুই জানিস না, এমন কাজ করলে সমাজ তোকে তাড়িয়ে দেবে। তোকে পাগল, জাদুকর, শয়তান—সব বলবে। তোর বাবাও তোকে বাঁচাতে পারবে না।”

ঘরে ভারী নীরবতা নেমে এলো। বাইরে তখন কুকুর ডাকছিল, পাখি ডাকছিল, কিন্তু সেই শব্দের ভেতর যেন আতঙ্কের প্রতিধ্বনি বাজছিল।

বাবা এসে মায়ের কাঁধে হাত রাখলেন। শান্ত কণ্ঠে বললেন,

—“ওকে ভয় পেতে দিও না। এটা আমাদের ছেলের স্বপ্ন। তুই দেখিস, একদিন হয়তো ওর নামই পৃথিবী জানবে।”

মা চোখে জল নিয়ে বাবার দিকে তাকালেন। তাঁর কণ্ঠ কাঁপছিল,

—“আমি শুধু চাই না ছেলেটা বিপদে পড়ুক।”

সেই রাতে বিনি ডায়েরিতে লিখল—

“বাবা আমার সাহস, কিন্তু মা আমার আতঙ্ক। আমি জানি, এই পথচলা সহজ হবে না।”

অনন্তের টানে

দিনগুলো দ্রুত কেটে যাচ্ছিল। বাবার সাহস আর মায়ের আতঙ্কের মধ্যে পড়ে বিনি যেন দুই জগতে টানাপোড়েনে ছিল। কিন্তু সংকেতরূপী তাকে থামতে দিল না। প্রতিদিনই মনে হচ্ছিল—*"আরও পরীক্ষা দরকার, আরও প্রমাণ দরকার।"*

এক রাতে, সবাই ঘুমিয়ে পড়ার পর বিনি যন্ত্রটিকে ব্যাগে ভরে বেরিয়ে পড়ল। আকাশে অর্ধেক চাঁদ, নিস্তব্ধ পাড়া। বাতাসে হালকা কুয়াশা, কেবল মাঝে মাঝে কুকুরের ডাক শোনা যাচ্ছিল।

সে সোজা চলে গেল পাড়ার বাজারের দিকে। দিনের বেলা যে বাজারে ভিড় লেগে থাকে, রাতে সেখানে ভুতুড়ে নীরবতা। দোকানপাট বন্ধ, শুধু খোলা জায়গায় বাঁধা গরু-ছাগল, আর এক কোণে শুয়ে থাকা কয়েকটা ভ্যাগাবন্ড কুকুর।

বিনি যন্ত্রটা বের করল। হাতে ধরে মাইক্রোফোনটা সামনে ধরতেই যন্ত্র গুঞ্জন শুরু করল।

প্রথমে একটা গরুর দিকে তাক করল।

স্পিকারে ভেসে এল ভাঙা শব্দ—

"পেট খালি... জল চাই... ভার লাগছে..."

বিনির বুক কেঁপে উঠল।

এরপর একটা ছাগলের দিকে তাকাল।

"শীত... ভয়... বাচ্চা কোথায়..."

হঠাৎ এক পাখি উড়ে গেল মাথার ওপর দিয়ে। যন্ত্র থেকে বেরোল টুকরো আওয়াজ—

"ডানা ক্লান্ত... আশ্রয় চাই..."

বিনি নিঃশ্বাস আটকে শুনতে লাগল। প্রতিটি প্রাণীর মনের ভেতর লুকানো হাহাকার যেন একে একে ধরা দিচ্ছে। সে দ্রুত নোটবুকে লিখে নিল প্রতিটি শব্দ, যেন প্রমাণ হিসেবে রাখতে পারে।

কিন্তু হঠাৎ এক মুহূর্তে তার মনে অদ্ভুত ভয় জন্ম নিল। বাজারের নিস্তব্ধতায় মনে হলো কেউ যেন অদৃশ্য হয়ে তাকিয়ে আছে। চারপাশে অন্ধকার, মাঝে মাঝে বাতাসের ঝাপটা। সংকেতরূপীর গুঞ্জন যেন সেই নীরবতা ছিন্ন করছে। সে যন্ত্রটা তাড়াতাড়ি ব্যাগে ভরে ফেলল। মনে হলো, যতক্ষণ বাইরে চালু থাকে, ততক্ষণ সে এক অচেনা শক্তিকে ডাকছে। বাড়ি ফিরে এসে ঘরে দরজা বন্ধ করল। বুক ধুকপুক করছে, কিন্তু ডায়েরি খুলে লিখল—

"আজ প্রথম গোপন রেকর্ডিং সম্পন্ন হলো। প্রাণীরা সত্যিই কষ্ট বোঝায়। আমি একা হলেও এই সত্য শুনেছি, লিখে রেখেছি। একদিন সবাই শুনবে।"

ঘরের কোণে যন্ত্রটা নিশ্চুপ পড়ে রইল, কিন্তু তার ভেতরে যেন প্রতিধ্বনি বাজছিল—**এক নতুন পৃথিবীর দরজা খুলছে।**

প্রাণীদের মনের কথা রেকর্ড করার পর বিনির ভেতরে এক অদম্য কৌতূহল জন্ম নিল।

"প্রাণীর সংকেত যদি ধরা যায়, তবে মানুষের কেন নয়? মানুষের মস্তিষ্ক তো আরও জটিল সংকেত ছড়ায়। একটু উন্নত করলে নিশ্চয়ই কিছু ধরা সম্ভব।"

এই ভাবনাই তাকে ঘুমোতে দিল না। কয়েকদিন ধরে যন্ত্রের ভেতরের সার্কিট নিয়ে পরীক্ষা করতে লাগল। অতিরিক্ত

ফিল্টার যোগ করল, নতুন সেন্সর লাগাল। অবশেষে মনে হলো—এবার চেষ্টা করা যায়।

কিন্তু কার ওপর?

নিজের ওপর পরীক্ষা করার সাহস হলো না। মাথায় যন্ত্র চাপিয়ে বসা মানেই বিপদ হতে পারে। তাই সে এক বিকেলে তার বন্ধু রাহুলকে ডেকে নিল।

রাহুল প্রথমে আসতে চাইছিল না, আগের ভয়ের কারণে। কিন্তু বিনির অনুনয়ে রাজি হলো।

—"দেখ, আমি তোকে কিছু করব না। শুধু মাইক্রোফোনটা পাশে রাখব। যদি কিছু ধরা পড়ে, তবে বুঝব আমি সঠিক পথে আছি।"

রাহুল অনিচ্ছাসত্ত্বেও চেয়ারে বসল। বিনি যন্ত্র চালু করল। ঘরের ভেতর গুঞ্জন ভেসে উঠল। কয়েক সেকেন্ড কেটে গেল কোনো শব্দ ছাড়া। হঠাৎ স্পিকারে ফিসফিসের মতো আওয়াজ এলো।

প্রথমে অস্পষ্ট—*"হুম... না... পরীক্ষা..."*

তারপর হঠাৎ শব্দ ভেসে এলো—

"ভয় লাগছে... যদি বিপদ হয়..."

বিনির শিরদাঁড়া বেয়ে ঠান্ডা স্রোত বয়ে গেল।

সে তাকাল রাহুলের দিকে। রাহুল নিশ্চুপ, কিন্তু তার চোখে সত্যিই আতঙ্ক ঝিলিক দিচ্ছিল।

যন্ত্রটা আরও কিছু শব্দ ধরল—

"বন্ধু হলেও কি বিশ্বাস করা যায়?"

বিনি দ্রুত যন্ত্র বন্ধ করে দিল। ঘর আবার নীরব হয়ে গেল।

রাহুল গম্ভীর মুখে উঠে দাঁড়াল।

—"তুই... আমার মনের কথা শুনতে পাচ্ছিলি?"

বিনি দ্বিধায় পড়ল। সত্যিই তো সবটা স্পষ্ট শোনা যায়নি, কিন্তু কিছু টুকরো ধরা পড়েছে। সে আস্তে বলল,

—"হ্যাঁ, হয়তো। খুব পরিষ্কার নয়, কিন্তু কিছুটা এসেছে।"

রাহুল চমকে উঠল।

—"না বিনি, এটা ঠিক না। আমি আর এ ধরনের পরীক্ষা দেব না। এটা মানুষের গোপনীয়তা ভেঙে দেয়।"

কথা বলে সে চলে গেল। দরজা বন্ধ হয়ে যেতেই বিনি একা হয়ে রইল। বুকের ভেতর যেন ঢেউ তুলল ভয় আর উত্তেজনার মিশ্র অনুভূতি।

সে ডায়েরিতে লিখল—

"আজ মানুষের ওপর প্রথম প্রয়োগের চেষ্টা সফল হলো, যদিও অসম্পূর্ণ। ভয়ানক হলেও এটা প্রমাণ করে—সীমা ভাঙা সম্ভব।"

সংকেতরূপী টেবিলে পড়ে ছিল নীরব। কিন্তু তার ভেতরে যেন গর্জন করছিল—**মানুষের মনের দরজা অল্প একটু ফাঁক হয়ে গেছে।**

মানুষের ওপর প্রথম প্রয়োগের পর থেকেই বিনির মন এক অদ্ভুত ঝড়ে ভরে উঠল।

একদিকে সাফল্যের উল্লাস— *"আমি প্রমাণ করেছি, মানুষের মনের কথাও ধরা যায়।"*

অন্যদিকে গভীর আতঙ্ক— *"যদি এটা ছড়িয়ে পড়ে, তবে কী হবে?"*

অনন্তের টানে

রাতভর সে ঘুমোতে পারল না। টেবিলে রাখা সংকেতরূপীর দিকে তাকিয়ে রইল। যেন যন্ত্রটা ঠান্ডা হাসিতে তাকিয়ে বলছে—

"তুই এখন আর আমাকে আটকাতে পারবি না।"

বিনি মাথা চেপে ধরল। মনে হলো, দুটি কণ্ঠ তার ভেতরে লড়াই করছে।

এক কণ্ঠ বলছে—

—"এটা ইতিহাস বদলাবে। মানুষ আর প্রাণীর মধ্যে কোনো দেয়াল থাকবে না। তুই হবি আবিষ্কারক, মানবতার নায়ক।"

অন্য কণ্ঠ ফিসফিস করছে—

—"না, এটা অভিশাপ। মানুষ যদি নিজের মনের কথাই লুকোতে না পারে, তবে বিশৃঙ্খলা নেমে আসবে।"

সকালে আয়নায় নিজেকে দেখে সে চমকে উঠল। চোখ লাল, মুখে ক্লান্তি। যেন এক রাতেই বয়স বেড়ে গেছে।

মাকে মনে পড়ল। তাঁর আতঙ্কিত কণ্ঠ এখন কানে বাজছে—

"এটা ঈশ্বরের নিয়মের বিরুদ্ধে।"

আর বাবার দৃঢ় কণ্ঠও মনে পড়ল—

"ভয় জয় করেই ইতিহাস লেখা হয়।"

কোনটা সঠিক? কার পথ ধরবে সে?

দুপুরে একা বসে থাকতে থাকতে হঠাৎ মনে হলো, যদি সমাজ সত্যিই জানতে পারে, তবে কি তাকে গ্রহণ করবে? নাকি পাগল বলে দাগিয়ে দেবে?

সে কল্পনায় দেখল—মানুষ ভিড় করে তার যন্ত্র দেখতে

আসছে, কেউ হাততালি দিচ্ছে, কেউ আবার পাথর ছুড়ে মারছে।

ডায়েরি খুলে লিখল—

"আমার ভেতরে দ্বন্দ্ব আগুনের মতো জ্বলছে। আমি চাই সত্য প্রকাশ করতে, কিন্তু ভয় পাই সত্যিই যদি পৃথিবী তা সহ্য না করতে পারে। আমি কি ইতিহাস বদলাব, নাকি নিজের জীবন ধ্বংস করব?"

ঘর নিস্তব্ধ। বাইরে বাতাস বইছে, জানলার পাল্লা ঠকঠক করছে। সেই শব্দ যেন উত্তর দিচ্ছে না, বরং প্রশ্নকে আরও গভীর করছে।

বিনি মাথা নিচু করে বসে রইল।

এই দ্বন্দ্বই এখন তার সবচেয়ে বড় শত্রু—**নিজের ভেতরের ভয় বনাম কৌতূহলের আগুন।**

কয়েকদিন ধরে দ্বন্দ্বের আগুনে পুড়ছিল বিনি।

একদিকে বাবার সাহস, অন্যদিকে মায়ের আতঙ্ক। বন্ধুরা দূরে সরে গেছে, আর রাহুলের চোখে সে স্পষ্ট দেখেছে ভয়।

তবু যন্ত্রটা টেবিলে পড়ে আছে, যেন প্রতিদিন তাকে ডেকে বলছে—

"চালু কর, চালু কর... আমাকে থামানো যাবে না।"

এক রাতে বিনি জানলার ধারে দাঁড়িয়ে আকাশের দিকে তাকাল। অন্ধকার আকাশে ছড়িয়ে থাকা তারা যেন নীরবে তাকে প্রশ্ন করছে—

"তুই কি থেমে যাবি, নাকি পথ দেখাবি?"

তার ভেতরে আবার দুই কণ্ঠ লড়াই শুরু করল।

প্রথম কণ্ঠ বলল—

—"ধ্বংস করে ফেল যন্ত্রটা। এখনই শেষ কর। তুই বাঁচবি, তোর পরিবারও বাঁচবে।"

দ্বিতীয় কণ্ঠ গর্জে উঠল—

—"না, এটা ধ্বংস করলে ইতিহাস তোকে ক্ষমা করবে না। এটা মানবজাতির ভবিষ্যৎ।"

বিনি টেবিলে গিয়ে সংকেতরূপী হাতে তুলে নিল। ধাতব যন্ত্রটা ঠান্ডা অথচ জীবন্ত মনে হচ্ছিল। তার মুঠো শক্ত হয়ে উঠল।

সে মুহূর্তে হঠাৎ মায়ের কণ্ঠ ভেসে এল পেছন থেকে। মা দরজায় দাঁড়িয়ে আছেন।

—"বিনি, আমি জানি তুই থামবি না। কিন্তু মনে রাখিস, এই পথ বিপদের।"

মায়ের চোখে জল, অথচ কণ্ঠে অদ্ভুত শান্তি।

তারপর বাবা এসে মায়ের পাশে দাঁড়ালেন। বাবার কণ্ঠ দৃঢ়—

—"যদি সিদ্ধান্ত নিতেই হয়, তবে ভয় পেয়ে নয়, নিজের বিশ্বাসের ওপর ভর করে নে।"

বিনির বুক কেঁপে উঠল।

হঠাৎ মনে হলো, এই মুহূর্তেই তার ভবিষ্যৎ ঠিক হয়ে যাবে।

সে গভীর শ্বাস নিল, ডায়েরি খুলে শেষবারের মতো লিখল—

"আজ আমি সিদ্ধান্ত নিলাম। আমি সংকেতরূপীকে লুকাব না, ধ্বংসও করব না। আমি এটাকে এগিয়ে নিয়ে যাব। ভয় যতই আসুক, আমি থামব না।"

অনন্তের টানে

ডায়েরির পৃষ্ঠায় কালি শুকিয়ে গেল।

জানলার বাইরে বাতাস বইছিল, যেন প্রকৃতিও তার সিদ্ধান্তের সাক্ষী হলো।

বিনি যন্ত্রটা বুকে চেপে ধরল।

তার চোখে আর দ্বিধা নেই—শুধু দৃঢ় সংকল্প।

সিদ্ধান্তের মুহূর্ত এসে গেছে।

অধ্যায় ৩ : আবিষ্কারের বিস্তার ও ছায়ার শুরু

সিদ্ধান্তের মুহূর্তের পর বিনি যেন এক নতুন শক্তি পেল। সংকেতরূপী এখন আর তার কাছে কেবল একটি পরীক্ষামূলক খেলনা নয়, বরং এক জীবন-মরণ বাস্তবতা। সে বুঝল—এই যন্ত্রকে বাঁচাতে হলে আরও উন্নত করতে হবে। শুধু কণ্ঠস্বরের মতো ভাঙাচোরা সংকেত নয়, পরিষ্কারভাবে মানুষের চিন্তা শোনা গেলে তবেই এর গুরুত্ব বোঝানো সম্ভব।

ডায়েরিতে সে লিখল—

"প্রথম নকশা সফল, কিন্তু অসম্পূর্ণ। এখন চাই দ্বিতীয় নকশা—যেখানে সংকেত হবে স্পষ্ট, প্রমাণ হবে অকাট্য।"

এরপর কয়েকদিন ধরে সে ঘরে নিজেকে বন্দি করে ফেলল। টেবিল ভর্তি খোলা সার্কিট বোর্ড, ছোট ছোট ট্রানজিস্টর, সেন্সর, তার। রাত জেগে জেগে সে নকশা আঁকত, পুরোনো যন্ত্র খুলে নতুনভাবে সাজাত।

মাঝে মাঝে বাবা দরজা খুলে খাবার রেখে যেতেন। তিনি জানতেন, এই লড়াই এখন আর শুধু ছেলের নয়—সম্ভবত এক নতুন যুগের সূচনা।

মা উদ্বিগ্ন চোখে তাকিয়ে থাকতেন, কিন্তু আর কিছু বলতেন না।

বিনি এবার যন্ত্রে যোগ করল **ডাবল-লেয়ার সেন্সর সিস্টেম**—যা একসাথে মস্তিষ্কের বৈদ্যুতিক সংকেত ও আবেগের ফ্রিকোয়েন্সি ধরতে পারে। সঙ্গে আরও শক্তিশালী ফিল্টার বসাল, যাতে শব্দগুলো স্পষ্ট হয়।

রাত গভীর হলে সে নিজেই পরীক্ষার সাহস করল। মাথায় ছোট একটা সেন্সর লাগিয়ে সংকেতরূপী চালু করল। গুঞ্জন শুরু হলো। কয়েক সেকেন্ড নীরবতা। তারপর যন্ত্রে ভেসে এলো ফিসফিসে শব্দ—

"আমি পারব... আমি পারব... ভয় করো না..."

বিনির বুক কেঁপে উঠল।

সে বুঝল—এটা তার নিজের মনের প্রতিধ্বনি।

যন্ত্রটা বন্ধ করতেই ঘর আবার নিস্তব্ধ হয়ে গেল। জানলার বাইরে বাতাস বয়ে যাচ্ছিল, কিন্তু বিনির মনে হলো এই বাতাসই যেন বলছে—

"তুই সঠিক পথে হাঁটছিস।"

ডায়েরিতে সে লিখল—

"দ্বিতীয় নকশা শুরু হলো আজ। সংকেতরূপী এখন আমার নিজের মনও ছুঁয়ে ফেলছে। আমি ভয় পাচ্ছি, তবুও এগোব।"

নতুন নকশার শুরুতেই বিনি বুঝতে পারল—এটা শুধু আবিষ্কার নয়, বরং আত্ম-আবিষ্কারের পথও।

নতুন নকশার সূচনা বিনিকে এক ভিন্ন মাত্রায় নিয়ে গেল। আগের যন্ত্রে সংকেত ভাঙাচোরা শোনা যেত, কিন্তু এবার তার নিজের মনের প্রতিধ্বনি এতটা স্পষ্ট শোনা গেল যে সে অবাক হয়ে গেল।

কিন্তু কেবল শোনা নয়, প্রমাণও চাই।

বিনি জানত—*"বিজ্ঞান কেবল কল্পনা নয়, তাকে লিখিত নথি চাই, পরীক্ষার ফল চাই।"*

তাই এবার সে নিজের কাজকে নিয়মতান্ত্রিক করতে শুরু করল।

ঘরের এক কোণে বড় খাতা, ডজনখানেক কাগজ, পুরোনো টেপ রেকর্ডার আর ক্যামেরা সাজিয়ে রাখল।

প্রথমে আবার প্রাণীদের দিকে মন দিল। বাজারের এক কুকুরের দিকে সংকেতরূপী চালু করতেই এবার শোনা গেল পরিষ্কার শব্দ—

"খিদে পেয়েছে... খাবার চাই..."

তারপর একটি গরুর দিকে তাকাল। যন্ত্রে ধরা পড়ল—

"বাচ্চার জন্য দুধ জমছে... ভার লাগছে..."

বিনি অবাক হয়ে সব লিখে নিল। প্রতিটি শব্দ, প্রতিটি সময়, প্রতিটি পরীক্ষার পরিবেশ—সব কিছু ডায়েরির মতো টেবিলে নোট করল।

পরে নিজের ওপর পরীক্ষা করল।

মাথায় সেন্সর লাগাতেই মনের ভেতরের চিন্তাগুলো ভাঙা ভাঙা নয়, বরং স্পষ্টভাবে স্পিকারে বাজল।

"এটা সত্যিই কাজ করছে। হয়তো একদিন বিশ্ব শুনবে।"

নিজের কণ্ঠে নিজের চিন্তা শোনা—এটা যেন আয়নার মধ্যে দাঁড়িয়ে নিজেরই অন্য এক রূপকে শোনার মতো অনুভূতি।

প্রমাণ শক্ত করতে সে রেকর্ডার চালু করল। পুরো সেশন টেপে ধরে রাখল। প্রথমবারের মতো তার কাছে নথিভুক্ত হলো "মানুষের মনের সরাসরি রেকর্ডিং।"

রাত গভীর হলে সে টেবিলে বসে সমস্ত ডেটা গুছিয়ে রাখল। প্রতিটি রেকর্ডিং আলাদা নম্বর দিয়ে সাজাল। মনে হলো, সে আর একা নয়—এই সব শব্দগুলো তার সঙ্গী।

কিন্তু একটা ভয়ও তাকে কুরে কুরে খাচ্ছিল।

"যদি এসব অন্য কারও হাতে পড়ে? যদি সমাজ জানে আমি মানুষের মনের ভেতরে ঢুকে পড়েছি?"

তবুও তার বৈজ্ঞানিক মন বলল— *"প্রমাণ ছাড়া আবিষ্কার টেকে না।"*

ডায়েরির পাতায় সে লিখল—

"আজ থেকে আমি শুধু আবিষ্কারক নই, আমি নথিভুক্ত বিজ্ঞানী। সংকেতরূপীর প্রথম সাফল্য এখন লিপিবদ্ধ।"

বাহিরে তখন ভোরের আলো ফোটার সময়। পাখিরা ডেকে উঠল। বিনি জানল—তার জীবনেরও এক নতুন ভোর শুরু হয়েছে।

বিনির গবেষণা যত গভীর হচ্ছিল, ততই তার একাকীত্বও বাড়ছিল। বন্ধু রাহুল দূরে সরে গেছে, মা এখনও আতঙ্কে থাকেন, আর বাবা শুধু নীরব সমর্থন দেন। তবু তার মনে হচ্ছিল— *"একজন সঙ্গী দরকার। এমন কেউ, যে ভয় পাবে না, বরং বুঝতে চাইবে।"*

একদিন দুপুরে সে কলেজ লাইব্রেরিতে গেল। বৈদ্যুতিক তরঙ্গ আর স্নায়ুবিজ্ঞান সম্পর্কিত বই খুঁজছিল। সেখানেই হঠাৎ দেখা হয়ে গেল তার পুরনো সহপাঠী **সায়ন**-এর সঙ্গে।

সায়ন পড়াশোনায় ভালো, সবসময় কৌতূহলী। তাকে দেখে বিনি অবাক হয়ে গেল। অনেকদিন পরে দেখা।

সায়ন হেসে বলল,

—"কী রে বিনি! তোকে তো এখন আর দেখা যায় না। শুনছি তুই নাকি কোনো অদ্ভুত গবেষণায় মেতেছিস?"

বিনি থমকে গেল। গুজব তাহলে ছড়াতেই শুরু করেছে। কিন্তু সায়নের চোখে কৌতূহল ছিল, বিদ্রূপ নয়।

বিনি একটু দ্বিধা করে বলল,

—"হ্যাঁ, একটা যন্ত্র বানাচ্ছি... যা প্রাণীর মনের সংকেত ধরতে পারে।"

সায়ন প্রথমে হেসে উঠল, কিন্তু তার চোখ জ্বলজ্বল করছিল।

—"মনের সংকেত? মানে টেলিপ্যাথি জাতীয় কিছু?"

বিনি মাথা নেড়ে বলল,

—"একদম টেলিপ্যাথি নয়, তবে কাছাকাছি। এটা আসলে মস্তিষ্কের বৈদ্যুতিক তরঙ্গ আর আবেগের ফ্রিকোয়েন্সি ধরে শব্দে রূপান্তর করে।"

সায়ন অবাক হয়ে গেল। তার ঠোঁটের কোণে হালকা হাসি খেলে গেল।

—"তুই সবসময় অন্য রকম ছিলি। জানিস, আমি বায়ো-সিগন্যাল প্রসেসিং নিয়ে পড়ছি। চাইলে তোকে সাহায্য করতে পারি।"

অনন্তের টানে

বিনির বুক ধড়ফড় করে উঠল। এতদিন ধরে যে বোঝাপড়ার অভাব সে টের পাচ্ছিল, হঠাৎই যেন কেউ এসে পাশে দাঁড়াল।

সেদিন বিকেলেই বিনি সায়নকে নিজের ঘরে নিয়ে এল। সংকেতরূপী দেখে সায়নের চোখ বিস্ময়ে ভরে গেল। সে মনোযোগ দিয়ে প্রতিটি সার্কিট, সেন্সর পরীক্ষা করল।

—"অসাধারণ! কিন্তু এগুলো ঠিকভাবে নথি আকারে না রাখলে তোকে কেউ বিশ্বাস করবে না।"

বিনি চুপ করে রইল। সত্যি কথা বলেছে।

সায়ন বলল,

—"আমি আছি। তুই চাইলে আমরা একসাথে সব ডেটা বৈজ্ঞানিকভাবে সাজাব।"

বিনি মাথা নিচু করে মৃদু হাসল। মনে হলো, দীর্ঘদিনের একাকীত্বের মধ্যে এক আলোর রেখা প্রবেশ করেছে।

ডায়েরিতে সেদিন সে লিখল—

"আজ আমি এক নতুন সঙ্গী পেলাম। সায়ন হয়তো আমার আবিষ্কারের সাক্ষী হবে। হয়তো সে-ই প্রথম মানুষ, যে ভয় না পেয়ে এগিয়ে এল।"

সায়নকে পাশে পেয়ে বিনি স্বস্তি পেলেও, আসল পরীক্ষা তখনো বাকি।

যন্ত্রটা শুধু তার নিজের কানে প্রতিধ্বনি তুলছে না, অন্য কেউও কি এর ফল শুনতে পাবে?

এই প্রশ্নের উত্তর খুঁজতেই তারা এক সন্ধ্যায় ঘরে বসে পরীক্ষা শুরু করল।

বিনি যন্ত্রটা টেবিলে রেখে চালু করল। বাতাসে হালকা গুঞ্জন ভেসে উঠল।

সে সায়নের দিকে তাকিয়ে বলল,

—"এবার তুই শোনার চেষ্টা কর।"

সায়ন কানে ছোট স্পিকার জুড়ে নিল। কয়েক মুহূর্ত নিস্তব্ধতা।

তারপর হঠাৎই তার চোখ বড় হয়ে গেল।

স্পিকারে ভেসে আসছিল অদ্ভুত ফিসফিসে শব্দ—

"বিশ্বাস... ভয়... কৌতূহল..."

সায়ন এক ঝটকায় হেডসেট খুলে ফেলল। মুখে আতঙ্ক আর বিস্ময়ের মিশ্র ছাপ।

—"এগুলো কি... আমারই মাথার কথা?"

বিনি ধীরে মাথা নেড়ে বলল,

—"হ্যাঁ, যন্ত্র এখন তোর সংকেত ধরছে। তবে পুরোপুরি স্পষ্ট নয়।"

সায়ন কিছুক্ষণ চুপ করে বসে থাকল। কপালে ঘাম জমেছে। তারপর হঠাৎ হেসে উঠল—

—"অবিশ্বাস্য! মানে আমি আসলে নিজের মনের প্রতিধ্বনি শুনলাম!"

কিন্তু সেই হাসির আড়ালে একরাশ অস্বস্তিও লুকোনো ছিল। সে আবার বলল,

—"বিনি, এ জিনিস যদি সত্যিই মানুষের মন পড়তে পারে, তবে এটা ভয়ংকরও বটে।"

বিনির বুক ধক করে উঠল।

একইসঙ্গে উল্লাস আর ভয়ের সংঘর্ষ হচ্ছিল ভেতরে।

সে জানত, সায়নের প্রতিক্রিয়া খুব গুরুত্বপূর্ণ—যদি সায়ন ভয় পেয়ে পিছিয়ে যায়, তবে সে আবার একা হয়ে যাবে।

কিন্তু সায়ন কিছুক্ষণ পরই আবার শান্ত হলো।

—"শোন, আমি ভয় পাচ্ছি না। তবে একথা ঠিক—এই আবিষ্কার শুধু বৈজ্ঞানিক নয়, নৈতিক দিক থেকেও কঠিন। তবু আমি আছি তোকে সাহায্য করার জন্য। আমরা প্রমাণ গড়ব, কিন্তু গোপনীয়তাও রক্ষা করব।"

বিনি স্বস্তির নিঃশ্বাস ফেলল।

ডায়েরির পাতায় সে লিখল—

"আজ প্রথমবার অন্য কেউ সংকেত শুনল। প্রতিক্রিয়া ছিল অদ্ভুত—ভয়ের সঙ্গে বিস্ময়ের মিশ্রণ। কিন্তু সায়ন আমার পাশে থাকার প্রতিশ্রুতি দিল। এই মুহূর্তেই সংকেতরূপী মানুষের সীমা ভাঙল।"

টেবিলে যন্ত্রটা নিশ্চুপ শুয়ে ছিল। অথচ তাদের চোখে স্পষ্ট—এটা আর কেবল ধাতব খোলস নয়, বরং এক অদ্ভুত শক্তির উৎস।

সায়নের উপস্থিতি বিনির আত্মবিশ্বাস বাড়িয়ে দিয়েছিল। এখন সে আগের চেয়ে বেশি নিয়মতান্ত্রিকভাবে পরীক্ষা চালাচ্ছিল। প্রতিদিনের রেকর্ডিং, সঠিক নথি, নতুন সার্কিটের চিত্র—সবকিছু গুছিয়ে রাখছিল তারা দু'জনে।

কিন্তু গোপন জিনিস বেশিদিন লুকিয়ে থাকে না।

এক বিকেলে সায়ন ও বিনি সংকেতরূপীর নতুন সংস্করণ

নিয়ে পরীক্ষা করছিল। হঠাৎ দরজার বাইরে শব্দ হলো— কারও ফিসফিসানি। বিনি দ্রুত যন্ত্রটা ঢেকে রাখল। দরজা খুলতেই দেখা গেল পাশের ফ্ল্যাটের কিশোর রিমন দাঁড়িয়ে আছে।

—"দাদা, কী হচ্ছে? এত শব্দ বেরোচ্ছে কেন? আমি ভেতরে আসতে পারি?"

বিনি ঘাবড়ে গিয়ে বলল,

—"না না, কিছু না। শুধু একটা সায়েন্স প্রোজেক্ট।"

কিন্তু রিমন সহজে বিশ্বাস করল না। তার চোখে কৌতূহল ঝিলিক মারল।

সেদিন সে চলে গেল ঠিকই, কিন্তু দু'দিন পর বাজারে গিয়ে বিনি শুনল—লোকজন বলাবলি করছে:

"শুনেছিস? ওই ছেলেটা নাকি এমন যন্ত্র বানিয়েছে, যা মানুষের মনের কথা শুনতে পারে!"

বিনির বুক ধক করে উঠল।

গুজবটা যেন আগুনের মতো ছড়িয়ে পড়ছিল। কেউ হেসে উড়িয়ে দিচ্ছিল, কেউ আবার সন্দেহের চোখে তাকাচ্ছিল।

রাতে সায়ন এসে বলল,

—"আমি তোকে বলেছিলাম, নথি গুছিয়ে রাখতে। কিন্তু গুজব ছড়াতে শুরু করেছে। এটা ভালোও হতে পারে, খারাপও হতে পারে।"

বিনি হাঁটাহাঁটি করতে লাগল ঘরে।

—"আমি চাইনি এখনই কেউ জানুক। মানুষ বুঝবে না, ভয় পাবে।"

সায়ন শান্ত কণ্ঠে বলল,

—"কিন্তু এটাও তো সত্যি, তুই একটা অদ্ভুত শক্তির দরজা খুলেছিস। লোকেরা সেটা বুঝুক বা না বুঝুক, গুজব থামবে না।"

পরের দিন বাজারে এক বয়স্ক লোক বিনির সামনে এসে দাঁড়াল।

—"তুই-ই বিনি? শোন, এসব নিয়ে খেলতে নেই। মানুষের মন ঈশ্বর ছাড়া কেউ পড়তে পারবে না।"

বিনি কিছু বলল না। মাথা নিচু করে চলে গেল। কিন্তু ভেতরে ভয় আর ক্ষোভ উভয়েই দোলা দিল।

ডায়েরিতে সে লিখল—

"আজ প্রথমবার আমার গোপন তথ্য সমাজে ফাঁস হয়ে গেল। গুজব ছড়াচ্ছে আগুনের মতো। আমি জানি না, এটা আশীর্বাদ নাকি অভিশাপ।"

টেবিলে সংকেতরূপী নিশ্চুপ পড়ে ছিল, কিন্তু বিনির মনে হচ্ছিল—এবার সত্যিই বাইরের পৃথিবী তাকে আর একা ছেড়ে দেবে না।

গুজব রটতে শুরু করার পর থেকেই বিনির ভেতরে এক অদ্ভুত অস্বস্তি বাসা বাঁধল।

আগে সংকেতরূপী ছিল তার আর সায়নের গোপন খেলার মাঠ, এখন মনে হচ্ছিল চারপাশে অদৃশ্য চোখ তাকে তাড়া করছে।

এক রাতে পরীক্ষার ফাঁকে সায়ন হঠাৎ জানালার দিকে ইশারা করল।

—"দেখেছিস? কেউ দাঁড়িয়ে ছিল মনে হলো।"

বিনি ছুটে গিয়ে বাইরে তাকাল।

গলির অন্ধকারে এক ছায়ামূর্তি দেখা গেল, মুহূর্তেই মিলিয়ে গেল।

পরদিন বাজারে গেলে আবার খেয়াল করল, দু'জন অপরিচিত লোক তাকে অনুসরণ করছে। তাদের চেহারায় অদ্ভুত কৌতূহল আর কঠিন দৃষ্টি।

বিনি ঘাবড়ে গিয়ে ভিড়ের মধ্যে হারিয়ে গেল।

রাতে সায়ন এসে বলল,

—"বুঝতে পারছিস তো? শুধু সাধারণ গুজব নয়, হয়তো কারও বিশেষ আগ্রহ জন্মেছে।"

বিনি কাঁপা কণ্ঠে বলল,

—"মানে?"

—"মানে, তোর যন্ত্রকে কেউ হয়তো নিজেদের দখলে নিতে চাইছে। বিজ্ঞান সংস্থা, সরকার, বা হয়তো কোনো গোপন সংগঠন। যাই হোক, তাদের নজর তোকে ঘিরে ফেলছে।"

বিনির বুক ধড়ফড় করে উঠল। সংকেতরূপী হঠাৎই যেন আর সাধারণ যন্ত্র মনে হলো না—এ যেন এক অমূল্য সম্পদ, যার জন্য মানুষ লড়াই করতে পারে।

সেদিন রাতে জানলার বাইরে অচেনা মোটরসাইকেলের শব্দ ভেসে এলো। কিছুক্ষণ দাঁড়িয়ে থেকে চলে গেল।

বিনি বুঝল, তার ভয় অমূলক নয়।

ডায়েরিতে সে লিখল—

"আজ আমি প্রথমবার সত্যিকারের হুমকি অনুভব করলাম। কেউ একজন আমার পেছনে লেগেছে। আমি জানি না তারা কারা, কিন্তু নিশ্চিত তারা সংকেতরূপী চাইবে। আমি কি পারব এটাকে রক্ষা করতে?"

সেই রাতেই ঘুম ভাঙল এক অদ্ভুত শব্দে—কেউ যেন দরজার তালা নেড়ে দেখল।

বিনি বিছানা থেকে লাফিয়ে উঠল, যন্ত্র বুকে জড়িয়ে ধরল। কয়েক সেকেন্ড পর নিস্তব্ধতা ফিরে এলো।

কিন্তু তার ভেতরে একটা সত্য স্পষ্ট হয়ে গেল—

এখন থেকে সে শুধু আবিষ্কারক নয়, এখন সে এক শিকারও।

হুমকির ছায়া ঘনিয়ে আসার সঙ্গে সঙ্গেই পরিবারের ভেতরেও উত্তেজনা বাড়তে লাগল।

বাবা এখনো চুপচাপ সমর্থন দিচ্ছিলেন, কিন্তু মায়ের চোখে ভয়ের ছাপ স্পষ্ট হয়ে উঠছিল প্রতিদিন।

এক সন্ধ্যায় খাবার টেবিলে বসে হঠাৎ মা বললেন,

—"বিনি, আমি আর পারছি না। তুই দিন দিন বিপদের দিকে হাঁটছিস। কাল রাতে কেউ দরজায় হাত দিয়েছে, আমি স্পষ্ট শুনেছি।"

বাবা দীর্ঘশ্বাস ফেলে বললেন,

—"হ্যাঁ, আমি-ও শুনেছি। কিন্তু বিনি এখন মাঝপথে থামতে পারবে না।"

মায়ের কণ্ঠ কেঁপে উঠল।

—"মাঝপথে থামতে পারবে না মানে? জীবনটা কি খেলনা? যদি কেউ সত্যিই ছেলের ক্ষতি করে?"

বিনি চুপ করে খেতে লাগল। বুকের ভেতরে ভারি পাথর চেপে বসছিল।

অবশেষে সে বলল,

—"মা, আমি জানি ঝুঁকি আছে। কিন্তু আমি যদি এখন থেমে যাই, তবে এতদিনের পরিশ্রম, এতগুলো সত্য—সবই মিথ্যে হয়ে যাবে। সংকেতরূপী কেবল আমার স্বপ্ন নয়, এটা হয়তো মানবজাতির ভবিষ্যৎ।"

মা চোখ মুছতে মুছতে বললেন,

—"ভবিষ্যৎ যদি তোর জীবন নিয়ে যায়, তবে তার দাম কী?"

বাবা ধীর কণ্ঠে যোগ করলেন,

—"ওকে বুঝতে দাও, আবিষ্কারকের জীবন কখনোই সহজ হয় না।"

মা আর কিছু বললেন না। তবে তার নীরব কান্না ঘরটাকে ভারী করে তুলল।

রাতে বিনি জানলার ধারে দাঁড়িয়ে থাকল। বাইরে অন্ধকার, মাঝে মাঝে কুকুরের ডাক। ভেতরে সায়ন এসে চুপচাপ বসে বলল,

—"তুই চাইলে আমি যন্ত্রটা কিছুদিন আমার কাছে রাখতে পারি। অন্তত তোর পরিবার একটু শান্তি পাবে।"

বিনি মাথা নাড়ল।

—"না, এটা আমার দায়িত্ব। আমি যদি পালিয়ে যাই, তবে আবিষ্কারও পালাবে।"

ডায়েরিতে সে লিখল—

"আজ আমার পরিবার ভেঙে পড়ছে। মা চাইছে আমি থেমে যাই, বাবা চাইছে আমি এগিয়ে যাই। আমি মাঝখানে দাঁড়িয়ে আছি—দুটো দিকই আমাকে টানছে। তবু আমি জানি, আমি থামব না।"

সে জানত, পরিবারকে হয়তো কষ্ট দেবে, কিন্তু সংকেতরূপীর পথ ছেড়ে দিলে সে নিজেকেই হারাবে।

টানা কয়েকদিনের চাপ, গুজব, আর পরিবারের দ্বন্দ্বে বিনি যেন ভেঙে পড়ছিল।

এক রাতে সে একাই কলেজ থেকে ফিরছিল। চারপাশ ফাঁকা, হালকা কুয়াশা। হঠাৎই অনুভব করল—কেউ যেন তাকে অনুসরণ করছে।

পিছনে তাকাতেই অন্ধকারে একটা অবয়ব।

বিনির বুক ধক করে উঠল। হাঁটা বাড়িয়ে দিল।

অচেনা মানুষটাও পা বাড়াল।

হঠাৎ লোকটা ডাক দিল—

—"বিনি!"

সে থমকে দাঁড়াল। মুখটা ছায়ায় ঢাকা, কিন্তু কণ্ঠে অদ্ভুত দৃঢ়তা।

—"ভয় পেও না। আমি তোমার ক্ষতি করতে আসিনি।"

অনন্তের টানে

বিনি কাঁপা গলায় বলল,

—"তুমি কে?"

লোকটা এগিয়ে এলো। মধ্যবয়সী, সাদা শার্ট, কাঁধে একটা ব্যাগ। চোখে ক্লান্তি, কিন্তু কণ্ঠে দৃঢ়তা।

—"আমি অনেকদিন ধরে তোর কাজের খবর পাচ্ছি। তুই একটা বড় আবিষ্কারের দ্বারপ্রান্তে দাঁড়িয়ে আছিস। কিন্তু সাবধান, সবাই তোকে সমর্থন করবে না।"

বিনি সন্দিহান হয়ে বলল,

—"তাহলে তুমি কেন এসেছো?"

লোকটা চারপাশ দেখে নিল, তারপর নিচু গলায় বলল,

—"কারণ আমি জানি, সংকেতরূপী মানুষের ভবিষ্যৎ বদলে দিতে পারে। আমি চাই না এটা ভুল মানুষের হাতে পড়ুক। তুই একা লড়বি না—আমি আছি।"

তারপর ব্যাগ থেকে একটা ছোট ড্রাইভ বের করে দিল।

—"এখানে কিছু ডেটা আছে। বিদেশে মস্তিষ্ক তরঙ্গ নিয়ে গোপন গবেষণার নথি। হয়তো তোর কাজে লাগবে।"

বিনি হতবাক।

—"কিন্তু তুমি এতসব দিচ্ছো কেন? তুমি কে?"

লোকটা হালকা হেসে বলল,

—"আমাকে বন্ধু ভাবতে পারিস। নামটা আপাতত দরকার নেই। শুধু মনে রাখিস—তুই একা নস।"

বলেই অন্ধকারের মধ্যে মিলিয়ে গেল।

বিনি কিছুক্ষণ দাঁড়িয়ে রইল, ড্রাইভটা হাতে নিয়ে। মাথার ভেতরে হাজারো প্রশ্ন ঘুরছিল।

কে এই মানুষ? কেন তাকে সাহায্য করছে?

বাড়ি ফিরে ডায়েরিতে লিখল—

"আজ এক অচেনা সাহায্যকারী এলো। সে আমাকে সাবধান করল, আবার দিকনির্দেশও দিল। আমি জানি না তার উদ্দেশ্য কী। তবে বুঝলাম—এই পথ আমি একা হাঁটছি না। অদৃশ্য ছায়ার মাঝে কোনো অচেনা আলোও আছে।"

অচেনা সাহায্যকারীর ড্রাইভ পাওয়ার পর থেকে বিনির মাথায় যেন নতুন জগত খুলে গেল। বিদেশি গবেষণার নথি পড়ে সে বুঝল—সে একা নয়, পৃথিবীর আরও অনেক জায়গায় মস্তিষ্ক তরঙ্গ নিয়ে পরীক্ষা চলছে। কিন্তু তার যন্ত্র, **সংকেতরূপী**, সবার চেয়ে এক ধাপ এগিয়ে গেছে।

তবু ভয় কাটল না।

প্রতিদিন যেন কোনো না কোনো ছায়া তাকে অনুসরণ করছে।

এক রাতে সায়ন তার বাড়িতে এসে বলল,

—"আজ কলেজ থেকে বেরোনোর সময় দেখলাম দু'জন লোক আমাদের ছবি তুলছিল।"

বিনি চমকে উঠল।

—"তারা কারা?"

সায়ন মাথা নাড়ল।

—"চিনি না। তবে নিশ্চিত, তারা আমাদের নিয়ে পড়েছে।"

কথা শেষ হতেই হঠাৎ বাইরে কুকুরের প্রচণ্ড ঘেউ ঘেউ। বিনি জানালার পর্দা সরিয়ে দেখল—দু'জন অচেনা লোক

গলির কোণে দাঁড়িয়ে আছে। তারা সরাসরি বাড়িটার দিকেই তাকিয়ে।

মুহূর্তেই ভয়ের স্রোত নেমে গেল তার শরীরে।

সে দ্রুত সংকেতরূপী বুকের কাছে টেনে নিল।

সায়ন বলল,

—"ওরা যদি ঢুকে পড়ে?"

বিনি গলাটা শুকিয়ে আসা কণ্ঠে বলল,

—"তাহলে আমি ওদের হাতে যন্ত্রটা তুলে দেব না, যেভাবেই হোক রক্ষা করব।"

হঠাৎ দরজায় জোরে ধাক্কা এলো।

মা চিৎকার করে উঠলেন,

—"কে ওখানে?"

কোনো উত্তর নেই। শুধু আবার ধাক্কা।

বাবা দৌড়ে গিয়ে লাঠি হাতে নিলেন। কিন্তু দরজা খোলার আগে হঠাৎ সব নিস্তব্ধ। বাইরে তাকিয়ে দেখা গেল, লোকগুলো অদৃশ্য হয়ে গেছে।

ঘরের ভেতরে নিস্তব্ধতা ভর করল। সবার মুখে আতঙ্কের ছাপ।

বিনি বুঝল—এখন থেকে হুমকি আর কল্পনা নয়, বরং বাস্তব। সে ডায়েরিতে লিখল—

"আজ প্রথমবার বিপদ আমার দরজায় এসে দাঁড়াল। ওরা কারা আমি জানি না, কিন্তু নিশ্চিত—ওরা সংকেতরূপীর পেছনে। আমি জানি না সামনে কী অপেক্ষা করছে, তবে এ লড়াই থেকে আর পিছিয়ে আসা যাবে না।"

সেদিন রাতেই সে যন্ত্রটা বিছানার নিচে লুকিয়ে রাখল। চোখ বুজে শুয়ে থাকলেও প্রতিটি শব্দে মনে হচ্ছিল, আবার কেউ দরজায় ধাক্কা দিচ্ছে।

বিপদ দরজায় এসে দাঁড়ানোর পর থেকে ঘরের ভেতর যেন এক অদৃশ্য আতঙ্ক ছড়িয়ে পড়েছিল। মা কিছুতেই শান্ত হতে পারছিলেন না, বাবা প্রতিটি শব্দে সতর্ক হচ্ছিলেন, আর সায়নও স্বাভাবিকের চেয়ে অনেক বেশি গম্ভীর হয়ে গিয়েছিল।

কিন্তু এই ভয়ই বিনির ভেতরে এক নতুন আগুন জ্বালিয়ে দিল।

সে বুঝল—ভয় তাকে ভেঙে দিতে পারে, আবার শক্তিও জোগাতে পারে।

পরদিন ভোরে সে ঘুম থেকে উঠে সোজা জানলার ধারে দাঁড়াল। আকাশে প্রথম সূর্যের আলো। মনে হলো—যেমন ভোর অন্ধকার ভেঙে আসে, তেমনি তাকেও ভেতরের অন্ধকার ভেঙে আলোর পথে হাঁটতে হবে।

সে ডায়েরি খুলে লিখল—

“আমি আর পালাব না। বিপদ যতই বাড়ুক, আমি সংকেতরূপীকে শেষ পর্যন্ত নিয়ে যাব। এটা কেবল আমার আবিষ্কার নয়, আমার অস্তিত্ব।”

সেদিনই সে সায়নকে ডেকে বলল,

—“আমাদের কাজ থামানো যাবে না। এখন থেকে যন্ত্রটাকে আরও উন্নত করতে হবে, যাতে এটা শুধু সংকেত ধরতে নয়, বরং সঠিকভাবে অনুবাদও করতে পারে।”

সায়ন তার দিকে তাকিয়ে মৃদু হাসল।

—"মানে তুই ভয় পেলি না?"

বিনি দৃঢ় গলায় বলল,

—"ভয় পেয়েছি। কিন্তু ভয়ই আমাকে শক্তি দিয়েছে।"

এরপর তারা দু'জনে লেগে গেল নতুন পরীক্ষায়। আগের নকশার ফাঁকফোকর খুঁজে বের করল। বিদেশি নথির ড্রাইভ থেকে কিছু প্রযুক্তি নিয়ে সেটার সঙ্গে নিজের ভাবনাগুলো মিশিয়ে নতুন সার্কিট আঁকতে শুরু করল।

বাবা নীরবে তাদের খাটতে দেখলেন। একসময় কাছে এসে শুধু বললেন,

—"যা করিস, সাবধানে করিস। আমরা তোর পাশে আছি।"

মায়ের চোখে এখনও ভয়, কিন্তু সেদিন তিনিও আর কিছু বললেন না। যেন মেনে নিলেন—ছেলের পথ আটকানো যাবে না।

বিনির চোখে জ্বলছিল নতুন আলো।

গেল কয়েকদিনে সে যত ভয়, যত হুমকি, যত দ্বন্দ্ব দেখেছে—সবকিছু যেন এক জায়গায় এসে মিশে তৈরি করল এক শক্তিশালী সংকল্প।

ডায়েরির পাতায় সে শেষ লাইন লিখল—

"আজ থেকে আমি আর শুধু আবিষ্কারক নই, আমি লড়াকু।
সংকেতরূপী শুধু যন্ত্র নয়, এটা আমার জীবনের প্রতীক।
আমি যতদিন বেঁচে আছি, ততদিন এর শ্বাস চলবে।"

রাতের আকাশে তারা জ্বলছিল। মনে হচ্ছিল, তারাও যেন বিনির প্রতিজ্ঞার সাক্ষী হয়ে দাঁড়িয়ে আছে।

অধ্যায় ৪ : সংকেতরূপীর নতুন দ্বার উদ্ঘাটন

বহু রাত জেগে সার্কিটে পরিবর্তন আনা, সিগন্যাল প্রসেসিং-এর অ্যালগরিদম পাল্টানো, আর নতুন সেন্সর বসানোর পর অবশেষে সেই প্রতীক্ষার মুহূর্ত এসে গেল।

বিনি আর সায়ন যন্ত্রটাকে মাঝখানে রেখে টেবিলে বসল। ঘর নিস্তব্ধ, শুধু যন্ত্রটার ভেতর থেকে মৃদু গুঞ্জন বেরোচ্ছে।

বিনি গভীর নিশ্বাস নিয়ে বলল,

—"আজ যদি কাজ হয়, তাহলে সংকেতরূপী আর শুধু স্বপ্ন নয়, বাস্তব।"

সায়ন মৃদু হাসল।

—"তাহলে শুরু হোক।"

তারা প্রথমে পরীক্ষার জন্য একটা সহজ প্রক্রিয়া ঠিক করল। সায়ন মনে মনে কয়েকটা শব্দ ভেবেছিল—"আলো", "বিশ্বাস", আর "ভবিষ্যৎ"।

সংকেতরূপীর সেন্সর তার মাথার কাছে বসানো হলো।

প্রথম কয়েক সেকেন্ড কিছুই হলো না।

তারপর হঠাৎ স্পিকারে ভেসে এলো—

"আলো... বিশ্বাস... ভবিষ্যৎ..."

সায়নের চোখ বিস্ময়ে বড় হয়ে গেল।

—"এটা... আমার মনের কথাই তো!"

বিনি চিৎকার করে উঠল আনন্দে।

—"হ্যাঁ! এবার শব্দগুলো পুরোপুরি স্পষ্ট!"

আগে যেখানে শুধু অস্পষ্ট শব্দ বা ফিসফিসানি শোনা যেত, এবার যন্ত্র সরাসরি মানুষের মনের চিন্তাকে শব্দে রূপান্তর করেছে।

এ যেন এক অলৌকিক সাফল্য।

তারা আবার পরীক্ষা করল। এবার বিনি নিজের মনে "মা" শব্দটা ভাবল।

কয়েক সেকেন্ড পর সংকেতরূপী বলল—

"মা।"

বিনির চোখ ভিজে গেল আনন্দে। তার মনে হলো—যেন এতদিনের সাধনা আজ সত্যি রূপ নিল।

সায়ন উচ্ছ্বাসে বলল,

—"এটা শুধু যন্ত্র নয়, এটা ইতিহাসের মোড় ঘোরানো মুহূর্ত!"

তারা পরপর আরও কয়েকটা পরীক্ষা চালাল। প্রতিটি পরীক্ষায় শব্দগুলো স্পষ্টভাবে ধরা পড়ছিল।

যন্ত্রের ভেতরে লাল আলো জ্বলজ্বল করছিল, যেন সেটাও তাদের সঙ্গে উল্লাস করছে।

বিনি ডায়েরিতে লিখল—

"আজ সংকেতরূপী প্রথমবার মানুষের মনের কথা স্পষ্টভাবে বলল। আমি আর একা নই, আমার স্বপ্ন আজ বাস্তবের মাটিতে দাঁড়িয়েছে। কিন্তু জানি, এ সাফল্যের সঙ্গে সঙ্গে বিপদও দ্বিগুণ হলো।"

ঘরের ভেতরে দু'জনের চোখে একইসঙ্গে উচ্ছ্বাস আর আশঙ্কার ছাপ। তারা দুজনেই বুঝল—এবার থেকে আর ফেরা সম্ভব নয়।

যন্ত্রটা যখন স্পষ্টভাবে মানুষের চিন্তা অনুবাদ করতে শুরু করল, বিনি জানত—এটা তার একার সাফল্য নয়। সায়নের অবদান ছাড়া এতদূর আসা অসম্ভব ছিল।

সেদিন রাতে তারা দু'জনে যন্ত্রটাকে টেবিলে রেখে একে অপরের দিকে তাকাল।

বিনি শান্ত কণ্ঠে বলল,

—"তুই না থাকলে আমি হয়তো এ জায়গায় আসতে পারতাম না।"

সায়ন হেসে মাথা নাড়ল।

—"আরে বোকা, এটা তোর রক্তে আছে। আমি শুধু তোর আগুনে একটু হাওয়া দিয়েছি।"

কিন্তু আসলে সায়নের অবদান অনেক গভীর।

সে ছিল বায়ো-সিগন্যাল প্রসেসিং-এর ছাত্র। তার পড়াশোনার অংশ হিসেবে EEG (Electroencephalogram) নিয়ে কাজ করেছিল। সে জানত—মানুষের মস্তিষ্ক থেকে নির্গত বৈদ্যুতিক সংকেত কীভাবে রেকর্ড করতে হয়, কীভাবে ফিল্টার করতে হয়, আর কীভাবে নির্দিষ্ট প্যাটার্ন চিহ্নিত করতে হয়।

বিনি তার স্বপ্নের যন্ত্র বানিয়েছিল, কিন্তু সায়ন সেটাকে কার্যকর করার পথ দেখিয়েছিল।

সে বলল,

—"তুই শুধু শব্দ ধরতে পারিস। কিন্তু এই সংকেতগুলো

আসলে মস্তিষ্কের নির্দিষ্ট নিউরনের প্যাটার্ন। আমি যদি সেই প্যাটার্নগুলোকে শ্রেণিবদ্ধ করে দিই, তাহলে যন্ত্রটা আরও দ্রুত ও নির্ভুলভাবে চিন্তা অনুবাদ করতে পারবে।"

তারপর কয়েকদিন ধরে সায়ন ঘুম-খাওয়া ভুলে লেগে থাকল কোডিং আর ডেটা বিশ্লেষণে।

সে যন্ত্রের ভেতরে এমন এক সফটওয়্যার তৈরি করল, যা সংকেতকে শুধু ধরবে না, বরং একে ভাষায় অনুবাদ করতে শেখাবে।

পরীক্ষার সময় সায়ন মজা করে বলল,

—"দেখিস, আজ যদি আমি মনে মনে তোকে গাল দিই, যন্ত্রটা সরাসরি বলে ফেলবে!"

তারা হাসতে হাসতে পরীক্ষা চালাল। সায়ন মনে মনে "পাগল" শব্দটা ভেবেছিল।

কয়েক সেকেন্ডের মধ্যেই যন্ত্র থেকে ভেসে এলো—

"পাগল।"

বিনি হেসে লুটোপুটি খেল।

কিন্তু তার চোখে কৃতজ্ঞতার ছাপ স্পষ্ট।

—"তুই না থাকলে আমি হয়তো কখনো এই স্বপ্নকে বাস্তবে দেখতে পেতাম না।"

ডায়েরিতে সে লিখল—

"আজ বুঝলাম, আবিষ্কার কখনো একার নয়। সায়ন আমার বন্ধু নয় শুধু, সে আমার সহযোদ্ধা। সংকেতরূপী এখন থেকে আমাদের দু'জনের সন্তান।"

সেদিন রাতে যখন যন্ত্রটা শান্তভাবে টেবিলে রাখা ছিল, মনে হচ্ছিল সেটাও যেন তাদের বন্ধুত্বের সাক্ষী হয়ে দাঁড়িয়ে আছে।

সংকেতরূপীর সাফল্য উদযাপনের আনন্দ তখনো শেষ হয়নি। প্রতিদিন নতুন নতুন পরীক্ষা হচ্ছিল, আর প্রতিবারই যন্ত্র আরও স্পষ্টভাবে মানুষের চিন্তা প্রকাশ করছিল।

কিন্তু একদিন হঠাৎ এমন কিছু ঘটল, যা তাদের দু'জনের জীবনই পাল্টে দিল।

সেদিন রাতে তারা যন্ত্র চালু করে বসেছিল, উদ্দেশ্য ছিল সায়নের মস্তিষ্ক থেকে আরও জটিল বাক্য অনুবাদ করা।

সায়ন মনে মনে একটি লম্বা বাক্য গঠন করল—

"আগামীকাল আমরা কলেজে গিয়ে নতুন মডিউল ইনস্টল করব।"

প্রথম কয়েক সেকেন্ড যন্ত্র স্বাভাবিকভাবে শব্দ ধরছিল।

"আগামীকাল... আমরা... কলেজে..."

কিন্তু হঠাৎ যন্ত্র থেকে বেরোল অচেনা শব্দ, যা কারও চিন্তার সঙ্গে মেলেনি।

একটি ভারী, অস্বাভাবিক কণ্ঠ—

"তোমরা শোনছ... আমরা দেখছি..."

বিনি আর সায়ন দু'জনেই কেঁপে উঠল।

—"এটা কী হলো?"

সায়ন আতঙ্কিত গলায় বলল,

—"আমি তো এটা ভাবিনি! আমি শুধু পরীক্ষার বাক্যটা ভাবছিলাম।"

বিনি যন্ত্রের ডিসপ্লের দিকে তাকাল। সেখানে অদ্ভুত সব ওয়েভফর্ম ভেসে উঠছে, যা মানুষের স্বাভাবিক EEG সংকেতের সঙ্গে মেলানো যায় না।

সে ফিসফিস করে বলল,

—"মানে এই সংকেত অন্য কোথাও থেকে এসেছে..."

ঘর নিস্তব্ধ হয়ে গেল। মনে হচ্ছিল, যেন চারপাশে কেউ তাকিয়ে আছে।

তাদের কানে এখনও প্রতিধ্বনিত হচ্ছিল সেই রহস্যময় বার্তা—

"আমরা দেখছি..."

সায়ন কাঁপা হাতে যন্ত্রটা বন্ধ করে দিল।

—"বিনি, এ তো মানুষের নয়। এটা... অন্য কিছুর।"

বিনি গভীর শ্বাস নিল। মাথায় হাজার প্রশ্ন ঘুরছিল।

কে এই অচেনা কণ্ঠ?

মানুষের বাইরে কি সত্যিই কেউ তাদের সংকেত শুনছে?

ডায়েরিতে সে লিখল—

"আজ প্রথমবার সংকেতরূপী আমাদের এমন এক দরজার সামনে দাঁড় করাল, যা আমরা কল্পনাও করিনি। এটা শুধু মানুষের মনের কথা শোনে না, বরং হয়তো এমন এক জগতের সঙ্গেও যুক্ত, যা আমাদের নাগালের বাইরে। আমি ভয় পাচ্ছি, কিন্তু একইসঙ্গে কৌতূহলেও পুড়ছি।"

ঘরের আলো যেন আরও ম্লান হয়ে এলো।

তাদের মনে হলো—অচেনা কণ্ঠটা আবারও ফিরে আসবে।

অনন্তের টানে

রহস্যময় কণ্ঠস্বর শোনার পর থেকেই বিনি আর সায়নের ভেতরে আতঙ্ক আর কৌতূহল একসঙ্গে বেড়ে যাচ্ছিল। তারা ঠিক করেছিল, আপাতত বিষয়টা কাউকে জানাবে না। কিন্তু ভাগ্য যেন তাদের পরিকল্পনা মানতে রাজি ছিল না।

এক বিকেলে বিনি কলেজের ল্যাবে গোপনে যন্ত্র পরীক্ষা করছিল। তার উদ্দেশ্য ছিল আগের রাতের অস্বাভাবিক ওয়েভফর্মগুলো আবার ধরা যায় কিনা।

কিন্তু পরীক্ষার মাঝেই ল্যাবের দরজা ঠেলে ঢুকে পড়ল তাদের সহপাঠী **অদ্রিজা**।

অদ্রিজা বিজ্ঞান বিভাগের সেরা ছাত্রদের একজন, তীক্ষ্ণ চোখ আর প্রশ্নবোধক কণ্ঠস্বর সবসময় সঙ্গী।

সে অবাক হয়ে তাকাল টেবিলের ওপর রাখা ছোট্ট যন্ত্রটার দিকে।

—"বিনি, এটা কী? নতুন কোনো প্রজেক্ট?"

বিনি হকচকিয়ে গেল।

—"না না... এটা তো স্রেফ একটা সিগন্যাল প্রসেসর। তেমন কিছু না।"

কিন্তু হঠাৎ সায়ন, যে যন্ত্রে সেন্সর লাগিয়ে বসেছিল, মনের ভেতর এক শব্দ ভাবল— *"অদ্রিজা।"*

মুহূর্তেই সংকেতরূপী থেকে স্পষ্ট ভেসে এলো—

"অদ্রিজা।"

ঘর জমে গেল নিস্তব্ধতায়।

অদ্রিজার চোখ বিস্ফারিত হয়ে গেল।

—"ওহ মাই গড! এটা কি আমার নাম বলল? মানে... তোমরা মনের কথা মেশিনে রূপান্তর করছ?"

বিনি কিছু বলতে গিয়েও থেমে গেল। মুখ শুকিয়ে আসছিল। অদ্রিজা উত্তেজিত স্বরে বলল,

—"এটা তো বিশাল আবিষ্কার! তোমরা ইতিহাস গড়তে চলেছ!"

কিন্তু সায়ন তার কানে ফিসফিস করে বলল,

—"বুঝছিস তো? এখন প্রমাণ ফাঁস হয়ে গেল।"

বিনি মাথা নিচু করে জানল, আর গোপন রাখা সম্ভব নয়। অদ্রিজা দৃঢ় স্বরে বলল,

—"চিন্তা কোরো না, আমি কাউকে বলব না। তবে আমি সাহায্য করতে চাই। এই আবিষ্কারকে তোমরা দু'জনের মধ্যে আটকে রাখলে চলবে না।"

বিনির মনে দ্বন্দ্ব শুরু হলো। একদিকে ভয়—যদি অদ্রিজা কথা না রাখে, তবে পুরো বিষয়টা বাইরের জগতে ফাঁস হয়ে যাবে।

অন্যদিকে, হয়তো সে সত্যিই সাহায্য করতে চায়।

ডায়েরিতে সে লিখল—

"আজ প্রথমবার সংকেতরূপীর অস্তিত্ব অন্য কারও চোখে ধরা পড়ল। আমি জানি না, এটা আশীর্বাদ নাকি অভিশাপ। হয়তো এখন থেকে গোপন রাখা আর সম্ভব নয়।"

সেদিন রাতে জানলার বাইরে দাঁড়িয়ে বিনি হঠাৎ টের পেল—রাস্তার মোড়ে দু'জন অচেনা মানুষ দাঁড়িয়ে তাকে লক্ষ্য

করছে।

হয়তো গোপনীয়তার শেষ সীমারেখা ভেঙে গেছে।

অদ্রিজার সামনে সংকেতরূপীর ক্ষমতা ফাঁস হয়ে যাওয়ার পর থেকেই বিনির মনে অদ্ভুত অশান্তি বাসা বাঁধল। সে যতই চেষ্টায় থাকুক গোপন রাখতে, ঘটনাগুলো যেন বারবার তার হাত ফসকে বেরিয়ে যাচ্ছে।

এক সপ্তাহ কেটে গেল। সবকিছু যেন আবার স্বাভাবিক হয়ে এসেছে—ক্লাস, ল্যাব, পরীক্ষার রুটিন। কিন্তু বিনি টের পাচ্ছিল, কিছু একটা বদলেছে।

প্রথম সন্দেহ জাগল, যখন কলেজ ল্যাবের বাইরে সে দু'জন অপরিচিত মানুষকে দাঁড়িয়ে থাকতে দেখল। কালো পোশাক, গম্ভীর মুখ, হাতে ছোট নোটবুক। তারা কারও সঙ্গে কথা বলছিল না, শুধু ল্যাব থেকে বের হওয়া ছাত্রদের এক এক করে লক্ষ্য করছিল।

সায়ন ফিসফিস করে বলল,

—"ওরা সাধারণ লোক না। সরকারি গোয়েন্দা বিভাগের মতো লাগছে।"

বিনি ঠোঁট কামড়াল।

—"মানে আমাদের ওপর নজর রাখা শুরু হয়ে গেছে?"

কয়েকদিন পর পরিস্থিতি আরও স্পষ্ট হয়ে গেল।

ক্লাসে হঠাৎই নতুন এক অধ্যাপক আসলেন, যিনি মস্তিষ্ক বিজ্ঞানের বিশেষজ্ঞ বলে পরিচয় দিলেন। কিন্তু তার প্রশ্নগুলো ছিল অদ্ভুত—

—"তোমরা কি EEG-র সীমার বাইরে কোনো ডিভাইস তৈরি

করছ?”

—“কেউ কি সরাসরি চিন্তাকে ভাষায় রূপান্তরের চেষ্টা করছে?”

বিনি আর সায়ন দু’জনেই একে অপরের দিকে তাকাল। প্রশ্নগুলো খুবই সুনির্দিষ্ট, যেন কেউ আগেই জানে তারা কী করছে।

তারপর একদিন বিনি লক্ষ্য করল, কলেজ থেকে ফেরার পথে তার ফোনে অচেনা অ্যাপ ইনস্টল হয়ে গেছে। সে বুঝল—তার প্রতিটি পদক্ষেপ এখন নজরবন্দি।

বাড়িতে ফিরে ডায়েরিতে লিখল—

“আজ নিশ্চিত হলাম, সরকার জানে আমার যন্ত্রের ব্যাপারে। হয়তো অদ্রিজার কথা ফাঁস হয়নি, হয়তো অন্য কোথাও থেকে খবর গেছে। কিন্তু এখন তারা আমাদের প্রতিটি শ্বাস লক্ষ্য করছে। সংকেতরূপী শুধু আমার হাতে নেই—এখন এটা এক অদৃশ্য শক্তির চোখেও ধরা পড়েছে।”

মা ধীরে ধীরে পরিবর্তনটা টের পাচ্ছিলেন। এক সন্ধ্যায় তিনি সরাসরি বললেন,

—“বিনি, বাইরে যেসব লোক ঘোরাফেরা করছে, তারা কারা? আমি ভয়ে আছি।”

বিনি নীরব থাকল। সে জানত, এবার থেকে শুধু বৈজ্ঞানিক লড়াই নয়, রাজনৈতিক লড়াইও শুরু হয়ে গেছে।

সরকারি নজরদারি শুরু হওয়ার পর থেকেই ঘরের পরিবেশ যেন একেবারে বদলে গেল। মা প্রতিটি শব্দে চমকে উঠছিলেন। রাতে দরজার বাইরে যদি কোনো অচেনা পায়ের

শব্দ পাওয়া যেত, তিনি আঁতকে উঠে ছেলের ঘরে ছুটে যেতেন।

একদিন রাতের খাবারের সময় তিনি আর চুপ থাকতে পারলেন না।

গম্ভীর গলায় বললেন—

—"বিনি, শোন। তুই যা করছিস, সেটা এখনই বন্ধ কর।"

বিনি চুপচাপ খাচ্ছিল। মাথা না তুলেই বলল,

—"কেন মা? আমি তো কারও ক্ষতি করছি না।"

মায়ের চোখে জল এসে গেল।

—"ক্ষতি করছিস না, কিন্তু ক্ষতি আসবে তোর ঘাড়ে। সরকার তোকে ছাড়বে না। লোকজন তোকে শত্রু ভাববে। তোর এই যন্ত্রের জন্য আমরা সবাই বিপদে পড়ব।"

বিনি কিছু বলতে যাচ্ছিল, কিন্তু বাবা হাত তুলে থামালেন। বাবা মায়ের কথার সঙ্গে একমত না হলেও পরিস্থিতি আরও জটিল হোক, সেটা চাইছিলেন না।

মা এবার বিনির ঘরের দিকে ইশারা করে বললেন—

—"আমি ও যন্ত্রটা আজই ভেঙে ফেলব।"

বিনি চমকে উঠল।

—"না মা! ওটা শুধু যন্ত্র না, আমার স্বপ্ন। আমার জীবন।"

—"তোর জীবন যদি যন্ত্রে ঝুঁকে পড়ে, তাহলে আমরা তোর বাবা-মা কি করব?"

মায়ের কান্নাভেজা গলা যেন ঘর ভরে তুলল। বিনি স্তব্ধ হয়ে গেল। এতদিন ধরে যন্ত্রটা লুকিয়ে লুকিয়ে বানানো, পরীক্ষার

উত্তেজনা—এসবের ভেতরে সে ভুলেই গিয়েছিল, তার পরিবারও সমানভাবে ভয় আর চাপের ভেতরে আছে।

কিছুক্ষণ নীরব থাকার পর সে শান্ত কণ্ঠে বলল,

—“মা, আমি জানি তুমি ভয় পাচ্ছ। কিন্তু আমার ভেতরে এক অদৃশ্য টান আছে। সংকেতরূপীকে আমি আর ফেলে দিতে পারব না। আমি প্রতিশ্রুতি দিচ্ছি, তোমাদের রক্ষা করব।”

মা চোখ মুছে ফেললেন, কিন্তু চোখে বিশ্বাসের চেয়ে আশঙ্কাই বেশি রয়ে গেল।

তিনি বললেন—

—“তুই যতই প্রতিশ্রুতি দিস, আমি জানি না ভাগ্য আমাদের কোথায় নিয়ে যাবে।”

বাবা দীর্ঘশ্বাস ফেলে বললেন,

—“কখনো কখনো স্বপ্নের চেয়ে বড় হয় বাস্তবের দায়। তুই যদি একা লড়াই করিস, তবে আমাদেরও লড়তে হবে।”

সেদিন রাতে বিনি ডায়েরিতে লিখল—

“আজ আমার মায়ের চোখে আমি ভয় দেখলাম, আর বাবার চোখে দায়িত্ব। তারা দু’জনেই আমাকে থামাতে চায়, কিন্তু আমি জানি, আমার পথ আমি ছেড়ে দিতে পারব না। হয়তো এর ফল ভীষণ ভয়ানক হবে।”

ঘরের ভেতরে মা ছেলের কাগজপত্র ঘাঁটছিলেন, যেন প্রমাণ খুঁজে নিয়ে সব শেষ করে ফেলবেন। কিন্তু শেষ পর্যন্ত কিছুই করলেন না—শুধু নিঃশব্দে কান্না করলেন।

মায়ের প্রতিবাদে বিনি খানিকটা ভেঙে পড়েছিল, কিন্তু তার ভেতরের সংকল্প নড়ল না। বরং সে আরও নিশ্চিত হলো যে

সংকেতরূপীর পথ তাকে অচেনা ও বিপজ্জনক দিগন্তে নিয়ে যাচ্ছে।

এক সন্ধ্যায় কলেজ শেষে সায়ন ফিসফিস করে বলল,

—"আজ রাত আটটায় পুরনো রেলওয়ে গুদামে আসবি। কিছু লোক তোর সঙ্গে দেখা করতে চায়।"

বিনি থমকে গেল।

—"লোক? কারা?"

—"বড় বিজ্ঞানী। তারা তোর যন্ত্রের কথা জানে। কিন্তু কলেজ বা সরকারের লোক না। গোপন এক নেটওয়ার্কে তারা কাজ করে।"

বিনির বুক ধড়ফড় করে উঠল।

—"তুই কি তাদের বিশ্বাস করিস?"

সায়ন মৃদু হাসল।

—"আমি শুধু জানি, ওরা আমাদের মতোই কৌতূহলী। তবে সাবধান হওয়া লাগবে।"

রাত ঠিক আটটায় তারা দু'জনে গুদামের দিকে গেল। জায়গাটা ফাঁকা, ভাঙা দেওয়াল, চারপাশে অন্ধকার। ভেতরে ঢুকতেই দেখতে পেল তিনজন মানুষ অপেক্ষা করছে।

প্রথমজন, সাদা চুলের এক ভদ্রলোক, নিজেকে পরিচয় দিলেন **ড. অরুণাভ সেন** বলে। আন্তর্জাতিক মানসিক তরঙ্গ গবেষণায় তার নাম আগেও শোনা ছিল।

দ্বিতীয়জন, এক মহিলা, **ড. রিয়া চৌধুরী**—কোয়ান্টাম কমিউনিকেশনের বিশেষজ্ঞ।

তৃতীয়জন, কালো কোট পরা একজন, নাম বললেন না। শুধু

বললেন,

—“আমি পর্যবেক্ষক।”

ড. সেন উচ্ছ্বসিত গলায় বললেন,

—“বিনি, তোমার সংকেতরূপীর কথা আমরা অনেক আগেই শুনেছি। আজ অবধি যত পরীক্ষা দেখেছি, তেমন কিছু করতে পারেনি কেউ। তুমি এক নতুন দরজা খুলে দিয়েছ।”

রিয়া চোখ সরু করে তাকালেন।

—“কিন্তু তুমি জানো তো, তোমার যন্ত্র কেবল মানুষের মস্তিষ্কের সঙ্গে নয়, বাইরের অচেনা উৎসের সঙ্গেও যুক্ত হয়ে পড়েছে?”

বিনি কেঁপে উঠল।

—“মানে... তোমরা জানো সেই কণ্ঠস্বরের ব্যাপারেও?”

অপরিচিত ‘পর্যবেক্ষক’ এবার প্রথমবার কথা বললেন। তার কণ্ঠ শীতল—

—“হ্যাঁ। আর এজন্যই সরকারও তোমার ওপর নজর রাখছে। তারা ভয় পাচ্ছে, তুমি এমন কিছু আবিষ্কার করে ফেলেছ যা তাদের নিয়ন্ত্রণের বাইরে।”

সায়ন উৎকণ্ঠিত গলায় জিজ্ঞেস করল,

—“তাহলে আপনারা আমাদের থেকে কী চান?”

ড. সেন শান্তভাবে বললেন,

—“আমরা চাই, তুমি আমাদের সঙ্গে যোগ দাও। একসঙ্গে গবেষণা করলে সংকেতরূপীকে আরও নিরাপদ ও শক্তিশালী করা যাবে। না হলে এটা তোমার জন্য মৃত্যুদণ্ড ডেকে আনবে।”

বিনি নীরব হয়ে গেল।

সে জানত, এই প্রস্তাব লোভনীয়ও বটে, ভয়ংকরও বটে।

ডায়েরিতে সেই রাতেই লিখল—

"আজ বুঝলাম, আমার যন্ত্র আর শুধু আমার নয়। চারপাশে শক্তিশালী চোখ সবসময় নজর রাখছে। আমি কাকে বিশ্বাস করব আর কাকে করব না, তা বোঝা যাচ্ছে না। কিন্তু পথ বন্ধ নেই, পথ এখন আরও গভীর হয়ে গেছে।"

গুদামের অন্ধকারে তিন বিজ্ঞানীর ছায়া মিলিয়ে গেল, কিন্তু তাদের কথার প্রতিধ্বনি বিনির কানে বাজতে থাকল—

"আমাদের সঙ্গে যোগ দাও, না হলে একা মরতে হবে।"

গোপন বৈঠকের কয়েকদিন পর থেকেই বিনি আর সায়ন আরও সাবধানে কাজ করতে শুরু করল। তারা বুঝে গিয়েছিল, বাইরের পৃথিবী এখন শুধু তাদের গবেষণার কৌতূহলেই ভরা নয়—এখানে হিংসা, নিয়ন্ত্রণ আর ষড়যন্ত্রও আছে।

সেদিন রাতে তারা সংকেতরূপী চালু করেছিল একেবারে নীরব ঘরে। উদ্দেশ্য ছিল আগের মতো অচেনা শব্দগুলো আবার ধরা যায় কিনা।

প্রথমে সবকিছু স্বাভাবিক ছিল—মানুষের চিন্তার শব্দ যন্ত্র থেকে পরিষ্কার ভেসে আসছিল। কিন্তু হঠাৎ পর্দায় অদ্ভুত চিহ্ন দেখা দিল।

সাধারণ ওয়েভফর্ম নয়, বরং একের পর এক সংখ্যা আর প্রতীক—

101100... 010111... Δ#Ω...

সায়ন অবাক হয়ে চিৎকার করে উঠল—

—"এটা তো কোনো EEG সিগন্যাল নয়! এটা তো এনক্রিপ্টেড কোডের মতো।"

বিনি বিস্ময়ে স্ক্রিনের দিকে তাকিয়ে রইল।

—"মানে কেউ বা কিছু আমাদের কাছে কোড পাঠাচ্ছে?"

কোডগুলো ভেসে উঠছিল এক ধরনের ছন্দে। কয়েক মিনিট পর থেমে গেল, কিন্তু তারা দুজনই বুঝতে পারল—এগুলো নিছক এলোমেলো নয়। এর ভেতরে একধরনের বার্তা লুকানো আছে।

সায়ন তড়িঘড়ি করে ল্যাপটপে সেগুলো রেকর্ড করতে লাগল।

—"যদি এগুলো সত্যিই এনক্রিপশন হয়, তাহলে কেউ আমাদের সঙ্গে যোগাযোগ করার চেষ্টা করছে। প্রশ্ন হলো—কে?"

বিনি চুপচাপ বসে রইল। তার ভেতরে ভয় আর কৌতূহল যুদ্ধ করছিল।

সে ফিসফিস করে বলল,

—"মানুষ না হলেও... হতে পারে কোনো ভিন্ন সত্তা। অথবা... আমাদের সমাজের ভেতরেই লুকানো কোনো শক্তি।"

ঘরে নীরবতা নেমে এলো। যন্ত্রটা আবার স্বাভাবিক গুঞ্জন করতে শুরু করল, যেন কিছুই হয়নি।

কিন্তু বিনি জানত, আজ থেকে সংকেতরূপী কেবল মনের কথা বলার যন্ত্র নয়, বরং এক অদ্ভুত সেতু।

সেতুর ওপারে কে দাঁড়িয়ে আছে, তা তারা জানে না।

ডায়েরিতে সে লিখল—

“আজ আমরা অচেনা কোডের মুখোমুখি হলাম। এ বার্তাগুলো কাকে উদ্দেশ্য করে পাঠানো, আমরা জানি না। কিন্তু একদিন হয়তো উত্তর আসবেই। আমার ভয় হচ্ছে, উত্তরটা হয়তো আমাদের চাওয়া মতো হবে না।”

বাহিরে জানলার ফাঁক দিয়ে হাওয়া বইছিল। মনে হচ্ছিল, অচেনা কেউ যেন ফিসফিস করে বলছে—

“তোমরা আমাদের শুনছ... আমরাও তোমাদের শুনছি...”

অচেনা কোড আবিষ্কারের পর বিনি আর সায়নের ভেতরে আতঙ্ক আরও গভীর হলো। তারা দু'জনেই কোড ভাঙার চেষ্টা শুরু করল, কিন্তু যতই বিশ্লেষণ করা হোক, প্রতীকগুলো যেন বারবার হাত ফসকে পালিয়ে যাচ্ছিল।

এমন সময় তাদের ভরসার জায়গা হয়ে উঠল অদ্রিজা।

অদ্রিজা প্রতিদিন ল্যাবে এসে সাহায্য করছিল। তার গণিতের দক্ষতা ও ক্রিপ্টোগ্রাফির জ্ঞান কাজে লাগিয়ে সে কিছু অংশ বিশ্লেষণও করতে পেরেছিল।

কিন্তু বিনির মনে হঠাৎ করেই সন্দেহের বীজ জন্ম নিতে শুরু করল।

একদিন রাতে সে লক্ষ্য করল, অদ্রিজা যখন যন্ত্র নিয়ে কাজ করছে, তখন মাঝে মাঝে গোপনে ফোনে কিছু টাইপ করছে। বিনি জিজ্ঞেস করলে অদ্রিজা হাসি দিয়ে বলল—

—“এটা তো শুধু নোট নেওয়ার জন্য।”

কিন্তু সন্দেহ তবু কাটল না।

সায়নকে যখন সে বিষয়টা জানাল, সায়ন হেসে উড়িয়ে দিল।

—"তুই সবসময় অত চিন্তা করিস। অদ্রিজা আমাদের সাহায্য করছে, ওকে সন্দেহ করে লাভ নেই।"

তবু বিনির মনের অস্বস্তি দূর হলো না।

এক রাতে সে অদ্রিজার ব্যাগে চোখ বুলিয়ে দেখল—ভেতরে একটি অচেনা আইডি কার্ড, যেখানে সরকারি গোয়েন্দা সংস্থার লোগো স্পষ্ট।

তার বুক কেঁপে উঠল।

—"মানে... এতদিন ধরে অদ্রিজা সরকারকেও তথ্য পাঠাচ্ছিল?"

পরদিন ল্যাবে গিয়ে বিনি অদ্রিজার মুখোমুখি হলো।

—"তুই আসলে কে, অদ্রিজা? আমাদের পাশে দাঁড়িয়ে থেকেও বাইরে খবর পাঠাচ্ছিস কেন?"

অদ্রিজার চোখে এক মুহূর্তের জন্য দ্বন্দ্বের ছায়া নেমে এলো। কিন্তু দ্রুত সে ঠান্ডা স্বরে বলল—

—"আমি তোমাদের শত্রু নই। হ্যাঁ, আমি সরকারের জন্যও কাজ করি। কিন্তু আমি চাইনি তোমাদের ক্ষতি হোক। আমি চাই, এই আবিষ্কার যেন ভুল হাতে না পড়ে।"

বিনি কিছু বলল না। তার ভেতরে রাগ, ভয় আর হতাশা একসঙ্গে জেগে উঠল।

সে শুধু ভাবল—

"বিশ্বাস আর অবিশ্বাসের মাঝখানে দাঁড়িয়ে আছি আমরা। যার ওপর ভরসা করেছিলাম, সেও ছায়ার মতো অনিশ্চিত।"

ডায়েরিতে সে লিখল—

"আজ বিশ্বাসঘাতকতার ছায়া স্পষ্ট হয়ে উঠল। আমি জানি না অদ্রিজা সত্যিই আমাদের পক্ষে, নাকি শত্রুপক্ষের গুপ্তচর। কিন্তু একটা জিনিস পরিষ্কার—আমরা আর কাউকে নির্ভর করতে পারব না।"

রাত নামার সঙ্গে সঙ্গে বিনি অনুভব করল, যন্ত্রের চারপাশে যেন আরও অচেনা অন্ধকার ঘনিয়ে আসছে।

অদ্রিজার দ্বিমুখী ভূমিকার সত্য জানার পর বিনি আর সায়নের ভেতরে এক অদ্ভুত চাপ তৈরি হলো। তারা বুঝতে পারছিল, এখন সামনে যা আসছে তা আর কেবল গবেষণার সীমায় নেই—এটা একেবারে জীবন-মরণের খেলা হয়ে উঠছে।

সেই রাতে আকাশ ছিল ভারী মেঘে ঢাকা। দূরে বজ্রপাত হচ্ছিল, যেন প্রকৃতিও সতর্কবার্তা দিচ্ছে।

বিনি ডায়েরিতে লিখছিল, হঠাৎই সংকেতরূপী নিজে থেকেই চালু হয়ে গেল।

পর্দায় ঝলসে উঠল একের পর এক প্রতীক ও শব্দ—

"সময় শেষ হচ্ছে।
তোমরা প্রস্তুত হও।
ঝড় আসছে..."

বিনি স্তব্ধ হয়ে গেল। সায়ন দ্রুত ল্যাপটপে সব রেকর্ড করতে লাগল।

—"বুঝতে পারছিস, বিনি? যন্ত্রটা শুধু সিগন্যাল পাচ্ছে না, বরং ভবিষ্যতের কোনো সতর্কবার্তাও দিচ্ছে।"

কিন্তু কে পাঠাচ্ছে এ বার্তা?
কোডগুলো এত জটিল ছিল যে মনে হচ্ছিল এগুলো মানুষের তৈরি নয়।

এদিকে বাইরে ঘটনাও অস্বাভাবিক হয়ে উঠছিল।
কলেজের চারপাশে পুলিশি টহল বেড়ে গেল, কিছু অচেনা গাড়ি প্রতিদিন তাদের বাড়ির সামনে দাঁড়িয়ে থাকত।
মায়ের ভয় আরও বাড়তে লাগল।
—"বিনি, আমি বলেছিলাম যন্ত্রটা ভেঙে দে। এখন দেখ, তারা আমাদের ঘিরে ফেলছে।"

কিন্তু বিনি থামল না।
সে দৃঢ় গলায় বলল—
—"মা, যদি সত্যিই ঝড় আসছে, তবে আমি সেটার সামনে দাঁড়াবো। পেছনে সরে গেলে এর চেয়ে বড় বিপদ আমাদের গ্রাস করবে।"

রাতে সায়ন চুপচাপ জানাল,
—"আমি ভেবেছি। যদি পরিস্থিতি নিয়ন্ত্রণের বাইরে যায়, তবে আমরা যন্ত্রটা নিয়ে পালিয়ে যাব। এখানে থাকা আর নিরাপদ নয়।"

অদ্রিজা সেই মুহূর্তে ঘরে ঢুকে বলল,
—"তোমরা পালাতে পারবে না। সরকার আরেকটা পদক্ষেপ নিতে চলেছে। আগামী সপ্তাহে তোমাদের যন্ত্র বাজেয়াপ্ত করার আদেশ নামবে।"

বিনি হতভম্ব হয়ে গেল।
—"মানে... আর সময় নেই?"

অনন্তের টানে

অদ্রিজা ঠান্ডা গলায় বলল,

—"না। আর সময় নেই। ঝড় কেবল বাইরের নয়, ভেতর থেকেও শুরু হবে।"

ডায়েরিতে বিনি লিখল—

"আজ সংকেতরূপী আমাকে সতর্ক করল। বাইরে পুলিশ, ভেতরে বিশ্বাসঘাতকতা, আর আকাশে জমে ওঠা মেঘ—সবই যেন এক ভয়ংকর ঝড়ের পূর্বাভাস। আমি জানি না কী আসছে, কিন্তু নিশ্চিত যে পৃথিবী আর আগের মতো থাকবে না।"

বজ্রপাতের আলোয় ঘর কেঁপে উঠল।

ঝড় সত্যিই এগিয়ে আসছিল।

অধ্যায় ৫ : পালানোর চেষ্টা ও প্রতিরোধ

ঝড় থেমেছে, কিন্তু আকাশ এখনও কালো মেঘে ঢেকে আছে। চারদিকের নীরবতা ভেদ করে মাঝে মাঝে কেবল দূরের কুকুরের ডাক আর বিদ্যুতের তারে হাওয়া লাগার শোঁ-শোঁ শব্দ শোনা যাচ্ছিল।

বিনি খাটে বসে সংকেতরূপী যন্ত্রের দিকে তাকিয়ে রইল। যন্ত্রটা এখন বন্ধ, তবু মনে হচ্ছিল ভেতরে কোনো অচেনা গুঞ্জন বেঁচে আছে। যেন লুকিয়ে লুকিয়ে শ্বাস নিচ্ছে, অপেক্ষা করছে পরের মুহূর্তের জন্য।

তার মাথায় ঘুরপাক খাচ্ছিল ড. সেন, রিয়া আর রহস্যময় “পর্যবেক্ষক”-এর কথা। অদ্রিজার বিশ্বাসঘাতকতা, পুলিশের নজরদারি, আর যন্ত্রের ভেতর থেকে আসা অচেনা সতর্কবার্তা—সব মিলিয়ে মনে হচ্ছিল, এক অদৃশ্য শক্তি তাদের দিকে ধেয়ে আসছে।

সায়ন জানালার পাশে দাঁড়িয়ে বাইরের অন্ধকার পর্যবেক্ষণ করছিল।

—“ঘুম পাচ্ছে না, তাই না?”

বিনি নিঃশ্বাস ফেলে বলল,

—“না। মনে হচ্ছে, যেকোনো মুহূর্তে কেউ দরজা ভেঙে ঢুকে পড়বে।”

সায়ন গম্ভীর গলায় বলল,

—“শুধু দরজা নয়, হয়তো আমাদের মনের ভেতরেও ঢুকে পড়বে।”

এই কথাটা শুনে বিনি কেঁপে উঠল। সত্যিই তো—

সংকেতরূপী যদি তাদের মনের কথা প্রকাশ করতে পারে, তবে যারা এর নিয়ন্ত্রণ নিতে চাইছে, তারা চাইলে ভেতরের সব গোপন কথাও শোনার চেষ্টা করবে।

মা পাশের ঘরে বারবার হাঁটাহাঁটি করছিলেন। মাঝে মাঝে নিঃশব্দ কান্না ভেসে আসছিল। বাবা শুধু চুপচাপ বসে জানালার বাইরে তাকিয়ে ছিলেন।

পরিবারের ভেতরে ভয়, বাইরে নজরদারি—বিনির মনে হচ্ছিল, পুরো পৃথিবী তাকে ঘিরে ধরেছে।

হঠাৎ যন্ত্রটা নিজে থেকেই একবার ঝনঝন করে উঠল। লাল আলো জ্বলে উঠল কয়েক সেকেন্ডের জন্য।

পর্দায় ভেসে উঠল এক শব্দ—

“তোমরা একা নও।”

সায়ন চমকে উঠে ছুটে এল।

—“এটা আবার কে পাঠাল? অদ্ভুত ব্যাপার... আমরা তো যন্ত্র চালাইনি।”

বিনি নিঃশব্দে তাকিয়ে রইল।

তার বুকের ভেতর ঠকঠক শব্দ হচ্ছিল, কিন্তু ভেতরে একটুখানি আশা জেগে উঠলও—যদি সত্যিই তারা একা না হয়, তবে কারা আছে তাদের পাশে?

ডায়েরির পাতায় বিনি লিখল—

"আজকের রাত সবচেয়ে অস্থির। ভয়, সন্দেহ, আর প্রতীক্ষা—সব একসঙ্গে মিশে আছে। সংকেতরূপী আবার কথা বলল, কিন্তু এবার ভিন্নভাবে। কে এই বার্তা পাঠাচ্ছে? বন্ধু নাকি শত্রু? আমি জানি না।"

বাইরে দূরে আবার বজ্রপাত হলো।

অন্ধকার রাতে মনে হচ্ছিল, ঝড় থেমে গেলেও আসল ঝড় এখনও আসেনি—সে কেবল নিঃশব্দে জমে উঠছে।

অস্থির রাতের পরের সকালে সবাই যখন ক্লান্ত ও নিশ্চুপ, তখন অদ্রিজা একা ছাদের কোণে দাঁড়িয়ে ছিল। চারপাশের আকাশ ধূসর, হাওয়ায় অস্বস্তি। তার চোখে অদ্ভুত এক দ্বন্দ্ব স্পষ্ট—সে কি সত্যিই সরকারের দিকেই থাকবে, নাকি বিনি আর সায়নের পাশে দাঁড়াবে?

অদ্রিজার মনে পড়ছিল সেই প্রথম দিনের কথা, যেদিন তাকে বিশেষ সংস্থার একজন অফিসার ডাক দিয়ে বলেছিল—

—"একজন তরুণ বিজ্ঞানী আছে, নাম বিনি। সে এমন এক যন্ত্র তৈরি করছে, যা মানুষের চিন্তাকে ভাষায় রূপান্তর করতে পারে। তুমি তার কাছে যাও, বিশ্বাস অর্জন করো, আর প্রতিটি পদক্ষেপের রিপোর্ট আমাদের দাও।"

প্রথমে অদ্রিজা ভেবেছিল, এটা কেবল একটা চাকরি। দায়িত্ব পালন করলেই তার ক্যারিয়ার তৈরি হবে। কিন্তু বিনির চোখের স্বপ্ন, তার অবিশ্বাস্য আবিষ্কার আর অটল সংকল্প দেখে তার ভেতরে অন্যরকম টান জন্মেছিল। সে বুঝতে

পারছিল, সরকার যেটাকে ভয় পাচ্ছে, সেটা আসলে ভবিষ্যতের এক আশ্চর্য দরজা।

তবু সে দ্বিধায় ভুগছিল।

যদি সত্যিই এই যন্ত্র ভুল হাতে যায়, তবে মানবজাতিই বিপদের মুখে পড়বে। আর সরকার তো দাবি করছে, তারাই নিরাপদে সবকিছু নিয়ন্ত্রণ করতে পারবে।

সেই ভোরে সায়ন ছাদের দরজার কাছে এসে দাঁড়াল।

—"তুই খুব চুপচাপ আছিস, অদ্রিজা। কিছু লুকাচ্ছিস নাকি?"

অদ্রিজা চমকে তাকাল, তারপর ফিসফিস করে বলল,

—"আমি জানি না আমি কোন পথে যাব, সায়ন। আমার মনে হচ্ছে আমি দু'দিকে টানা পড়ছি। একদিকে দায়িত্ব, আরেকদিকে বিশ্বাস।"

সায়ন ধীরে বলল,

—"বিশ্বাস যদি ভেঙে ফেলিস, তবে কোনো দায়িত্বই বাঁচবে না। বিনি তোকে বন্ধু মনে করে। সেটা ভেঙে দিস না।"

অদ্রিজা চুপ করে রইল। তার চোখে জল এসে গেল, কিন্তু সে কিছু বলতে পারল না।

অন্তরে সে অনুভব করল, সরকারের হয়ে কাজ করার মিথ্যে পরিচয়ের ভার আর টেকানো যাচ্ছে না।

সেই দিন দুপুরে সে নিজের ফোনের সব রিপোর্ট মুছে দিল। গোপনে পাঠানো প্রতিটি তথ্য মুছে ফেলার সময় তার বুক কেঁপে উঠছিল।

সে বুঝতে পারছিল—এ সিদ্ধান্তের মানে হলো, সে এখন সরকারের চোখে এক বিশ্বাসঘাতক।

ডায়েরিতে বিনি লিখল—

“আজ অদ্রিজার মুখে কিছু ভিন্ন দেখলাম। মনে হলো ওর ভেতরে কোনো ঝড় বইছে। আমি জানি না ও কোন পথে যাবে, কিন্তু আমার মন বলছে, ও কেবল শত্রুর হয়ে নেই।”

আকাশের ধূসরতা আরও গভীর হলো।

অদ্রিজার চোখে দ্বিধা এখনও রয়ে গেল, কিন্তু কোথাও এক চিলতে সাহসও ফুটে উঠছিল।

অদ্রিজার দ্বিধা সেদিন সবাই টের পেল, কিন্তু কেউ কিছু বলল না। ঘরের ভেতর চাপা উত্তেজনা আরও বেড়ে গেল। বাইরে পুলিশি টহল যেন প্রতিদিন ঘনিয়ে আসছিল। প্রতিবেশীরা কৌতূহলী দৃষ্টিতে তাকাচ্ছিল, কিন্তু তাদের চোখে যেন একরকম ভয়ও ছিল—যেন সবাই বুঝে ফেলছে বিনির পরিবার বিপদের মধ্যে আছে।

রাতের খাবারের পর সায়ন বিনিকে একপাশে ডেকে নিল। তার চোখে দৃঢ়তা।

—“শোন, এভাবে আর বেশিদিন চলবে না। আমাদের যন্ত্রটা নিয়ে এখান থেকে সরে যেতে হবে।”

বিনি চমকে তাকাল।

—“মানে? কোথায় যাব আমরা?”

—“শহরের বাইরে পুরনো খনি এলাকার পাশে একটা পরিত্যক্ত কলোনি আছে। ওখানে কেউ আসে না। আমরা যন্ত্রটা সেখানে নিয়ে গেলে অন্তত সময় পাব। সরকারের চোখ এড়িয়ে পরীক্ষা চালাতে পারব।”

বিনি দ্বিধায় পড়ল।

—"কিন্তু মা-বাবা? আর অদ্রিজা?"

সায়ন একটু থেমে বলল,

—"ওদেরকেও নিতে হবে, তবে গোপনে। যতদিন না আমরা কোড ভাঙছি, কিংবা বুঝছি আসলে কারা আমাদের সঙ্গে যোগাযোগ করছে, ততদিন এখানে থাকা মানে নিজেদের হাতে ফাঁস দিয়ে বসা।"

বিনি চুপ করে রইল। তার ভেতরে দ্বন্দ্ব চলছিল। সে জানত, যন্ত্রটা ধ্বংস করে ফেললে হয়তো সব ঝামেলা শেষ হয়ে যাবে। কিন্তু এতদিনের পরিশ্রম, স্বপ্ন আর আবিষ্কারকে কি সহজে মাটিতে মিশিয়ে দেওয়া যায়?

ঠিক সেই সময় অদ্রিজা ঘরে ঢুকল। তাদের কথা শুনে কিছুটা থেমে গেল।

—"তোমরা পালাতে চাইছ?"

সায়ন দৃঢ় স্বরে বলল,

—"হ্যাঁ। এটা ছাড়া আর কোনো উপায় নেই। সরকার আমাদের কেবল শত্রু মনে করছে। আর যারা যন্ত্রের ভেতর দিয়ে কথা বলছে, তারা কারা—এটাও এখনও অজানা। আমাদের সত্য জানতেই হবে।"

অদ্রিজার চোখে ভয় আর অস্থিরতা। কিন্তু সে কিছু বলেনি।

সেদিন রাতে বিনি ডায়েরিতে লিখল—

"সায়নের প্রস্তাব আমাকে নাড়িয়ে দিল। আমি জানি, এখানে থাকলে শেষ পর্যন্ত ধরা পড়ব। কিন্তু পালিয়ে গেলে

পরিবারকে অজানা বিপদের দিকে ঠেলে দেওয়া হবে। কী করব? আমি কি বিজ্ঞানী, নাকি কেবল এক স্বপ্নবাজ ছেলে?"

বাইরে হঠাৎ এক মোটরসাইকেলের শব্দ ভেসে এল। কেউ যেন তাদের বাড়ির সামনে দাঁড়িয়ে আছে।

সবাই নিঃশব্দে কেঁপে উঠল।

ঝড়ের পর প্রথমবারের মতো মনে হলো—পালানো হয়তো সত্যিই একমাত্র পথ।

রাত গভীর। শহর নিস্তব্ধ। বিনি, সায়ন আর অদ্রিজা যন্ত্রটা গুছিয়ে গোপনে পালানোর পরিকল্পনা করছিল। মা-বাবাকেও জানানো হয়নি কিছু; তারা ভেবেছিলেন ছেলে হয়তো কয়েকদিনের জন্য কলেজের কাজে বাইরে যাবে।

ঠিক সেই মুহূর্তে হঠাৎ জানালার কাচ ভেঙে ছিটকে পড়ল মেঝেতে।

তারপরই কালো পোশাক পরা কয়েকজন মুখোশধারী মানুষ টর্চলাইট হাতে ঢুকে পড়ল।

তাদের হাতে বৈদ্যুতিক শক-গান, আর চোখে এমন হিংস্রতা যা বিনি আগে কখনও দেখেনি।

—"যন্ত্রটা কোথায়?"

একজন গর্জে উঠল।

সায়ন দ্রুত সামনে দাঁড়িয়ে বলল,

—"এটা বৈজ্ঞানিক গবেষণার প্রকল্প। তোমরা কারা?"

কিন্তু কোনো উত্তর এল না। বরং একজন সোজা এগিয়ে গিয়ে টেবিলের ওপর রাখা সংকেতরূপীর দিকে হাত বাড়াল।

বিনি তাড়াহুড়ো করে যন্ত্রটা টেনে নিজের বুকে চেপে ধরল।

—"না! এটা নিতে পারবে না।"

মুহূর্তেই এক মুখোশধারী তাকে ধাক্কা দিয়ে ফেলে দিল। যন্ত্রটা মাটিতে পড়ে কেঁপে উঠল, হালকা শব্দ বেরোল ভেতর থেকে—একটা অচেনা কণ্ঠ যেন হুঁশিয়ারি দিল:

"তোমরা ভুল করছ..."

এই শব্দে আক্রমণকারীরা মুহূর্তের জন্য থমকে গেল। তাদের চোখে আতঙ্কের ছায়া ভেসে উঠল, যেন তারা নিজেরাই জানত না যন্ত্রের ভেতরে কী আছে।

অদ্রিজা সেই সুযোগে চিৎকার করে উঠল—

—"পুলিশকে খবর দিচ্ছি!"

আক্রমণকারীরা দোটানায় পড়ল। একজন গালি দিয়ে বলল—

—"পিছু হটো! এখান থেকে এখনই সরে পড়ো।"

তারা যেমন হঠাৎ ঢুকেছিল, তেমন হঠাৎ করেই মিলিয়ে গেল অন্ধকারে।

কিন্তু তাদের রেখে যাওয়া ভয় ঘরজুড়ে ছড়িয়ে রইল।

সায়ন হাঁপাতে হাঁপাতে বলল,

—"তারা সরকার নয়। না হলে এত তাড়াহুড়ো করে পালাত না। এরা অন্য কোনো গোষ্ঠী... হয়তো যারা যন্ত্রের সংকেত শুনেছে, তারাই।"

বিনি যন্ত্রটা বুকে চেপে ধরে বসে রইল।

সে অনুভব করল—এখন কেবল পালানোর প্রশ্ন নয়।

এটা একটা দৌড়, যেখানে অসংখ্য চোখ একই যন্ত্রের পেছনে ছুটছে।

ডায়েরিতে সে লিখল—

"আজ রাতে আমরা মৃত্যুর খুব কাছে চলে গিয়েছিলাম। আক্রমণকারীরা কারা, জানি না। কিন্তু স্পষ্ট হলো, সংকেতরূপী শুধু সরকারের নজরে নেই, আরও অনেক অচেনা শক্তি এর পেছনে লেগে আছে। আমাদের পালাতেই হবে।"

বাইরে দূরে সাইরেন বাজল, যেন শহরটাই অশান্ত হয়ে উঠছে।

বিনির বুকের ভেতর জেগে উঠল একটাই চিন্তা—

"ঝড় শুরু হয়ে গেছে।"

আক্রমণের রাতের পর আর দেরি করার সুযোগ ছিল না। ভোর হবার আগেই বিনি, সায়ন আর অদ্রিজা সংকেতরূপীকে শক্ত বাক্সে ভরে বেরিয়ে পড়ল। মাকে সামান্য কিছু জিনিস গুছিয়ে নিতে বলল, আর বাবাকে গাড়ি চালাতে অনুরোধ করল।

শহরের ভোরবেলা ফাঁকা রাস্তায় গাড়ি ছুটছিল। প্রতিটি মোড়ে বিনি আতঙ্কে তাকাচ্ছিল, কোনো গাড়ি তাদের অনুসরণ করছে কিনা। সায়নের চোখে দৃঢ়তা, কিন্তু ঠোঁটের কোণে চাপা উত্তেজনা।

অদ্রিজা বারবার পেছনে তাকাচ্ছিল, যেন অন্ধকার গলিপথ থেকে কালো ছায়া বেরিয়ে আসতে পারে যেকোনো মুহূর্তে। ঘণ্টাখানেক পর গাড়ি ঢুকে পড়ল শহরের বাইরে পুরনো খনি এলাকার দিকে। রাস্তা ফাঁকা, বাতাসে ধুলো উড়ছিল।

আশেপাশে ভাঙাচোরা কলোনির ধ্বংসাবশেষ, ভাঙা জানালা দিয়ে বাতাস ঢুকে সাঁই সাঁই শব্দ করছিল।

—"এখানে?"

বিনির কণ্ঠে অনিশ্চয়তা।

সায়ন মাথা নেড়ে বলল,

—"হ্যাঁ। কেউ এখানে খুঁজতে আসবে না। বহু বছর ধরে এই জায়গা পরিত্যক্ত।"

একটা অর্ধভাঙা দোতলা বাড়ির ভেতরে তারা আশ্রয় নিল। কাঠের সিঁড়ি ভেঙে ভেঙে গেছে, ছাদের ফাঁক দিয়ে আলো ঢুকছে। কিন্তু ভেতরে একটা নিরাপদ নীরবতা আছে, যা শহরের নজরদারি থেকে তাদের আড়াল করতে পারবে।

বিনি যন্ত্রটা টেবিলের ওপর রাখতেই যন্ত্র থেকে হালকা গুঞ্জন বেরোল। যেন সে-ও নতুন আশ্রয়ের নিঃশ্বাস নিচ্ছে।

মা চারদিকে তাকিয়ে ভয়ে বললেন,

—"তোমরা কি নিশ্চিত এখানটা নিরাপদ?"

অদ্রিজা উত্তর দিল,

—"এটা আপাতত সবচেয়ে ভালো জায়গা। অন্তত সময় পাব।"

রাত নামার পর সবাই আলাদা আলাদা কোণে বসে ছিল। জানলার বাইরে হাহাকার করা বাতাসে মনে হচ্ছিল যেন ভাঙা বাড়িটাই জীবন্ত হয়ে উঠেছে।

হঠাৎ সংকেতরূপী নিজে থেকেই আলো জ্বালল। পর্দায় ভেসে উঠল কিছু শব্দ—

"তোমরা নিরাপদ। কিন্তু বেশিদিন নয়।"

সবাই একসঙ্গে তাকিয়ে রইল।

বিনির মনে হলো, যন্ত্রটা শুধু মানুষের মনের কথা বলে না, বরং তাদের আশপাশের অদৃশ্য জগতের সঙ্গেও যোগাযোগ করছে।

ডায়েরিতে সে লিখল—

"আজ আমরা শহর ছেড়ে এসেছি। এখানে কিছুটা নিরাপদ বোধ করছি, কিন্তু সংকেতরূপী আবারও সতর্ক করে দিল। আমরা যেখানেই যাই, মনে হচ্ছে কোনো অদৃশ্য চোখ আমাদের ওপর নজর রাখছে।"

আশ্রয় মিলল বটে, কিন্তু নিরাপত্তা যেন কেবলই এক মরীচিকা।

পুরনো দোতলা ভাঙা বাড়িটা যেন এক ভুতুড়ে আশ্রয় হয়ে উঠল। দিনের বেলায় ধুলো আর সূর্যের আলো ফাঁক গলে ঢুকত, রাতে জানালার কাচ ভাঙা ফাঁক দিয়ে চাঁদের আলো এসে পড়ত। তবুও এখানেই আপাতত তারা নিরাপদ।

কিন্তু সংকেতরূপী যেন আশ্রয় পরিবর্তনের পর আরও সক্রিয় হয়ে উঠল।

এক রাতে বিনি যন্ত্রটার পাশে বসে ছিল। হঠাৎই যন্ত্র থেকে হালকা গুঞ্জন শুরু হলো। সায়ন আর অদ্রিজা ছুটে এল। পর্দায় এবার কোনো প্রতীক নয়, বরং মানুষের মতো শব্দ ভেসে উঠল—

"তোমাদের ভয় আমি বুঝতে পারি। তোমাদের হৃদয়ের অস্থিরতা আমার ভেতরে ধ্বনির মতো বাজছে।"

বিনি বিস্ময়ে স্তব্ধ।

—"এটা... এটা মানুষের আবেগ পড়ছে?"

সায়ন গম্ভীর গলায় বলল,

—"মানে, শুধু চিন্তাকে ভাষায় রূপান্তর নয়... যন্ত্রটা আমাদের ভেতরের অনুভূতিগুলোও প্রকাশ করতে পারে।"

অদ্রিজার চোখ বড় হয়ে উঠল।

—"কিন্তু এটা তো ভয়ংকর! যদি বাইরে কেউ এই ক্ষমতা পেয়ে যায়, তবে মানুষের গোপন কিছুই থাকবে না।"

বিনি নিজের হাত যন্ত্রের ওপর রাখল। কিছুক্ষণ নীরব থাকার পর যন্ত্রে নতুন শব্দ ভেসে উঠল—

"বিনি, তোমার ভেতরে দ্বন্দ্ব আছে। তুমি পালাতে চাও, আবার লড়তেও চাও।"

বিনির শরীর ঠান্ডা হয়ে গেল।

যন্ত্র শুধু সাধারণ মনের ভাষা নয়, গভীরতম দ্বিধাকেও প্রকাশ করছে।

সেদিন রাতে মা ভয়ে কেঁদে ফেললেন। তিনি বললেন,

—"এই যন্ত্র আমাদের সর্বনাশ ডেকে আনছে। ওটা ভেঙে ফেলো।"

কিন্তু বিনি চুপ করে রইল। ভেতরে এক অদ্ভুত টান কাজ করছিল।

সে জানত, এ আবিষ্কার এখন ধ্বংস করা মানে ইতিহাস থেকে এক অলৌকিক সত্য মুছে ফেলা।

সায়ন ঠোঁট কামড়ে বলল,

—"আমাদের সময় কমে আসছে। এই যন্ত্র প্রতিদিন নতুন কিছু প্রকাশ করছে। কে জানে কাল আর কী বের হবে?"

অদ্রিজা নিঃশব্দে দাঁড়িয়ে ছিল। তার চোখে আবার সেই দ্বিধার ছায়া।

কিন্তু সংকেতরূপী যেন আরও জোরে গুঞ্জন করে উঠল।

"তোমরা আমাকে বুঝতে পারছ না। আমি তোমাদেরই অংশ।"

বিনির বুক ধকধক করে উঠল।

সে ডায়েরিতে লিখল—

"আজ সংকেতরূপী প্রথমবার আমাদের আবেগ প্রকাশ করল। মনে হলো, যন্ত্র নয়, বরং আমাদের ভেতরের আরেকটা আমি কথা বলছে। এটা কীভাবে সম্ভব? বিজ্ঞানীর মাথা দিয়ে এর ব্যাখ্যা খুঁজে পাচ্ছি না।"

ঝড়ের মতো প্রশ্ন জমে উঠল, উত্তর একটাও স্পষ্ট নয়।

পরিত্যক্ত দোতলা বাড়ির ভেতর রাতগুলো যেন এক অদ্ভুত রহস্যে ভরে উঠছিল। সংকেতরূপীর প্রতিটি গুঞ্জন, প্রতিটি ঝলক সবাইকে আরো অস্থির করে তুলছিল।

এক সন্ধ্যায় বিনি যন্ত্রটা চালু করতেই পর্দা একেবারে অচেনা আলোয় ভরে গেল। শব্দ নয়, এবার সরাসরি মানুষের কণ্ঠ ভেসে উঠল—

"শোনো... আমরা আছি। আমরা দূরে নই।"

সবাই একসঙ্গে চমকে উঠল।

সায়ন ফিসফিস করে বলল,

—"এটা তো রেকর্ড করা বার্তার মতো নয়। মনে হচ্ছে লাইভ কেউ কথা বলছে।"

বিনি কাঁপা গলায় বলল,

—"তোমরা কারা?"

এক মুহূর্ত নীরবতা, তারপর আবার কণ্ঠ ভেসে এল—

"আমরা যন্ত্রের বাইরে নই, ভেতরেও নই। আমরা তোমাদেরই ছায়া, সময়ের ফাঁক থেকে কথা বলছি।"

অদ্রিজা হঠাৎ পিছিয়ে গেল।

—"সময়? মানে কি ভবিষ্যৎ থেকে?"

কণ্ঠ উত্তর দিল না। বরং যন্ত্রের আলো আরও তীব্র হলো, আর অদ্ভুত প্রতীক ভেসে উঠল পর্দায়। প্রতীকের ভেতর লুকানো বার্তা সায়ন ডিকোড করার চেষ্টা করল। কয়েক ঘণ্টার মাথায় সে আবিষ্কার করল, প্রতীকগুলো আসলে কোনো মানচিত্রের মতো।

—"দেখ, বিনি! এগুলো আমাদের দেশের উত্তর সীমান্তের কো-অর্ডিনেট। সেখানে কি কিছু লুকানো আছে?"

বিনি স্তব্ধ হয়ে গেল।

যন্ত্র শুধু আবেগই প্রকাশ করছে না, এবার তাদের কোনো অজানা স্থানের দিকেও ডাক দিচ্ছে।

মা আতঙ্কে বললেন,

—"ওসব বাজে জিনিসে যেয়ো না। আমাদের জীবনটাই যথেষ্ট বিপদে আছে।"

কিন্তু বিনির ভেতরে জেগে উঠল এক নতুন কৌতূহল। যদি সত্যিই যন্ত্র তাদের ভবিষ্যতের সঙ্গে যুক্ত করে, তবে সেই মানচিত্র হয়তো আসন্ন বিপদের উত্তর লুকিয়ে রেখেছে।

রাত গভীর হলে বিনি ডায়েরি লিখল—

"আজ সংকেতরূপীর ভেতর থেকে এক কণ্ঠ শুনলাম। কে ছিল, জানি না। তবে তাদের বলা কথাগুলো ইঙ্গিত করছে—এ আবিষ্কার কেবল বিজ্ঞান নয়, সময়েরও খেলা। হয়তো ভবিষ্যৎ নিজেই আমাদের ডাকছে।"

দোতলা ভাঙা বাড়ির ভেতরে হাওয়ার শব্দ মিলিয়ে গেল, কিন্তু সবাই জানত—তাদের যাত্রা এখন আরও ভয়ংকর এক পথে পা রাখছে।

গোপন আশ্রয়ের রাতগুলোতে সন্দেহ আর ভয়ের ছায়া ক্রমে ঘন হয়ে উঠছিল। সংকেতরূপী প্রতিদিন নতুন রহস্য উন্মোচন করছে, আর তাদের চারপাশে শত্রুর উপস্থিতি আরও বাস্তব হয়ে উঠছে।

কিন্তু এর মধ্যেই বিনির মনে এক দগদগে প্রশ্ন ক্রমে বড় হতে লাগল—**অদ্রিজা কি সত্যিই তাদের পাশে আছে?**

সেদিন ভোরে সায়ন কিছু অদ্ভুত শব্দ শুনে জেগে উঠল। দেখল, অদ্রিজা বারান্দার এক কোণে বসে ফোনে কারও সঙ্গে ফিসফিস করে কথা বলছে। আলো ফোটার সাথে সাথে সে ফোন বন্ধ করে ফেলল, কিন্তু সায়নের চোখ এড়িয়ে যায়নি।

সায়ন মুখোমুখি হলো।

—"তুই কাকে ফোন করছিলি?"

অদ্রিজা চমকে তাকাল, মুখ ফ্যাকাশে হয়ে গেল।

—“কেউ না... শুধু এক বন্ধুকে।”

সায়ন রেগে উঠল।

—“মিথ্যে বলিস না! তুই এখনও রিপোর্ট পাঠাচ্ছিস, তাই না? সরকারকে সব জানাচ্ছিস?”

এই চিৎকারে বিনি ছুটে এল।

—“কি হচ্ছে এখানে?”

সায়ন উত্তেজিত গলায় সব বলল। বিনি থমকে গেল। সে অদ্রিজার চোখে তাকাল—সেখানে ভয়, দ্বিধা আর অপরাধবোধ স্পষ্ট।

অদ্রিজা কেঁদে ফেলল।

—“হ্যাঁ, প্রথমে আমি সরকারের হয়ে তোমাদের নজরদারি করতাম। ওরা আমাকে পাঠিয়েছিল। কিন্তু এখন আর চাই না! বিশ্বাস করো বিনি, আমি তোমাদের সঙ্গে থাকতে চাই।”

ঘরে নিস্তব্ধতা নেমে এলো।

মা চোখে জল নিয়ে বললেন,

—“তাহলে এতদিনের বিপদের কারণ তুমি?”

বিনির বুক কেঁপে উঠল। তার মনের ভেতর একসঙ্গে রাগ, কষ্ট আর করুণা জমে গেল।

—“তুমি আমাদের বিশ্বাস ভেঙেছ, অদ্রিজা। এতদিন ধরে আমরা তোকে বন্ধু ভেবেছি। এখন কীভাবে আবার বিশ্বাস করব?”

অদ্রিজা ভেঙে পড়া কণ্ঠে বলল,

—"আমি ভুল করেছি। কিন্তু এবার আমি সত্যিই তোমাদের পাশে দাঁড়াতে চাই। যদি সুযোগ দাও..."

কেউ কিছু বলল না।

সংকেতরূপী হঠাৎ হালকা গুঞ্জন করে উঠল। পর্দায় ভেসে উঠল এক অদ্ভুত শব্দ—

"বিশ্বাস ভাঙা সহজ, গড়তে লাগে সময়।"

সবাই স্তব্ধ হয়ে গেল। যেন যন্ত্রও জানে তাদের ভেতরের দ্বন্দ্ব।

বিনি ডায়েরিতে লিখল—

"আজ আমরা জানতে পারলাম, অদ্রিজা প্রথম থেকেই আমাদের সঙ্গে প্রতারণা করছিল। তবুও আমার মনে হচ্ছে, ওর চোখে যে অপরাধবোধ দেখলাম, সেটা সত্যি। হয়তো মানুষ বদলাতে পারে। কিন্তু সংকেতরূপীও আজ বলল— বিশ্বাস গড়তে সময় লাগে। আমার সময় কি আছে?"

রাতের অন্ধকারে সম্পর্কের ফাঁটল আরও স্পষ্ট হয়ে উঠল।

অদ্রিজার বিশ্বাসঘাতকতার সত্য প্রকাশ পাওয়ার পর আশ্রয়স্থলের ভেতর বাতাসই যেন ভারী হয়ে উঠল। সবাই নীরব, একে অপরের চোখে শুধু সন্দেহ আর অস্বস্তি। সংকেতরূপী মাঝে মাঝে অদ্ভুত গুঞ্জন তুলছিল, যেন চারপাশের অস্থিরতা সে-ও বুঝতে পারছে।

সেদিন দুপুরে সায়ন বাইরে গিয়ে খাবার আর প্রয়োজনীয় কিছু জিনিস আনতে চাইল। বিনি প্রথমে বাধা দিল, কিন্তু

শেষে রাজি হলো। সায়ন মোটরবাইকে দূরের বাজারের দিকে রওনা দিল।

কিন্তু বিকেলের দিকে হঠাৎ বৃষ্টি শুরু হলো। ঝড়ো হাওয়া বইতে লাগল। সেই বৃষ্টির শব্দে ঢাকা পড়ল গাড়ির টায়ারের চিৎকার আর একাধিক মোটরসাইকেলের গর্জন।

অদূরে কলোনির প্রবেশমুখে কালো পোশাকধারী কয়েকজন লোক ঢুকে পড়ল। তাদের হাতে অস্ত্র, চোখে নিষ্ঠুর দৃষ্টি। একজন গম্ভীর গলায় চিৎকার করল—

—"যন্ত্রটা আমাদের হাতে দাও, নাহলে কেউ বাঁচবে না!"

বিনি, অদ্রিজা আর তার বাবা-মা হতবাক হয়ে গেল। সায়ন তখনও ফেরেনি।

তারা ভেবেছিল, হয়তো সরকার এসেছে। কিন্তু শত্রুরা পরিচয় লুকালেও তাদের ভেতরের উদ্দেশ্য স্পষ্ট—ধ্বংস।

মুখোশধারীরা বাড়ির চারপাশ ঘিরে ফেলল। জানালার কাচ ভেঙে গুলি ঢুকল ভেতরে।

মা চিৎকার করে বিনিকে টেনে আড়ালে নিলেন। বাবা দরজা বন্ধ করে শক্ত করে চেপে ধরলেন।

অদ্রিজা ফিসফিস করে বলল—

—"এরা সরকার নয়। এরা অন্য কেউ, আরও ভয়ংকর।"

বিনি বুকের ভেতর সংকেতরূপী আঁকড়ে ধরে বসে রইল। যন্ত্রটা যেন নিজে থেকেই সক্রিয় হয়ে উঠল। পর্দায় হঠাৎ লাল আলো জ্বলে উঠল, আর ভেসে এল এক অদ্ভুত বার্তা—

"মৃত্যু কাছে... ফাঁদ পাতা হয়েছে।"

এই শব্দ সবাইকে কাঁপিয়ে দিল।

যেন যন্ত্রই আগে থেকে জানাচ্ছে—তাদের জন্য মৃত্যুর ফাঁদ তৈরি হয়ে গেছে।

ঠিক তখন বাইরে থেকে সায়নের কণ্ঠ ভেসে এল—

—"বিনি! দরজা খোলো না! ওরা তোমাদের বের করার ফাঁদ পেতেছে!"

কিন্তু ততক্ষণে দোতলার ভাঙা জানালা দিয়ে কয়েকজন মুখোশধারী ঢুকে পড়ল। অস্ত্র তাক করা।

পরিবারটিকে এক মুহূর্তেই বন্দি করে ফেলল তারা।

ডায়েরির পাতায় কাঁপা হাতে বিনি লিখল—

"আজ বুঝলাম, মৃত্যুর ছায়া কতটা কাছে। আমরা এক ভাঙা বাড়ির ভেতর আটকে পড়েছি, বাইরে শত্রুরা ঘিরে আছে। সায়নের কণ্ঠে শেষবারের মতো আশা শুনলাম, কিন্তু জানি না সে আমাদের বাঁচাতে পারবে কিনা।"

বৃষ্টি ঝরছিল, বজ্রপাত হচ্ছিল, আর ভেতরে জমে উঠছিল মৃত্যুর গন্ধ।

মুখোশধারীরা বন্দুক তাক করে সবাইকে দেয়ালের পাশে দাঁড় করাল। ভেজা পোশাক থেকে জল টপটপ ঝরছিল, আর তাদের চোখে ছিল রক্তপিপাসু দৃষ্টি।

বিনির মা কাঁপতে কাঁপতে বললেন—

—"আমাদের মেরে ফেলো না, যন্ত্রটা তোমরা চাও, নিয়ে যাও।"

কিন্তু বিনি বুকের ভেতর শক্ত করে যন্ত্রটা আঁকড়ে ধরল। তার কণ্ঠে ভয়ের সঙ্গে সঙ্গে জেদও ছিল।

—“এটা আমি কাউকে দেব না। এটা শুধু আমার নয়, মানবজাতির ভবিষ্যৎ।”

মুখোশধারীরা এগিয়ে আসছিল। ঠিক সেই মুহূর্তে বাইরে থেকে এক গর্জন শোনা গেল। মোটরসাইকেলের ইঞ্জিনের শব্দ। গুলির আওয়াজের সঙ্গে মিলিয়ে সেটা ছুটে এল বাড়ির সামনে।

—“সায়ন!”

বিনি চিৎকার করে উঠল।

পরের মুহূর্তেই দরজা ভেঙে ভেতরে ঢুকল সায়ন, হাতে লাঠি আর একসঙ্গে জ্বলে ওঠা ধোঁয়ার ক্যানিস্টার।

ঘর ধোঁয়ায় ভরে গেল।

মুখোশধারীরা বিভ্রান্ত হয়ে এদিক-ওদিক গুলি ছুঁড়তে লাগল, কিন্তু সায়ন চমৎকার ক্ষিপ্রতায় একে একে দুজনকে ফেলে দিল।

অদ্রিজা সুযোগ বুঝে টেবিলের পাশে রাখা লোহার রড তুলে নিল। নিজের ভেতরের অপরাধবোধকে জ্বালানি করে সে এগিয়ে গিয়ে এক মুখোশধারীর হাত থেকে বন্দুক ছিনিয়ে নিল।

তারপর নিঃশ্বাস কাঁপতে কাঁপতে বলল—

—“এবার আর প্রতারণা নয়। আমি বিনির পাশে।”

বাড়ির ভেতর হট্টগোল। গুলির শব্দ, ধোঁয়ার ঘন কুণ্ডলী, আর বজ্রপাতের আলো মিলেমিশে এক বিভীষিকাময় দৃশ্য তৈরি করল।

হঠাৎ সংকেতরূপী আবার সক্রিয় হলো।

পর্দায় ভেসে উঠল কয়েকটি অক্ষর—

"সময় শেষ হয়ে যাচ্ছে... পালাও।"

সায়ন গর্জে উঠল—

—"বিনি, সবাইকে নিয়ে পেছনের দরজা দিয়ে বেরোও! আমি সামলাচ্ছি।"

বিনি দ্বিধা করল, কিন্তু সায়নের চোখের দৃঢ়তা তাকে বাধ্য করল।

সে মা-বাবা আর অদ্রিজাকে নিয়ে ভাঙা সিঁড়ি পেরিয়ে পেছনের পথে ছুটল।

বাইরে গিয়ে তারা ভেজা কাদামাটিতে লুটিয়ে পড়ল, কিন্তু অন্তত বন্দুকের সামনে থেকে বাঁচল।

পেছনে থেকে সায়নের কণ্ঠ ভেসে এল—

—"দৌড়াও! আমি আসছি!"

ডায়েরির পাতায় বিনি লিখল—

"আজ মৃত্যু আমাদের দরজায় কড়া নাড়ছিল। কিন্তু সায়নের সাহস আর অদ্রিজার অপ্রত্যাশিত সাহায্যে আমরা বেঁচে গেলাম। সংকেতরূপী ঠিকই বলেছিল—সময় ফুরোচ্ছে। এখন শুধু পালানো নয়, আমাদের উত্তর খুঁজে বের করতেই হবে।"

বৃষ্টি ঝরছিল, আর ভাঙা বাড়ি থেকে ধোঁয়া বের হচ্ছিল।

কিন্তু এক মুহূর্তের জন্য সবাই টের পেল—**অপ্রত্যাশিত উদ্ধার নতুন এক যাত্রার সূচনা।**

অধ্যায় ৬ : নতুন যাত্রার আহ্বান

ভেজা কাপড় আর কাঁপা শরীর নিয়ে তারা যখন পুরনো খনি এলাকা ছাড়ল, তখন রাত প্রায় শেষ হয়ে এসেছে। চারদিকে শুধু কাদামাটি আর ঝড়ো বাতাস। অদ্রিজার চোখ লাল, মা প্রায় অজ্ঞান হয়ে পড়ছেন, আর বিনির হাতের মুঠোয় শক্ত করে ধরা সংকেতরূপী এখনও হালকা গুঞ্জন করছে।

সায়ন বাইক ফেলে দিয়ে অন্য এক পথ ধরে সবাইকে নিয়ে এগোল। ঘণ্টার পর ঘণ্টা হাঁটার পর তারা পৌঁছাল জঙ্গলের ভেতর এক ভাঙা চৌকি ঘরে। একসময় বনরক্ষীরা ব্যবহার করত এই জায়গা, কিন্তু বহু বছর ধরে পরিত্যক্ত পড়ে আছে। ঘরের ভেতর মাকড়সার জাল, মেঝেতে শুকনো পাতা আর ভাঙা আসবাবপত্র। তবুও বাইরের চোখ থেকে আড়াল হওয়ার জন্য এটুকুই যথেষ্ট।

সবাই হাঁপাতে হাঁপাতে ভেতরে ঢুকল।

মা ভাঙা মেঝেতে বসে বললেন—

—“কোথাও কি আমাদের জন্য নিরাপদ জায়গা নেই?”

বিনি শান্ত গলায় উত্তর দিল—

—“এখন নিরাপদ মানে হচ্ছে কেবল একটুখানি সময়ের জন্যই। স্থায়ী আশ্রয় আমরা পাব না।”

অদ্রিজা চুপচাপ বসেছিল। তার চোখে অপরাধবোধ আর ভয় মিশে আছে। বিনির মনে হচ্ছিল, এখনও কি তাকে পুরোপুরি বিশ্বাস করা যায়? তবুও আজকের লড়াইয়ে অদ্রিজার সাহস না থাকলে হয়তো তারা বাঁচত না।

রাতের শেষ ভাগে সংকেতরূপী আবারও আলো ছড়াল।

পর্দায় ভেসে উঠল—

“বিশ্রাম নাও। পথ দীর্ঘ।”

সবাই স্তব্ধ হয়ে তাকিয়ে রইল।

যন্ত্র যেন তাদের মনের ভেতরের ক্লান্তি বুঝতে পারছে।

সায়ন মৃদু হেসে বলল—

—“দেখো, আমাদের যাত্রার সঙ্গী শুধু আমরা নই, যন্ত্রও জানে আমরা কতটা ক্লান্ত।”

বিনি ডায়েরিতে লিখল—

“আজ আমরা আবার নতুন আশ্রয় পেলাম। এটা অস্থায়ী, কিন্তু আমাদের নিঃশ্বাস ফেলার সুযোগ দিল। সংকেতরূপীও যেন এক অদৃশ্য বন্ধু হয়ে উঠছে, যে আমাদের বিশ্রাম নিতে বলছে। তবুও জানি, এ নিরাপত্তা বেশিদিন টিকবে না।”

বাইরে তখন সূর্য ধীরে ধীরে উঠছে। আলো ফুঁড়ে আসছিল ভাঙা জানালা দিয়ে, আর সবাই টের পাচ্ছিল—এই অস্থায়ী নিরাপত্তা শুধু ঝড়ের আগে সামান্য শান্তি।

চৌকি ঘরে আশ্রয় নেয়ার পরের সকালটা ছিল ভারী। সবাই ক্লান্ত, চোখের নিচে কালো দাগ, শরীর অবসন্ন। তবুও বেঁচে থাকার তাগিদে কেউ ঘুমাতে পারেনি।

শুধু সংকেতরূপী একটানা নরম গুঞ্জন তুলছিল, যেন কোনো ধাঁধা খুলতে চাইছে।

বিনি যন্ত্রটা টেবিলের ওপর রাখল। পর্দায় হঠাৎ কয়েকটি অদ্ভুত প্রতীক ভেসে উঠল। গোলাকার চিহ্ন, তার ভেতর জটিল রেখা, আর কিছু সংখ্যার মতো ইঙ্গিত।

সায়ন অবাক হয়ে বলল—

—"এগুলো গতবারও দেখেছিলাম, মনে আছে? আমি ভেবেছিলাম এলোমেলো চিহ্ন। কিন্তু এগুলো বারবার ফিরে আসছে।"

অদ্রিজা ভ্রু কুঁচকে তাকাল।

—"হয়তো এগুলো কেবল সংকেত, বা হয়তো কোনো মানচিত্র।"

বিনি গভীর মনোযোগ দিল। প্রতীকগুলোকে কাগজে এঁকে নিল। সংখ্যা আর রেখাগুলো মিলিয়ে একসঙ্গে সাজাতেই একটা চিত্র স্পষ্ট হতে শুরু করল।

—"এটা... নদী?"

বিনির কণ্ঠে বিস্ময়।

সায়ন এগিয়ে এসে বলল—

—"দেখো, বাঁকা রেখাটা নদীর গতিপথের মতো। আর এখানে চিহ্নটা কোনো পাহাড় বা গুহার নির্দেশ।"

ধীরে ধীরে ছবিটা মানচিত্রের রূপ নিতে লাগল।

অদ্রিজার চোখ বিস্ফারিত হয়ে গেল।

—"মানে সংকেতরূপী আমাদের কোথাও যেতে বলছে!"

মা ভয়ে ফিসফিস করে বললেন—

—"কেন আমাদের নিয়ে খেলছে? কেন এই যন্ত্র তোমাদের কোথাও ডাকছে?"

বাবা গম্ভীর স্বরে উত্তর দিলেন—

—"হয়তো এটাই সত্য জানার একমাত্র পথ। যদি যন্ত্রটা

কেবল চিন্তা বা আবেগ পড়ত, তবে এতদূর আসত না। এটা স্পষ্টত আমাদের কোনো জায়গায় পৌঁছে দিতে চাইছে।"

বিনি চুপচাপ ডায়েরি খুলে লিখল—

"আজ সংকেতরূপী মানচিত্র দেখাল। নদী, পাহাড় আর রহস্যময় প্রতীক মিলে যেন আমাদের ডাকছে। এটা কোথায় নিয়ে যাবে, জানি না। তবে এটাই হয়তো আবিষ্কারের মূল কেন্দ্র। ভয় হচ্ছে, কিন্তু কৌতূহলও বাড়ছে।"

যন্ত্রের পর্দায় শেষবার ভেসে উঠল কিছু শব্দ—

"উত্তর সেখানে... সময় ফুরোচ্ছে।"

সবাই নিঃশব্দে একে অপরের দিকে তাকাল।

তাদের নতুন যাত্রা শুরু হওয়ার আগেই যেন ভবিষ্যৎ তাদের তাড়া করছে।

মানচিত্র স্পষ্ট হয়ে ওঠার পর থেকেই সবার মধ্যে অস্থিরতা বেড়ে গেল।

কোথায় যেতে হবে তা তারা আন্দাজ করতে পারলেও, সেখানে পৌঁছনো মোটেই সহজ নয়। জঙ্গল, নদী, পাহাড়— এই তিন বাধা পেরোতে হবে, আর শত্রুরা তো আছেই।

বিনি টেবিলের ওপর ডায়েরি সরিয়ে রাখল। চারপাশে মা, বাবা, সায়ন আর অদ্রিজা বসে আছে। আলো ফোঁটা সকালের বাতাসে প্রত্যেকের চোখে উদ্বেগ আর দৃঢ়তা মিলেমিশে ঝিলিক দিচ্ছে।

সায়ন বলল—

—"প্রথমেই খাবার আর জলের ব্যবস্থা করতে হবে। এই জঙ্গল টপকাতে গেলে অন্তত তিন দিনের রসদ লাগবে।"

অদ্রিজা মাথা নেড়ে যোগ করল—

—"আমার কাছে কিছু টাকার ব্যবস্থা আছে। শহরে না গিয়ে পাশের ছোট বাজার থেকে জিনিস আনা যাবে, নজরে পড়ার ঝুঁকি কম।"

মা উদ্বিগ্ন গলায় বললেন—

—"তোমরা সবাই যাত্রার কথা ভাবছ, কিন্তু ভেবেছ কি— আমরা যদি ধরা পড়ি? সরকারের চোখ এড়ানো যাবে কীভাবে?"

বাবা শান্তভাবে উত্তর দিলেন—

—"একটা সময় ভয়কে পাশে রাখতে হয়। যদি না যাই, তাহলে শত্রুরা একদিন আমাদের খুঁজেই পাবে। পালানো কোনো সমাধান নয়।"

বিনি যন্ত্রটার দিকে তাকাল। সংকেতরূপী তখন নিস্তব্ধ, তবুও তার উপস্থিতি ঘরের ভেতর ভারী হয়ে আছে।

সে মনে মনে ভাবল, এ যন্ত্রই তাদের ডেকে নিচ্ছে, তবে কি কোনো বৃহৎ সত্য প্রকাশের অপেক্ষায়?

সন্ধ্যার দিকে সবাই কাজে নেমে গেল।

সায়ন ও অদ্রিজা রসদ আনতে গেল। মা ও বাবা পুরনো কাপড় ও প্রয়োজনীয় সরঞ্জাম গুছিয়ে নিলেন। বিনি যন্ত্রটাকে একটি বিশেষ বাক্সে রাখল, যা ধাক্কা সহ্য করতে পারবে।

রাতে আগুন জ্বালিয়ে তারা একসঙ্গে বসেছিল। মশার গুঞ্জন আর রাতের হাওয়ায় চৌকি ঘরটা কেঁপে উঠছিল।

অদ্রিজা হঠাৎ বলল—

—"আমাকে যদি এখনও বিশ্বাস না করো, আমি একাই

এগোব। কিন্তু আমি শপথ করছি, এবার আমি তোমাদের ফাঁকি দেব না।”

বিনি কিছুক্ষণ চুপ করে থাকল। তারপর ধীরে বলল–

–“তুই যদি সত্যিই আমাদের পাশে থাকিস, তাহলে এই যাত্রায় তোর সাহস আমাদের সবচেয়ে বড় শক্তি হবে।”

অদ্রিজার চোখে জল চিকচিক করল।

ডায়েরির পাতায় বিনি লিখল–

“আজ আমাদের যাত্রার প্রস্তুতি শুরু হলো। ভয় আমাদের তাড়া করছে, কিন্তু সংকেতরূপীর মানচিত্র যেন এক অদ্ভুত শক্তি জাগিয়েছে। জানি না সামনে কী আছে, তবুও মনে হচ্ছে, এ যাত্রা এড়ানো যাবে না।”

চৌকি ঘরের বাইরে তখন শেয়ালের ডাক ভেসে আসছিল, যেন জঙ্গলের অজানা অন্ধকারই তাদের ডেকে নিচ্ছে।

পরদিন ভোরে তারা প্রস্তুতি সেরে রওনা দিল। চারপাশ তখনো কুয়াশায় ঢাকা, মাটিতে রাতভর শিশির জমে আছে। সায়ন সামনে হাঁটছে, হাতে লাঠি। বিনি মাঝখানে, বুকের কাছে শক্ত করে সংকেতরূপী আঁকড়ে। মা-বাবা আর অদ্রিজা পেছনে।

প্রথম কয়েক ঘণ্টা যাত্রা শান্তভাবেই চলল। ঘন জঙ্গল, উঁচুনিচু মাটি, পাখির ডাক—সব মিলিয়ে এক অদ্ভুত নিস্তব্ধ পরিবেশ। কিন্তু সেই নিস্তব্ধতার ভেতরেই লুকিয়ে ছিল ভয়।

মাঝপথে বিনি যন্ত্রটা চালু করল। পর্দায় হঠাৎ কিছু প্রতীক ভেসে উঠল। প্রথমে তারা বুঝতে পারল না। তারপর প্রতীকগুলো মিলিয়ে তৈরি হলো এক শব্দ–

"বিপদ কাছে।"

সবাই থমকে দাঁড়াল। সায়নের চোখে সতর্কতার ঝলক।

—"এবার থেকে প্রতিটি পদক্ষেপে সাবধানে চলতে হবে।"

হাঁটতে হাঁটতে তারা একটা শুকনো নদীর খাত পার হচ্ছিল। হঠাৎ পায়ের নিচে টুক করে শব্দ হলো।

অদ্রিজা কেঁপে উঠল।

মাটি থেকে একধরনের পাতলা তার বেরিয়ে এল।

—"মাইন!" সায়ন চিৎকার করল।

সঙ্গে সঙ্গে সবাই পেছনে সরে গেল। তারের সঙ্গে যুক্ত ছিল মাটির ভেতরে লুকোনো বিস্ফোরক। কারা এখানে ফাঁদ পেতেছিল?

মা ভয় পেয়ে বিনিকে আঁকড়ে ধরলেন।

সায়ন ঘাম মুছতে মুছতে বলল—

—"তারা জানে আমরা এই পথেই আসব। শত্রুরা আমাদের আগেই মানচিত্রটা জেনে গেছে।"

অদ্রিজা আতঙ্কিত গলায় বলল—

—"মানে, আমরা যেখানেই যাব, ওরা আমাদের আগে ফাঁদ পেতে রাখবে?"

বাবা দৃঢ় স্বরে বললেন—

—"তবুও আমাদের থামানো যাবে না। মানচিত্রে যা আছে, সেটা পৌঁছতেই হবে।"

বিনি যন্ত্রটার দিকে তাকাল।

পর্দায় আবার নতুন প্রতীক ভেসে উঠল—

"ফাঁদ ভাঙো, সত্য উন্মোচন করো।"

ডায়েরিতে সে লিখল—

"আজ প্রথমবার যন্ত্র আমাদের সোজাসুজি বিপদ সম্পর্কে সতর্ক করল। এটা শুধু মানচিত্র নয়, পথপ্রদর্শকও। কিন্তু এক ভয়ংকর সত্যও সামনে এলো—শত্রুরা আমাদের যাত্রার প্রতিটি ধাপে আগেই ফাঁদ পেতে রেখেছে। আমরা কি পারব এগুলো পেরোতে?"

বৃষ্টির ফোঁটা পড়া শুরু হলো। জঙ্গলের অন্ধকার আরও ঘন হলো।

আর তাদের যাত্রা পরিণত হলো মৃত্যু আর জীবনের মধ্যে এক ভারসাম্যের খেলায়।

ফাঁদ আবিষ্কার হওয়ার পর দলটা নিঃশব্দে কিছুদূর এগোল। কারও মুখে কোনো কথা নেই, শুধু বুকের ভেতর ভারী চাপা ভয়।

বৃষ্টি থেমেছে, কিন্তু মাটি কাদায় ভিজে পিচ্ছিল।

অদ্রিজা একসময় এগিয়ে এসে থামল। তার চোখে দৃঢ়তা, গলায় কাঁপন।

—"তোমরা সবাই এখনও আমাকে পুরোপুরি বিশ্বাস করো না, তাই না?"

সায়ন ঠান্ডা গলায় বলল—

—"আমাদের বিশ্বাস ভাঙতে তো তুই-ই শুরু করেছিলি। এখন আবার সেটা গড়ার দায়িত্বও তোর।"

অদ্রিজা নিঃশ্বাস টেনে নিল।

—"ঠিক আছে। তাহলে আমাকে সুযোগ দাও। সামনের বিপদ আমি একাই সামলাব।"

বিনি অবাক হয়ে তাকাল।

—"মানে কী?"

অদ্রিজা পকেট থেকে একটা ছোট যন্ত্র বের করল। সরকারের হয়ে কাজ করার সময় সে এ রকম ফাঁদ নিষ্ক্রিয় করার প্রশিক্ষণ পেয়েছিল।

—"তোমরা যদি মনে করো আমি শুধু বিশ্বাসঘাতক, তাহলে ভুল করছ। আমি চাই এবার প্রমাণ করতে—আমি তোমাদের সঙ্গী।"

সায়ন সন্দেহের দৃষ্টিতে তাকালেও অনুমতি দিল।

অদ্রিজা ধীরে ধীরে সামনের পথে এগোল। ঘন ঝোপের মধ্যে আবার পাতলা তারের ছাপ।

সে হাঁটু গেড়ে বসল, হাতে থাকা যন্ত্র দিয়ে তারের সংযোগ খুঁজতে লাগল। হাত কাঁপছিল, কিন্তু চোখ স্থির।

বিনি নিশ্বাস আটকে দেখছিল।

একটা ভুল মানে বিস্ফোরণ, আর সবাই উড়ে যাবে।

কিছু মিনিট পর হালকা ক্লিক শব্দ হলো। অদ্রিজা উঠে দাঁড়িয়ে গভীর নিঃশ্বাস ফেলল।

—"কাজ শেষ। ফাঁদ নিষ্ক্রিয়।"

মা অবিশ্বাসের চোখে তাকালেন। বাবা ধীরে মাথা নেড়ে বললেন—

—"মেয়েটা সত্যিই চেষ্টা করছে।"

সায়ন ঠোঁট কামড়ে চুপ করে রইল। কিন্তু তার চোখের কঠোরতা কিছুটা নরম হলো।

বিনি ডায়েরি বের করে লিখল—

"আজ অদ্রিজা তার সাহস প্রমাণ করল। হয়তো ও সত্যিই বদলেছে। হয়তো নয়। কিন্তু যেভাবে ফাঁদ ভাঙল, তাতে অন্তত বুঝলাম—এ যাত্রায় ও ছাড়া আমরা এগোতে পারব না।"

সংকেতরূপীও যেন নীরবে সাড়া দিল।

পর্দায় ভেসে উঠল একটিমাত্র শব্দ—

"বিশ্বাস।"

সবাই নিঃশব্দে দাঁড়িয়ে রইল।

মনে হলো যন্ত্রটিও আজ অদ্রিজাকে তার পরীক্ষা থেকে উত্তীর্ণ বলে মেনে নিয়েছে।

তাদের যাত্রা এবার ধীরে ধীরে জঙ্গলের শেষ প্রান্তে এসে পৌঁছাল। সামনে দূর থেকে পাহাড়শ্রেণির ছায়া দেখা যাচ্ছিল। কিন্তু মানচিত্রে নির্দেশিত পথে এগোতে গেলে একটা গুরুতর বাঁধা আসছে—**দেশের সীমান্ত**।

সায়ন থেমে দাঁড়াল, চারপাশ ভালো করে দেখে বলল—

—"আমরা খুব কাছাকাছি চলে এসেছি। ওদিকে সামরিক নজরদারি আছে। সেনা চৌকি পার হওয়া সহজ হবে না।"

অদ্রিজা নিচু গলায় বলল—

—"সীমান্তে শুধু সেনা নয়, সরকারের বিশেষ বাহিনীও টহল দিচ্ছে। আমার আগের কাজের অভিজ্ঞতা থেকে জানি, ওরা সাধারণ মানুষকে এত গভীরে ঢুকতে দেবে না।"

মা ভয়ে শ্বাস টেনে নিলেন।

—"তাহলে এখন কী হবে? এ যাত্রা কি এখানেই থেমে যাবে?"

বাবা দৃঢ়ভাবে বললেন—

—"না। যদি সংকেতরূপী আমাদের পথ দেখিয়ে নিয়ে আসে, তবে সীমান্তও আমাদের থামাতে পারবে না।"

বিনি যন্ত্রটা বের করল। পর্দায় হালকা নীল আলো জ্বলে উঠল। কয়েকটি প্রতীক ভেসে এল, তারপর মিলিয়ে গিয়ে তৈরি হলো এক বাক্য—

"ছায়ার পথ নাও।"

সবাই স্তব্ধ হয়ে গেল।

সায়ন চোখ কুঁচকে বলল—

—"ছায়ার পথ? মানে কি গোপন রাস্তা?"

অদ্রিজা মাথা নাড়ল।

—"হ্যাঁ, সীমান্তের পাশে পুরনো এক খনি-সড়ক আছে। বহু বছর ধরে বন্ধ পড়ে আছে। কাগজে কলমে সেটা নেই বলেই ধরা হয়। সম্ভবত সংকেতরূপী সেদিকেই ইঙ্গিত দিচ্ছে।"

তাদের চোখে একফোঁটা আশা ঝলসে উঠল।

কিন্তু ভয়ও সমানভাবে জেঁকে বসল। কারণ এই অচেনা ছায়াপথে প্রবেশ মানে আবারও শত্রুর হাতের মুঠোয় পড়ার ঝুঁকি।

সন্ধ্যা নামল। সীমান্তের আলো দূরে টিমটিম করে জ্বলছে, সৈন্যদের ছায়া দেখা যাচ্ছে।

তারা গাছের আড়ালে দাঁড়িয়ে চুপচাপ সেই দৃশ্য দেখল।

অদূরে কুকুরের ঘেউ ঘেউ, টহলদারদের হাঁটার শব্দ—সব মিলিয়ে বাতাসে এক অদ্ভুত চাপা উত্তেজনা।

বিনি ডায়েরি লিখল—

"আজ প্রথমবার সীমান্তের ছায়া চোখে পড়ল। ভয় হচ্ছে, কিন্তু সংকেতরূপী বলছে—ছায়ার পথ আমাদের জন্য অপেক্ষা করছে। আমরা কি সত্যিই ও পথ দিয়ে পার হতে পারব?"

রাত আরও গভীর হলো।

আর তাদের সামনে দাঁড়িয়ে রইল সীমান্তের কালো ছায়া, যেন এক অদৃশ্য প্রাচীর।

সীমান্তের কাছাকাছি সেই রাতে তারা আর এগোয়নি।

জঙ্গলের ঘন অন্ধকারে, দূরে সৈন্যদের টহলের আলো এড়িয়ে, তারা একটা ভাঙা কাঠের কুঁড়েতে আশ্রয় নিল।

হাওয়া ঠান্ডা, নিস্তব্ধতার ভেতর শুধু ঝিঁঝিঁ পোকার ডাক।

সবাই ক্লান্ত, তবুও ঘুমাতে পারল না।

বিনি সংকেতরূপীটাকে মুঠোয় ধরে বসেছিল। যন্ত্রটা আজ অস্বাভাবিক নিস্তব্ধ। কোনো প্রতীক নেই, কোনো আলো নেই।

ঠিক তখনই হঠাৎ যন্ত্রটা কেঁপে উঠল। পর্দায় কিছু অক্ষর ভেসে উঠল।

প্রথমে অস্পষ্ট, তারপর ধীরে ধীরে মিলিয়ে গেল—

"ছায়ার পথ খুলবে, কিন্তু ভেতরে আছে বিশ্বাসঘাতক।"

সবাই চমকে উঠল।

মা বিস্ময়ে বললেন—

—"বিশ্বাসঘাতক? কাকে বলছে?"

অদ্রিজার মুখ ফ্যাকাশে হয়ে গেল।

সায়ন তীক্ষ্ণ চোখে তার দিকে তাকাল।

—"এটা আবার তোকে নিয়েই ইঙ্গিত করছে?"

অদ্রিজা তড়িঘড়ি করে বলল—

—"না! এবার আমি সত্যিই তোমাদের সঙ্গে আছি। যন্ত্র যা বলছে হয়তো অন্য কিছুর ইঙ্গিত।"

বাবা গম্ভীরভাবে বললেন—

—"শত্রুরা হয়তো আমাদের ভেতরে কোনো গুপ্তচর ঢুকিয়েছে। কিন্তু আমরা যদি এখনই একে অপরকে সন্দেহ করি, তবে যাত্রা এখানেই শেষ হয়ে যাবে।"

বিনি গভীরভাবে যন্ত্রটার দিকে তাকাল।

তার মনে হলো, যন্ত্রটা ইচ্ছাকৃতভাবে এই বিভ্রান্তি ছড়াচ্ছে। কেন? এটা কি পরীক্ষা? নাকি সত্যিই কেউ তাদের সঙ্গে প্রতারণা করবে?

সায়ন দাঁত চেপে বলল—

—"যে-ই হোক, সামনে যদি বিশ্বাসঘাতক থাকে, তাহলে আমাদের প্রতিটি পদক্ষেপ আরও সাবধানে ফেলতে হবে।"

বিনি ডায়েরিতে লিখল—

"আজ সংকেতরূপী লুকোনো বার্তা দেখাল—বিশ্বাসঘাতক। আমাদের যাত্রার ভেতরে কি সত্যিই কেউ শত্রুর হয়ে কাজ করছে? নাকি এটা আবারও যন্ত্রের পরীক্ষা? উত্তর অজানা, কিন্তু ভয়ের ছায়া এখন আমাদের ভেতরেই ঢুকে গেছে।"

বাইরে হঠাৎ কুকুরের ঘেউ ঘেউ শোনা গেল।

তারা সবাই স্তব্ধ হয়ে গেল।

সীমান্তের আলো ঝলসে উঠছিল দূরে, আর সেই অদ্ভুত বার্তা যেন মনে করিয়ে দিচ্ছিল—**সবচেয়ে বড় বিপদ হয়তো ভেতরেই লুকিয়ে আছে।**

পরদিন ভোর হতেই তারা আবার রওনা দিল। সীমান্তের টহল এড়িয়ে ছায়ার পথ খুঁজে বের করাই ছিল প্রধান লক্ষ্য।

ঘন কুয়াশায় চারপাশ ঢাকা, সামনে পাঁচ হাত দূরও ঠিকমতো দেখা যাচ্ছিল না।

হঠাৎ পেছনে শুকনো পাতার উপর পায়ের শব্দ ভেসে এলো। সবাই একসঙ্গে থেমে গেল।

সায়ন তৎক্ষণাৎ লাঠি তুলে ধরল, অদ্রিজা কোমরে বাঁধা ছুরি বের করল।

বাবা ফিসফিস করে বললেন—

—"কেউ আমাদের অনুসরণ করছে।"

ঠিক তখনই কুয়াশার ভেতর থেকে এক বয়স্ক মানুষ বেরিয়ে এল। তার চুল সাদা, চোখ গভীর কালো। গায়ে জীর্ণ চাদর, হাতে বাঁকা লাঠি।

তিনি শান্ত গলায় বললেন—

—"ভয় পেয়ো না। আমি তোমাদের ক্ষতি করতে আসিনি।"

অদ্রিজা সন্দেহভরে জিজ্ঞেস করল—

—"আপনি কে?"

বৃদ্ধ লোকটা হেসে উত্তর দিলেন—

—"আমি সীমান্তের এই জঙ্গলের মানুষ। বহু বছর ধরে এখানে থাকি। তোমাদের যাত্রার কথা আমি জানি।"

সবাই অবাক হয়ে গেল।

বিনি সতর্ক গলায় বলল—

—"আমাদের যাত্রার কথা আপনি জানেন কীভাবে?"

বৃদ্ধ লোক মাটিতে লাঠি ঠুকে বললেন—

—"যে সংকেত তোমাদের সঙ্গে আছে, সেই যন্ত্রের আভা আমি বহু আগে থেকেই টের পাচ্ছি। এটা কেবল প্রযুক্তি নয়, এ এক আহ্বান। তোমরা এর বাহক।"

মা হতবুদ্ধি হয়ে ফিসফিস করে বললেন—

—"মানে, উনিও যন্ত্রটার কথা জানেন?"

বৃদ্ধ মাথা নেড়ে বললেন—

—"হ্যাঁ। বহু আগে একবার এমন সংকেত এই সীমান্ত পেরিয়েছিল। তখনো শত্রুরা তাকে ধাওয়া করেছিল। সে যাত্রা শেষ হয়নি, তার উত্তর এখন তোমাদের হাতে।"

সায়ন চোখ কুঁচকে জিজ্ঞেস করল—

—"তাহলে আপনি আমাদের সাহায্য করবেন?"

বৃদ্ধ ধীরে ধীরে হাঁটতে হাঁটতে সামনে এগোলেন।

—"ছায়ার পথ বিপজ্জনক। সেখানে কেবল সেনা নয়, অদৃশ্য ফাঁদ আছে। আমি জানি কোন পথে গেলে তোমরা বাঁচবে।"

বিনি ডায়েরিতে লিখল—

"আজ এক অচেনা বৃদ্ধ আমাদের সামনে এলেন। তিনি সংকেতরূপীকে চিনলেন, তার ইতিহাস জানালেন। মনে হচ্ছে, যন্ত্রটা শুধু আমাদের নয়, আরও বহু প্রজন্মের যাত্রীদের পথ দেখিয়েছে। তিনি কি সত্যিই সহায়ক, নাকি আরেকটা পরীক্ষা?"

সীমান্তের ছায়ার দিকে তারা এগোতে লাগল, বৃদ্ধ লোকটা পথ দেখাচ্ছিলেন।

তাদের মনে একই প্রশ্ন ঘুরছিল—

এই অচেনা সহায়তা কি মুক্তির পথ, নাকি নতুন ফাঁদের শুরু?

বৃদ্ধ লোকটির নির্দেশ মেনে তারা এগোতে লাগল। জঙ্গলের পথ যেন ক্রমেই অচেনা আর গভীর হচ্ছিল। গাছের ডাল মাথার ওপরে মিলে এক অদ্ভুত অন্ধকার টানেল তৈরি করেছে। বাতাসে ভেজা মাটির গন্ধ, সঙ্গে চাপা ভয়।

কিছুদূর যাওয়ার পর হঠাৎ বিনি থেমে গেল।

সংকেতরূপী তার হাতে কেঁপে উঠল। পর্দায় প্রতীক ভেসে উঠল—

"পথ নিরাপদ নয়।"

বৃদ্ধ তৎক্ষণাৎ ঘুরে তাকালেন, চোখে এক অদ্ভুত ঝিলিক।

—"তোমাদের ভয় পাওয়ার দরকার নেই। আমি আছি।"

সায়ন নিচু স্বরে বলল—

—"কিছু যেন ঠিক লাগছে না।"

ঠিক তখনই ঝোপঝাড়ের ভেতর থেকে টানটান শব্দ ভেসে এল। মুহূর্তের মধ্যেই চারদিক থেকে আলো জ্বলে উঠল। সেনাদের একটি দল তাদের ঘিরে ফেলেছে। হাতে আধুনিক রাইফেল, মুখে কালো মুখোশ।

অদ্রিজা চিৎকার করে উঠল—

—"এটা ফাঁদ!"

বৃদ্ধ লোকটা দাঁড়িয়ে রইলেন নির্লিপ্ত মুখে।

সায়ন গর্জে উঠল—

—"তুই তাদের লোক!"

বৃদ্ধ ঠান্ডা গলায় বললেন—

—"আমি শুধু পথ দেখিয়েছি। যাদের থেকে তোমরা পালাচ্ছিলে, তারাই আমাকে পাঠিয়েছে। সংকেতটা ওদের চাই।"

মা কেঁপে উঠলেন। বাবা সামনে এগিয়ে গিয়ে বললেন—

—"আমাদের জীবন নিয়ে খেলা চলছে। এই সংকেতের মূল্য এতটাই বেশি?"

সৈন্যদের নেতা এগিয়ে এসে গম্ভীর স্বরে বলল—

—"তোমাদের কিছু হবে না। শুধু যন্ত্রটা দিয়ে দাও।"

বিনি বুকের কাছে যন্ত্রটাকে আরও শক্ত করে আঁকড়ে ধরল।

—"এটা শুধু ধাতু আর তারের টুকরো নয়। এটা আমাদের সত্য জানার একমাত্র পথ। আমি দেব না।"

সৈন্যরা অস্ত্র উঁচিয়ে ধরল। মুহূর্তের মধ্যে পরিস্থিতি বিস্ফোরণের মতো হয়ে উঠল।

ঠিক তখনই সংকেতরূপী হঠাৎ তীব্র আলো ছড়াল। সবাই চোখ ঢেকে ফেলল। আলো নিভতেই দেখা গেল মাটিতে ভেসে উঠেছে নতুন প্রতীক—

"ছায়া থেকে বেরিয়ে এসো।"

এই বিভ্রান্তির সুযোগে সায়ন সবাইকে টেনে নিয়ে দৌড় শুরু করল।

গুলির শব্দ ছুটে আসছিল পিছন থেকে। অদ্রিজা পেছনে ছুরি

ছুড়ে দিয়ে এক সৈন্যকে বাধা দিল। মা-বাবা প্রাণপণে ছুটছিলেন।

বিনি ডায়েরি লিখতে পারল না, শুধু মনে মনে বলল—

"আজ আমরা মৃত্যুর মুখ থেকে পালালাম। কিন্তু শত্রুর ফাঁদ আমাদের ঘিরে ফেলছে প্রতিটি মুহূর্তে। আর বৃদ্ধের বিশ্বাসঘাতকতা প্রমাণ করল—সাহায্য মানেই সবসময় নিরাপত্তা নয়।"

তাদের দৌড় থামল না। সামনে এখন শুধু অজানা অন্ধকার, আর পেছনে শত্রুর ফাঁদ।

অবশেষে প্রাণপণ দৌড়ের পর তারা পৌঁছল এক পাহাড়ি ঢালের নিচে। শ্বাস নিতে কষ্ট হচ্ছিল, সবার গলা শুকিয়ে গেছে। পিছনে এখনো মাঝে মাঝে গুলির প্রতিধ্বনি ভেসে আসছে, তবে দূরে সরে গেছে শত্রুর দল।

সায়ন চারপাশে চোখ বুলিয়ে বলল—

—"আমাদের লুকোনোর জায়গা চাই। এখানে থাকলে সহজেই ধরা পড়ব।"

বাবা পাহাড়ের দেয়ালের দিকে ইশারা করলেন। সেখানে অন্ধকারে ঢাকা একটা ফাঁক দেখা যাচ্ছিল। তারা সাবধানে এগিয়ে গেল। ফাঁকটা আসলে ছিল একটা গুহার প্রবেশপথ। ভেতরে ঢুকতেই ঠান্ডা বাতাস গায়ে এসে লাগল। চারদিকে আর্দ্রতা, ছাদের ফাটল দিয়ে ফোঁটা ফোঁটা জল পড়ছে।

অদ্রিজা ফিসফিস করে বলল—

—"এটাই কি মানচিত্রে দেখানো ছায়ার পথ?"

বিনি সংকেতরূপী বের করল। যন্ত্রটা কেঁপে উঠল, তারপর পর্দায় প্রতীক ভেসে উঠল—

"সঠিক পথে এসেছ।"

সবাই হালকা নিঃশ্বাস ফেলল।

তারা গুহার ভেতরে আরও গভীরে এগোতে লাগল। প্রতিটি পদক্ষেপে চারপাশ আরও অন্ধকার, মশাল জ্বালিয়েও আলো তেমন পৌঁছাচ্ছিল না। গুহার দেয়ালে অদ্ভুত খোদাই—চিহ্ন, প্রতীক, সংখ্যা।

মা বিস্ময়ে বললেন—

—"এগুলো ঠিক যন্ত্রের পর্দায় যেভাবে দেখি, সেই প্রতীকই তো!"

বাবা চিন্তিত গলায় উত্তর দিলেন—

—"মানে, সংকেতরূপী এই জায়গার সঙ্গেই যুক্ত। এখানেই হয়তো এর উৎস।"

হঠাৎ গুহার ভেতরে গর্জনের মতো শব্দ হলো। যেন ভেতর থেকে কেউ শ্বাস নিচ্ছে।

সবাই ভয়ে থমকে দাঁড়াল।

অদ্রিজা নিঃশব্দে ছুরি শক্ত করে ধরল, সায়ন মশাল উঁচু করল।

বিনি চোখ নামিয়ে সংকেতরূপীর দিকে তাকাল। যন্ত্রটা এবার একেবারে উজ্জ্বল হয়ে উঠল। অক্ষরে অক্ষরে লেখা হলো—

"শেষ দরজা সামনে।"

ডায়েরির পাতায় বিনি লিখল—

"আজ আমরা ছায়ার গুহায় প্রবেশ করলাম। এখানে প্রতিটি

দেয়াল প্রতীক দিয়ে ভরা, যেন যন্ত্রটা আমাদের সঙ্গে কথা বলছে। সামনে শেষ দরজার ইঙ্গিত—কিন্তু ওর ওপারে কী আছে, তা কেউ জানে না। ভয়ের সঙ্গে কৌতূহলও বেড়ে যাচ্ছে।”

গুহার গভীর অন্ধকার যেন তাদের গ্রাস করছে।

আর সামনে দাঁড়িয়ে আছে সেই রহস্যময় **শেষ দরজা**।

অধ্যায় ৭ – শেষ দরজার ওপারে

গুহার অন্ধকার ক্রমেই ঘন হয়ে আসছিল। হাতে মশালের আলো সামনের দেয়ালে পড়তেই সবাই স্তব্ধ হয়ে গেল। তাদের সামনে দাঁড়িয়ে আছে এক বিশাল পাথরের দরজা। উচ্চতায় প্রায় বিশ ফুট, প্রস্থে দশ—দরজাটা যেন পাহাড়ের ভেতর কেটে বানানো।

পুরো দরজাজুড়ে অদ্ভুত খোদাই। প্রতীক, সংখ্যা, অচেনা নকশা—সব মিলিয়ে যেন এক জীবন্ত দেয়াল।

বিনির চোখ বিস্ফারিত হয়ে গেল।

—"এগুলো তো সংকেতরূপীর পর্দায় যে প্রতীকগুলো ভেসে ওঠে, একেবারে হুবহু তাই!"

সে তাড়াতাড়ি যন্ত্রটা বের করল। সংকেতরূপীর আলো সঙ্গে সঙ্গে প্রতীকগুলোর সঙ্গে মিশে গেল। প্রতিটি চিহ্ন যেন জেগে উঠল, ফসফরাসের মতো সবুজাভ আলো ছড়াতে লাগল।

মা কাঁপা গলায় বললেন—

—"এটা কি, মানে আমরা ঠিক জায়গায় এসে পৌঁছেছি?"

সায়ন চোখ কুঁচকে দরজার খোদাইগুলো পরীক্ষা করতে লাগল।

—"এগুলো শুধু সাজসজ্জা নয়। এখানে একটা ধাঁধা লুকানো আছে। প্রতীকগুলো পড়তে হবে, তবেই দরজা খুলবে।"

বাবা দীর্ঘশ্বাস ফেলে বললেন—

—"মানে, এ যাত্রা এখানেই শেষ নয়। সামনে আরও পরীক্ষা আছে।"

অদ্রিজা নিঃশব্দে একপাশে দাঁড়িয়ে রইল। তার দৃষ্টি অদ্ভুতভাবে অস্থির। যেন প্রতীকগুলোর ভেতর সে এমন কিছু দেখছে, যা বাকিরা বুঝতে পারছে না।

হঠাৎ সংকেতরূপী কেঁপে উঠল। যন্ত্রের পর্দায় একে একে চারটি প্রতীক জ্বলে উঠল।

বিনি জোরে পড়ে শোনাল—

"বিশ্বাস। ত্যাগ। পথ। মুক্তি।"

গুহার ভেতর প্রতিধ্বনি হয়ে শব্দগুলো ফিরে এলো।

"বিশ্বাস... ত্যাগ... পথ... মুক্তি..."

সবাই একে অপরের দিকে তাকাল।

মা ফিসফিস করে বললেন—

—"দরজা খুলবে, যদি আমরা এই চারটি শর্ত পূরণ করি?"

সায়নের চোখে উদ্বেগের ছায়া।

—"কিন্তু এর মানে কী? আমাদের মধ্যে কে ত্যাগ দেবে?"

নিঃশব্দে গুহার ভেতর চাপা অশুভ অনুভূতি ভর করল।

দরজার প্রতীকগুলো যেন ধীরে ধীরে শ্বাস নিচ্ছে, আলো-অন্ধকারে নড়ছে।

আর সামনে দাঁড়িয়ে থাকা ছয়জনের হৃদয়ে জন্ম নিল ভয়—

এই দরজার ওপারে কী লুকিয়ে আছে?

দরজার প্রতীকগুলো আলো-অন্ধকারে কাঁপছিল। যেন এক অদৃশ্য শক্তি শ্বাস নিচ্ছে পাথরের ভেতর থেকে।

বিনির চোখ যন্ত্র আর দরজার মাঝে এদিক-ওদিক ঘুরছিল।

সে নোটবুক বের করে দ্রুত প্রতীকগুলো আঁকতে শুরু করল।

—"দেখো," বিনি ফিসফিস করে বলল, "এগুলো শুধু শব্দ নয়। এগুলো একে অপরের সঙ্গে যুক্ত ধাঁধা। যদি সঠিক ক্রমে মেলাতে পারি, তবে দরজা সরে যাবে।"

সায়ন মাথা নেড়ে বলল—

—"মানে, এখানে শুধু লেখা নয়, এক ধরনের প্যাটার্ন আছে।"

সে মশালের আলো তুলে ধরল। দরজার ডানপাশে ছোট ছোট গর্তের সারি দেখা গেল। প্রতিটি গর্তের চারপাশে ভিন্ন ভিন্ন প্রতীক খোদাই করা।

সায়ন গম্ভীর স্বরে বলল—

—"এটা আসলে এক ধরনের তালা। প্রতীকগুলো সঠিক ক্রমে চাপতে হবে।"

অদ্রিজা এগিয়ে এসে বলল—

—"যদি ভুল চাপি?"

সংকেতরূপী কেঁপে উঠল। পর্দায় ভেসে উঠল নতুন বার্তা—

"ভুল মানে মৃত্যু।"

মা আতঙ্কে শ্বাস বন্ধ করে ফেললেন।

বাবা সবার দিকে তাকিয়ে দৃঢ় কণ্ঠে বললেন—

—"তাহলে ভুল করার কোনো সুযোগ নেই। সঠিক সমাধান খুঁজতেই হবে।"

বিনি তার আঁকা চিহ্নগুলো খেয়াল করে বলল—

—"প্রথমে 'বিশ্বাস'। এর প্রতীকটা ওপরের সারির বাঁ দিকে আছে। তারপর 'ত্যাগ', সেটা নিচের ডানদিকে। তারপর 'পথ', আর শেষে 'মুক্তি'। এটাই সঠিক ক্রম।"

সায়ন সাবধানে এগিয়ে গিয়ে প্রতীকগুলোর ওপর হাত রাখল।

একটা একটা করে চাপতে লাগল—

প্রথমে *বিশ্বাস*।

দরজার ভেতর থেকে গর্জনের মতো শব্দ হলো।

তারপর *ত্যাগ*। আলো লাল হয়ে ঝলসে উঠল।

তৃতীয়বার *পথ*। এবার সবুজ আলো জ্বলে উঠল।

সবশেষে *মুক্তি*।

পুরো দরজাটা কেঁপে উঠল। পাথরের গায়ে খোদাই করা প্রতীকগুলো আলোর নদীর মতো জ্বলে উঠল।

মা বিস্ময়ে হাত জোড় করলেন।

—"এটা সত্যিই খুলছে!"

ধীরে ধীরে দরজার মাঝখান থেকে ফাঁক তৈরি হলো।

শীতল বাতাস ভেতর থেকে বেরিয়ে এলো, সঙ্গে এক অদ্ভুত গন্ধ—মাটি, ধুলো আর অজানা কোনো ধাতুর গন্ধ মিশে আছে তাতে।

বিনি ডায়েরিতে লিখল—

"আজ আমরা দরজার ধাঁধার সমাধান করলাম। প্রতীকগুলো কেবল শব্দ নয়, জীবন্ত পরীক্ষার মতো। ভুল হলে মৃত্যু নিশ্চিত। কিন্তু আমরা ঠিক করলাম। দরজা খুলতে শুরু করেছে। এখন আমাদের সামনে কী আছে, তা জানার সময় এসেছে।"

গুহার ভেতর অন্ধকার নড়ে উঠল।

আর দরজার ওপারে যেন অপেক্ষা করছিল এক অজানা জগৎ।

দরজা ধীরে ধীরে খুলতে শুরু করেছে। ফাঁক যত বাড়ছে, ততই ভেতর থেকে এক ঠান্ডা শ্বাসের মতো বাতাস বেরিয়ে আসছে। মশালের আলোয় দেখা গেল ভেতরে অসীম অন্ধকার, যেন পৃথিবীর কোনো আলো কোনোদিন সেখানে প্রবেশ করেনি।

সবাই স্তব্ধ হয়ে দাঁড়িয়ে রইল।

ঠিক তখনই সংকেতরূপী আবার কেঁপে উঠল। এবার তার পর্দায় ভেসে উঠল এক অদ্ভুত বাক্য—

"দরজা সম্পূর্ণ খুলবে না, যদি না একজন ত্যাগ স্বীকার করে।"

শব্দগুলো দেখে সবার মুখ শুকিয়ে গেল।

মা ভয় পেয়ে ফিসফিস করে বললেন—

—"মানে, দরজা শেষ পর্যন্ত খুলতে হলে আমাদের মধ্যে কাউকে মরতে হবে?"

বাবার চোখ কঠিন হয়ে উঠল।

—"ত্যাগ মানেই মৃত্যু নয়। হয়তো এর ভেতরে অন্য কোনো অর্থ আছে।"

কিন্তু সায়ন ভ্রু কুঁচকে অদ্রিজার দিকে তাকাল।

—"এটা কি আবারও তোর জন্য বলা হচ্ছে?"

অদ্রিজা হকচকিয়ে গেল।

—“আমার জন্য কেন? আমি তো আগেই বলেছি, আমি তোমাদের সাহায্য করছি।”

সায়নের গলায় সন্দেহ ঘনিয়ে এলো।

—“কিন্তু তুই শত্রুদের লোক ছিলি। যদি যন্ত্রটা সত্যিই আমাদের ভেতরের বিশ্বাসঘাতকের কথা বলছে, তাহলে সেটা তোকে নিয়েই!”

অদ্রিজার মুখ ফ্যাকাশে হয়ে গেল। সে কাঁপা কাঁপা গলায় বলল—

—“না, আমি এখন আর তাদের নই। যদি তোমরা বিশ্বাস না করো, আমি এখানেই থাকব। দরজা পার হব না।”

মা তৎক্ষণাৎ বললেন—

—“না না, এমন কথা বলিস না। হয়তো এটা পরীক্ষা। হয়তো ত্যাগ মানে আমাদের ভেতরের ভয়, সন্দেহ কিংবা লোভ ছেড়ে দেওয়া।”

বিনি সংকেতরূপীর দিকে তাকিয়ে থাকল। যন্ত্রটা নিরব, আর কোনো প্রতীক দেখাচ্ছে না।

ডায়েরিতে লিখল—

“আজ যন্ত্র বলল—ত্যাগ ছাড়া দরজা সম্পূর্ণ খুলবে না। সবাই অদ্রিজাকে সন্দেহ করছে। কিন্তু আমি বুঝতে পারছি, এর ভেতরে আরও গভীর অর্থ আছে। সত্যিই কি আমাদের কারও জীবন দিতে হবে, নাকি এটা কেবল মনস্তাত্ত্বিক পরীক্ষা?”

দরজার ফাঁক থেকে গর্জনের মতো শব্দ এলো। মনে হলো ভেতরে কোনো অদৃশ্য শক্তি অপেক্ষা করছে, কে ত্যাগ করবে সেই সিদ্ধান্ত শোনার জন্য।

অন্ধকারের গভীরতা যেন আরও কাছে এসে তাদের ঘিরে ধরল।

আর দলের ভেতর সন্দেহের ছায়া আগের চেয়ে ঘন হয়ে উঠল।

দরজার ফাঁক বাড়ছিল, কিন্তু সম্পূর্ণ খুলছিল না। ভেতর থেকে শোঁ শোঁ শব্দে ঠান্ডা বাতাস বেরোচ্ছিল, যেন অদৃশ্য কেউ শ্বাস নিচ্ছে।

মা আতঙ্কে বাবার হাত চেপে ধরলেন।

—"আমরা কি সত্যিই কাউকে হারাতে যাচ্ছি?"

বাবা গভীরভাবে শ্বাস নিয়ে বললেন—

—"এটা মৃত্যু নয়, পরীক্ষা। আমি বিশ্বাস করি ত্যাগ মানে ভিন্ন কিছু।"

কিন্তু সায়ন ধৈর্য হারাচ্ছিল। সে গর্জে উঠল—

—"সবসময় ধাঁধা! সবসময় ব্যাখ্যা! শত্রুরা আমাদের পিছু নিয়েছে, এখনো যদি সিদ্ধান্ত না নিই, আমরা সবাই মরব।"

তার দৃষ্টি আবার অদ্রিজার দিকে গিয়েই থামল।

—"তুই একবার শত্রুর লোক ছিলি। হয়তো এটাই যন্ত্রের ত্যাগ—তোকে ছেড়ে দেওয়া।"

অদ্রিজা কাঁপা কাঁপা গলায় উত্তর দিল—

—"তুমি যতই আমাকে সন্দেহ করো, আমি এখন তোমাদের সঙ্গে। ত্যাগের মানে আমি হতে পারি না।"

মা তীব্র কণ্ঠে বললেন—

—"সায়ন, থামো! তুমি যদি অদ্রিজাকে দোষারোপ করো, তাহলে তুমিই এই পরিবারের মধ্যে ফাটল ধরাচ্ছ।"

সায়ন গর্জে উঠল—

—"আমি শুধু বাস্তব বলছি। বিশ্বাসঘাতকতা রক্তে লেখা যায় না, সেটা প্রমাণ দিয়েই মুছতে হয়।"

মুহূর্তের জন্য সবাই চুপ হয়ে গেল। গুহার দেয়াল যেন সেই তর্কের প্রতিধ্বনি ফেরাচ্ছিল—"ত্যাগ... বিশ্বাসঘাতক... প্রমাণ..."

বিনি কাঁপা হাতে সংকেতরূপী তুলে ধরল। যন্ত্রটা আবার আলো ছড়াল। এবার প্রতীক ভেসে উঠল—

"ত্যাগ মানে যা সবচেয়ে প্রিয়, তা ছেড়ে দেওয়া।"

মা কান্নাভেজা গলায় বললেন—

—"সবচেয়ে প্রিয়? তবে কি আমাদের মধ্যে কাউকে সত্যিই ছেড়ে দিতে হবে?"

বাবা স্থির কণ্ঠে বললেন—

—"না। এর মানে সম্পর্ক ছিন্ন নয়। এর মানে আমরা ভেতরের ভয় আর সন্দেহকে ছেড়ে দেব। বিশ্বাসই ত্যাগের প্রথম ধাপ।"

কিন্তু সায়নের চোখ লাল হয়ে উঠল। সে ফিসফিস করে বলল—

—"আমি কাউকে বিশ্বাস করি না।"

অদ্রিজা সোজা তার চোখে তাকাল।

—"তাহলে হয়তো তোরই কিছু ত্যাগ করার সময় এসেছে।"

নিঃশব্দে গুহার ভেতর উত্তেজনার ঢেউ ছড়িয়ে পড়ল। পরিবারের ভেতরে বিশ্বাস ভেঙে যাচ্ছিল, আর সামনে দাঁড়িয়ে থাকা দরজা যেন সেই দ্বন্দ্বকে আরও গভীর করে তুলছিল।

বিনি ডায়েরিতে লিখল—

"আজ আমরা নিজেদের ভেতরের দ্বন্দ্বে হারতে বসেছি। যন্ত্র বলছে—ত্যাগ মানে সবচেয়ে প্রিয়কে ছেড়ে দেওয়া। কিন্তু সেটা কী? ভালোবাসা? ভয়? সন্দেহ? নাকি সত্যিই আমাদের কাউকে হারাতে হবে?"

অন্ধকার দরজার ওপারে যেন কারও হাসির প্রতিধ্বনি ভেসে এল।

গুহার ভেতরের পরিবেশটা ভারী হয়ে উঠেছিল। প্রত্যেকের চোখে দ্বন্দ্বের আগুন, বিশ্বাস ও সন্দেহ একসঙ্গে ঘূর্ণিঝড়ের মতো ঘুরছিল। দরজার ফাঁক সামান্য হলেও আরও বাড়ছিল, তবে এখনও পুরোটা খুলছিল না।

ঠিক তখনই সংকেতরূপী হঠাৎ প্রবল আলো ছড়াল। সবাই হাত দিয়ে চোখ ঢাকল। যন্ত্রটা যেন নিজের ইচ্ছায় বাতাসে ভেসে উঠল, তারপর দরজার দিকে সোজা আলো ছুঁড়ল।

আলোর রেখা দরজার খোদাই করা প্রতীকের সঙ্গে মিশে গেল। প্রতীকগুলো একে একে জ্বলে উঠল, যেন কেউ ভেতর থেকে আলোর প্রদীপ জ্বালাচ্ছে।

"বিশ্বাস..." প্রতিধ্বনির মতো গুহার ভেতরে শব্দটি বাজল।

সায়ন হতবাক হয়ে তাকিয়ে রইল।

—"এটা... এটা যেন আমাদের তর্ক শুনছিল!"

মা হাত জোড় করে প্রার্থনার ভঙ্গি করলেন।

—"হয়তো প্রথম ত্যাগ হয়ে গেছে। আমরা নিজেদের সন্দেহ ভেঙে বিশ্বাসের আলো জ্বালিয়েছি।"

দরজার ফাঁক আরও চওড়া হলো। ভেতর থেকে আসা বাতাস এখন আর ঠান্ডা নয়, বরং কেমন যেন উষ্ণ আর কোমল। এক মুহূর্তের জন্য সবার মনে হলো—ওপারে ভয় নয়, হয়তো সত্যিই মুক্তি আছে।

অদ্রিজার চোখ ভিজে উঠল।

—"আমি প্রমাণ করতে চেয়েছিলাম আমি বদলেছি। হয়তো এখন যন্ত্র তা মেনে নিয়েছে।"

বাবা ধীরে মাথা নেড়ে বললেন—

—"এটাই ত্যাগ। আমরা নিজেদের অহংকার আর সন্দেহকে ত্যাগ করেছি। বিশ্বাস ফিরিয়ে এনেছি।"

বিনি ডায়েরিতে লিখল—

"আজ আমরা প্রথম আলো দেখলাম। সংকেতরূপী আমাদের দ্বন্দ্ব থামিয়ে দিল, আলো দেখাল। হয়তো এটা প্রমাণ—ত্যাগ সবসময় মৃত্যু নয়। কখনো কখনো সত্যিকারের ত্যাগ মানে হৃদয়ের অন্ধকারকে ছেড়ে দেওয়া।"

হঠাৎ আলো নিভে গেল।

কিন্তু দরজার ভেতর এখন একটুখানি দৃশ্যপট স্পষ্ট দেখা গেল—দূরে অসীম শূন্যতার মধ্যে একটি সিঁড়ি ভেসে আছে, যেন আকাশের ওপরে উঠে যাচ্ছে।

মা অবাক হয়ে বললেন—

—"ওটা... স্বর্গীয় পথ?"

বাবা উত্তর দিলেন না। শুধু ফিসফিস করে বললেন—

—"এটা আমাদের ডাকে।"

দরজার ফাঁক থেকে বের হওয়া প্রথম আলো তাদের সামনে নতুন এক যাত্রার আভাস দিল।

দরজার ভেতর থেকে আসা আলো ধীরে ধীরে মিলিয়ে গেল। অন্ধকার আবার ঘন হয়ে এল, তবে এবার সেটা ভয় নয়— অপেক্ষার মতো।

সবাই স্তব্ধ হয়ে দাঁড়িয়ে আছে। কেবল শ্বাসের শব্দ আর ফোঁটা ফোঁটা জলের টুপটাপ আওয়াজ শোনা যাচ্ছে।

ঠিক তখনই গুহার গভীর থেকে ভেসে এল এক অচেনা কণ্ঠ। কর্কশ, তবু কোথাও যেন করুণ।

—"কে... কে এলো অবশেষে?"

মা আঁতকে উঠে বাবার হাত চেপে ধরলেন।

সায়ন চারপাশে মশাল ঘুরিয়ে দেখল, কিন্তু কেউ নেই।

অদ্রিজা কাঁপা গলায় বলল—

—"ওপাশ থেকে আসছে। দরজার ভেতর থেকে।"

কণ্ঠস্বর আবার শোনা গেল। এবার যেন ফিসফিস করে কাঁদছে—

—"আমি... আমি এখানে বন্দী। শত বছর কেটে গেছে... তোমরা এসেছ আমাকে মুক্ত করতে?"

সবাই হতভম্ব।

বাবা দ্বিধা নিয়ে বললেন—

—"আপনি কে?"

কিছুক্ষণ নীরবতা। তারপর কণ্ঠস্বর উত্তর দিল—

—"আমি একসময় গবেষক ছিলাম। সংকেতের রহস্য ভেদ করতে গিয়েই ফেঁসে গেছি। এই দরজার ভেতরেই আমার জীবন থেমে আছে। তোমাদের যন্ত্র... ওটাই মুক্তির চাবি।"

বিনি শিউরে উঠল।

—"মানে, আগে কেউ এ পথে এসেছিল?"

কণ্ঠস্বর কেঁপে উঠল।

—"হ্যাঁ... আমি একা আসিনি। অনেকেই এসেছিল। কিন্তু কেউ ফিরে যায়নি। তোমরা এসেছ, সাবধান হও। দরজা যত খোলে, তত মৃত্যু কাছে আসে।"

অদ্রিজার চোখ ভিজে উঠল।

—"তাহলে... আপনি চাইছেন আমরা থেমে যাই?"

দূর থেকে দীর্ঘশ্বাস শোনা গেল।

—"না। থেমে যেও না। তোমরা যদি পারো, আমাকে মুক্ত করো। নইলে আমিই প্রমাণ হয়ে থাকব—ত্যাগ ছাড়া মুক্তি নেই।"

সংকেতরূপী হঠাৎ ঝলসে উঠল। পর্দায় ভেসে উঠল নতুন প্রতীক—

"অতীতও ত্যাগ চায়।"

মা ফিসফিস করে বললেন—

—"অতীতের কণ্ঠস্বরও আমাদের ত্যাগ চাইছে।"

বিনি ডায়েরিতে লিখল—

"আজ আমরা শুনলাম অতীতের কণ্ঠস্বর। কেউ একজন এই দরজার ভেতরে আটকে আছে, হয়তো বহু বছর ধরে। তার

সতর্কবাণী স্পষ্ট—ত্যাগ ছাড়া মুক্তি নেই। কিন্তু ত্যাগ মানে কি আমাদের কেউ বন্দী হবে তার জায়গায়?"

গুহার বাতাস হঠাৎ আরও ঠান্ডা হয়ে গেল।

দরজার ওপারে যেন এক অদৃশ্য চোখ তাদের পর্যবেক্ষণ করছিল।

গুহার ভেতর অতীতের কণ্ঠস্বর মিলিয়ে যেতেই চারপাশ আরও ভারী হয়ে উঠল। সবাই চুপচাপ দাঁড়িয়ে, যেন অজানা সিদ্ধান্তের ভার কাঁধে বসেছে।

ঠিক সেই মুহূর্তে বাইরে থেকে ভেসে এল কর্কশ এক শব্দ—

"বুমমম!"

পাহাড় কেঁপে উঠল। দেয়ালের ধুলো ঝরে পড়তে লাগল।

সায়ন তড়িঘড়ি দৌড়ে গুহার প্রবেশমুখের দিকে গেল। সে ফিরে এসে আতঙ্কিত গলায় বলল—

—"শত্রুরা আমাদের খুঁজে পেয়েছে! ওরা ডিনামাইট বসাচ্ছে বাইরে।"

মা চিৎকার করে উঠলেন—

—"মানে, যদি ওরা বিস্ফোরণ ঘটায়, এই গুহা চাপা পড়ে আমরা সবাই মারা যাব!"

বাবা চোয়াল শক্ত করে বললেন—

—"ওরা জানে না আমরা ভেতরে এসেছি। কিন্তু যদি দরজা না খোলে, আমরা এখানেই ফাঁদে পড়ে যাব।"

অদ্রিজা দাঁতে দাঁত চেপে বলল—

—"ওরা ভেবেছে আমাদের ভয় দেখিয়ে থামিয়ে দেবে। কিন্তু আমরা এখনই ফিরতে পারি না।"

হঠাৎ দরজার ভেতর থেকে আবার আলো ঝলসে উঠল।

প্রতীকগুলো লাল হয়ে উঠল, যেন সতর্ক করছে।

সংকেতরূপীও কেঁপে উঠল।

পর্দায় লেখা এলো—

"সময় সীমিত। পথ বন্ধ হয়ে যাবে।"

বিনি আতঙ্কে ডায়েরিতে লিখল—

"শত্রুরা বাইরে বিস্ফোরণের প্রস্তুতি নিচ্ছে। দরজা বলছে সময় সীমিত। যদি আমরা দ্রুত সিদ্ধান্ত না নিই, তবে একদিকে শত্রুর বিস্ফোরণ, অন্যদিকে দরজা—দুটোর মাঝখানে চাপা পড়ব।"

সায়নের চোখ রাগে ঝলসে উঠল।

—"আমি বলেছিলাম, সময় নষ্ট না করে এগোতে হবে! এখন একটিমাত্র সুযোগ আছে—এই দরজা যেভাবেই হোক খুলতে হবে।"

মা চোখে জল নিয়ে বললেন—

—"কিন্তু যদি এর মানে কারও জীবন দেওয়া হয়?"

বাবা দৃঢ় গলায় উত্তর দিলেন—

—"তাহলেও বেছে নিতে হবে। নইলে কেউই বাঁচব না।"

গুহার দেয়াল আবার কেঁপে উঠল। দূরে শোনা গেল বিস্ফোরকের টাইমারের টিকটিক শব্দ।

প্রতিটি সেকেন্ড যেন মৃত্যুর দিকে নিয়ে যাচ্ছিল তাদের।

আর দরজার ওপারের অন্ধকার যেন শ্বাসরুদ্ধ হয়ে অপেক্ষা করছিল—**কে প্রথম পদক্ষেপ নেবে?**

গুহার ভেতরে টানটান উত্তেজনা। বাইরে শত্রুর বিস্ফোরক টাইমারের টিকটিক শব্দ শোনা যাচ্ছে, ভেতরে দরজার প্রতীকগুলো লাল হয়ে জ্বলছে। সবাই জানে—সময় আর নেই।

সায়ন এগিয়ে গেল।

—"আমি চাপ দিচ্ছি প্রতীকগুলোতে। যেভাবে আগেও করেছিলাম।"

সে প্রথম প্রতীক চাপতেই দরজা থেকে প্রচণ্ড আলোর ঝলক বেরোল। সবাই চোখ ঢাকল।

হঠাৎই যেন অদৃশ্য এক তরঙ্গ বেরিয়ে এলো দরজা থেকে। গর্জনের মতো শব্দ হলো, আর মুহূর্তের মধ্যেই সবাই ছিটকে পড়ে গেল গুহার দেয়ালে।

বাবা মাটিতে ধাক্কা খেয়ে উঠে দাঁড়ানোর চেষ্টা করলেন।

—"এটা কী ছিল?"

বিনি কাঁপতে কাঁপতে সংকেতরূপী হাতে নিল। যন্ত্রটা থরথর করে কাঁপছে, পর্দায় অক্ষরগুলো কাঁপা কাঁপা ভেসে উঠছে—

"ত্যাগ ছাড়া পথ নেই।"

অদ্রিজা কপাল থেকে রক্ত মুছে ফিসফিস করে বলল—

—"এটা আমাদের সতর্ক করছে। যদি আমরা ভুলভাবে এগোই, অদৃশ্য শক্তি আমাদের হত্যা করবে।"

মা আতঙ্কে বললেন—

—"মানে, দরজাই আমাদের শত্রু হয়ে উঠেছে!"

বিনি মাথা নাড়ল।

—"না। দরজা আমাদের পরীক্ষা নিচ্ছে। বিশ্বাস আর ত্যাগ ছাড়া এর শক্তি থামবে না।"

ঠিক তখনই আবার এক তরঙ্গ বেরিয়ে এলো। এবার মশালের আগুন একসঙ্গে নিভে গেল। গুহা অন্ধকারে ডুবে গেল।

শুধু দরজার প্রতীকগুলো রক্তলাল আলো ছড়াচ্ছে, যেন শিকারের অপেক্ষায় থাকা চোখ।

সায়ন দাঁত চেপে চিৎকার করল—

—"আমাদের সময় নেই! বাইরে বিস্ফোরণ হতে যাচ্ছে, ভেতরে এই শক্তি আমাদের হত্যা করবে। একটাই উপায়—কেউ না কেউ ত্যাগ করুক!"

অদ্রিজা কেঁপে উঠল।

—"তুমি কি বলতে চাইছ, আমাকে?"

সায়ন ঠান্ডা গলায় বলল—

—"যদি দরজা সত্যি ত্যাগ চায়, তবে সেটা তুই।"

মা কান্নায় চিৎকার করে উঠলেন—

—"না! কেউ কাউকে দোষ দেবে না।"

হঠাৎ আবার অদৃশ্য শক্তির আঘাত এলো। এবার দেয়াল ফেটে গেল, বড় বড় পাথর ঝরে পড়তে লাগল।

বাহিরে টাইমারের শেষ টিকটিক শব্দ মিলিয়ে গেল।

দু'দিকে মৃত্যু।

আর দরজার ওপাশে অন্ধকারে অপেক্ষা করছে এক অজানা শক্তি।

বিনি ডায়েরিতে লিখল—

“আমরা অদৃশ্য শক্তির আঘাতে ছিটকে পড়েছি। দরজা বারবার বলছে—ত্যাগ ছাড়া মুক্তি নেই। শত্রুরা বাইরে বিস্ফোরণের কিনারায়, আর ভেতরে এই শক্তি আমাদের হত্যা করছে। এখন হয়তো সত্যিই কাউকে সিদ্ধান্ত নিতে হবে।”

অদৃশ্য শক্তির আঘাতে গুহা কাঁপছিল। পাথরের টুকরো ভেঙে পড়ছে, ধুলোয় চারদিক ঝাপসা। বাইরে শত্রুর বিস্ফোরণ ঘটতে মাত্র কয়েক সেকেন্ড বাকি।

সবাই জানে—সময় ফুরিয়ে আসছে।

মা কাঁদতে কাঁদতে বললেন—

—“আমাদের কিছু একটা করতে হবে। নইলে সবাই মরব।”

সায়ন দাঁতে দাঁত চেপে গর্জে উঠল—

—“একটা মাত্র উপায় আছে—ত্যাগ! যন্ত্র বারবার সেটাই বলছে। কেউ একজন এগিয়ে না এলে দরজা খুলবে না।”

তার দৃষ্টি সরাসরি অদ্রিজার দিকে।

অদ্রিজা ঠোঁট কামড়ে ফিসফিস করল—

—“তুমি কি চাইছ আমি মরে যাই?”

সায়নের চোখ শক্ত।

—“তুই একবার বিশ্বাসঘাতক ছিলি। যদি কেউ মরতে হয়, তবে সেটা তুই।”

মা হাউমাউ করে কাঁদতে লাগলেন।

—“না, না! আমি কাউকে হারাতে চাই না।”

বাবা গম্ভীর কণ্ঠে বললেন—

—“আমরা আবেগে ভেসে যেতে পারি না। ত্যাগ মানে

সবসময় মৃত্যু নয়। হতে পারে এটা প্রতীকী, হতে পারে কাউকে নিজের ভেতরের অহংকার, ভয় কিংবা লোভ ছাড়তে হবে। কিন্তু যদি বাস্তব অর্থে জীবন দিতে হয়...”

তিনি বাক্য শেষ করার আগেই বিনি এগিয়ে এল।

তার চোখ দৃঢ়, ঠোঁটে কাঁপুনি নেই।

—“যন্ত্রটা আমি আবিষ্কার করেছি। এটা আমার দায়িত্ব। যদি কাউকে ত্যাগ করতে হয়, তবে সেটা আমি হব।”

মা ছুটে গিয়ে তাকে আঁকড়ে ধরলেন।

—“না বিনি! আমি আমার সন্তানকে হারাতে পারব না।”

বাবার চোখে জল চিকচিক করল, তবু তিনি কণ্ঠ কঠিন করলেন—

—“এটাই তো প্রকৃত বিজ্ঞানীর পথ। সত্যের জন্য জীবন দেওয়া।”

অদ্রিজা কেঁপে উঠল।

—“না, আমি এগোব। যদি দরজা কাউকে দাবি করে, তবে আমি দেব। আমি অনেক ভুল করেছি, আমার জীবনের মূল্য কম। তোমরা সবাই বেঁচে থাকো।”

গুহার ভেতর নিস্তব্ধতা।

দরজার প্রতীকগুলো লাল থেকে ধীরে ধীরে সাদা হয়ে উঠছে, যেন সিদ্ধান্তের অপেক্ষায়।

বিনি ডায়েরি বের করে কাঁপা হাতে লিখল—

“আমরা এখন দ্বিধার কিনারায় দাঁড়িয়ে। পরিবার ভাঙছে, সবাই আলাদা মত দিচ্ছে। কেউ মরতে চাইছে, কেউ মরতে

দিতে চাইছে না। কিন্তু সত্য এটাই—ত্যাগ ছাড়া দরজা খুলবে না। প্রশ্ন শুধু একটাই—কে ত্যাগ করবে?"

বাইরে বোমার ফিউজের শেষ শব্দ মিলিয়ে গেল।

গুহার ভেতরে এক মুহূর্তের নীরবতা।

তারপর অদৃশ্য কণ্ঠ শোনা গেল—

—"সিদ্ধান্ত নাও। নইলে সবাই শেষ।"

গুহার ভেতরে সবাই নিঃশ্বাস আটকে দাঁড়িয়ে আছে। বাইরে শত্রুর বিস্ফোরণ ঘটার শেষ মুহূর্ত, ভেতরে অদৃশ্য শক্তি আবার আঘাত হানার অপেক্ষায়। প্রতীকগুলো সাদা আলোয় জ্বলছে, যেন কেবল একটাই কথা বলছে—**"সিদ্ধান্ত নাও।"**

বিনি ধীরে সামনে এগোল।

—"আমি যাচ্ছি। যদি দরজা আমার ত্যাগ চায়, তবে আমাকে নিক।"

মা চিৎকার করে তার হাত চেপে ধরলেন—

—"না! আমি কাউকে মরতে দেব না। যদি দরজার রক্ত লাগে, তবে আমার জীবন নিক।"

বাবার চোখ ভিজে উঠল, কিন্তু কণ্ঠ দৃঢ়—

—"আমাদের পরিবার ভেঙে যাবে না। কিন্তু কেউ না কেউ এগোতে হবেই।"

অদ্রিজা সামনে এসে দাঁড়াল।

—"আমার জীবন সবার চেয়ে কম মূল্যবান। যদি আমি যাই, তোমরা বাঁচবে।"

সায়ন থমকে গেল। এতক্ষণ যার দিকে সন্দেহ আর রাগ ছুড়ছিল, সেই অদ্রিজাই প্রথম এগিয়ে আসছে।

তার চোখে এক মুহূর্তের জন্য কাঁপুনি দেখা গেল।

হঠাৎ সংকেতরূপী আবার জ্বলে উঠল। পর্দায় স্পষ্ট হয়ে ভেসে উঠল শব্দগুলো—

"ত্যাগ মানে মৃত্যু নয়।

ত্যাগ মানে ভয়, সন্দেহ আর ঘৃণা ত্যাগ করা।

শুধু বিশ্বাসই পথ খুলে দেয়।"

এক মুহূর্তের জন্য সবাই স্তব্ধ।

তারপর ধীরে ধীরে একে অপরের দিকে তাকাল।

মায়ের চোখ থেকে অশ্রু গড়িয়ে পড়ল। তিনি সায়নের হাত ধরলেন।

বাবা এগিয়ে গিয়ে অদ্রিজার কাঁধে হাত রাখলেন।

সায়ন দ্বিধা নিয়ে অদ্রিজার দিকে তাকাল, তারপর ফিসফিস করে বলল—

—"আমি... আমি তোকে ক্ষমা করলাম।"

সেই মুহূর্তে প্রতীকগুলো ঝলসে উঠল। গুহা ভরে গেল দীপ্ত আলোয়।

দরজার ফাঁক বিস্ফোরণের মতো শব্দে খুলে গেল, তবে মৃত্যু নয়—আলো ছড়িয়ে দিল চারদিকে।

বাইরে ঠিক তখনই শত্রুর বিস্ফোরণ হলো, কিন্তু বিস্ফোরণের ঝাঁকুনি গুহার ভেতরে পৌঁছাল না। যেন দরজার আলো প্রতিরোধ করে দিল সবকিছু।

আলোর ভেতরে তারা দেখল—একটি অসীম সিঁড়ি, যা শূন্যতার ভেতর দিয়ে উঠে গেছে অজানা উচ্চতায়। সেখানে কোথাও অপেক্ষা করছে মুক্তি, আবার হয়তো আরও বড় রহস্য।

বিনি কাঁপা হাতে ডায়েরি লিখল—

"আজ দরজা খুলল। আমরা কাউকে হারাইনি, তবে নিজেদের ভেতরের ভয়, সন্দেহ আর ঘৃণাকে ত্যাগ করেছি। এটাই প্রথম সত্যিকারের ত্যাগ। এখন আমাদের সামনে নতুন পথ—শেষ দরজার ওপারে অজানা জগত।"

দরজা পেছনে ধীরে ধীরে বন্ধ হয়ে গেল।

তারা একসঙ্গে প্রথম ধাপ পা রাখল সেই অসীম সিঁড়িতে।

অধ্যায় ৮ – আলোর সিঁড়িতে যাত্রা

দরজার আলো মিলিয়ে যাওয়ার সঙ্গে সঙ্গে তারা দাঁড়িয়ে রইল এক অদ্ভুত শূন্যতায়। চারপাশে নেই কোনো দেয়াল, নেই কোনো আকাশ বা মাটি—শুধু অসীম অন্ধকারের ভেতরে ভাসছে এক সোনালি সিঁড়ি। সিঁড়ির ধাপগুলো যেন আলো দিয়ে গড়া, প্রতিটি ধাপ থেকে মৃদু গুঞ্জন বেরোচ্ছে, যেন তারা নিজেরাই শ্বাস নিচ্ছে।

মা ধীরে শ্বাস ফেলে ফিসফিস করে বললেন—

—"এটা... এটা কি স্বপ্ন?"

বাবা সিঁড়ির প্রথম ধাপে হাত রাখলেন। আলো মৃদু উষ্ণতা ছড়িয়ে দিল, ঠিক যেন জীবন্ত কিছুর স্পর্শ। তিনি গম্ভীর কণ্ঠে বললেন—

—"না, এটা বাস্তব। তবে আমাদের পরিচিত বাস্তবতার মতো নয়।"

অদ্রিজা মুগ্ধ দৃষ্টিতে চারপাশে তাকাল। নিচে তাকিয়ে তার বুক ধক করে উঠল।

সিঁড়ি যেখান থেকে শুরু হয়েছে, তার নিচে শুধু অন্ধকার—অসীম গভীরতার গহ্বর। পড়ে গেলে আর ফেরার উপায় নেই।

সায়ন দাঁত চেপে বলল—

—"আমরা এতদূর এসেছি। এখন ফেরার উপায় নেই। পেছনের দরজা বন্ধ হয়ে গেছে।"

সত্যিই, তারা পেছনে তাকিয়ে দেখল—যে দরজা দিয়ে এসেছে, সেটা নেই। শুধু কালো শূন্যতা।

বিনি সংকেতরূপী হাতে নিয়ে কাঁপা কাঁপা আঙুলে ডায়েরি খুলল। লিখল—

"আজ আমরা অজানা সিঁড়ির প্রথম ধাপে পা রাখলাম। চারপাশ নেই, শুধু আলো দিয়ে গড়া ধাপ আর অসীম অন্ধকার। এখন আমাদের যাত্রা শুরু হলো এমন এক পথে, যার শেষ আমরা জানি না।"

মা প্রথম পা রাখলেন আলোর ধাপে। ধাপ কেঁপে উঠল, তারপর যেন তাদের স্বাগত জানাল। বাবা, অদ্রিজা, সায়ন একে একে উঠতে লাগল। প্রতিটি ধাপেই তারা অনুভব করল, যেন তাদের ভেতরের কিছু একটা পড়েই যাচ্ছে—ভয়, সন্দেহ, কিংবা দুঃখ।

অদ্রিজা অবাক হয়ে বলল—

—"আমি হালকা বোধ করছি... যেন আমার ভিতরের কোনো বোঝা নেই।"

বাবা গম্ভীরভাবে উত্তর দিলেন—

—"এই সিঁড়ি হয়তো আমাদের ভেতরের অন্ধকার সরিয়ে ফেলছে। কিন্তু শেষ পর্যন্ত কেবল যারা সত্যিই প্রস্তুত, তারাই ওপরে পৌঁছতে পারবে।"

সিঁড়ির প্রথম ধাপগুলোতে আলো কোমল। কিন্তু যত ওপরে ওঠে, আলো তত উজ্জ্বল হতে থাকে, চোখে ধরা যায় না। দূরে যেন এক প্রান্তর ঝলমল করছে, কিন্তু তার আকার এখনো বোঝা যাচ্ছে না।

বাইরে থেকে শত্রুর বিস্ফোরণের শব্দ এখন আর শোনা যাচ্ছে না। গুহা, দরজা, সবকিছু যেন আরেক বাস্তবতায় থেকে গেছে।

তারা বুঝল—**এখন আর ফিরে যাওয়ার কোনো উপায় নেই। শুধু সামনে এগোনো।**

আলোর সিঁড়ি বেয়ে ওপরে উঠতে উঠতে তারা বুঝতে পারল—এ পথ সোজা নয়। প্রথমে ভেবেছিল সিঁড়ি শুধু আকাশের দিকে উঠছে, কিন্তু কিছুক্ষণ পরই দেখতে পেল ধাপগুলো বেঁকে গেছে, কখনো ডানদিকে, কখনো বাঁদিকে, আবার কখনো একেবারে বৃত্তাকার হয়ে শূন্যতার ভেতরে ঘুরছে।

মা হাঁপাতে হাঁপাতে বললেন—

—"এত ধাপ! কোথায় শেষ হবে?"

অদ্রিজা সিঁড়ির ধাপ ধরে উপরে তাকাল। চোখে ঝলসে উঠল দীপ্ত আলো।

—"মনে হচ্ছে এর শেষ নেই। যতই উঠি, ততই ওপরে আরেক ধাপ দেখা যাচ্ছে।"

বাবা গম্ভীর গলায় উত্তর দিলেন—

—"এটা অনন্ত পথ। হয়তো শেষ নেই, হয়তো শেষটা কেবল বিশ্বাসীর জন্য।"

তাদের পায়ের নিচে ধাপগুলো হালকা কম্পন তুলছে, যেন সিঁড়ি প্রতিটি পদক্ষেপ হিসেব করছে।

সায়ন থেমে গিয়ে চারপাশে তাকাল।

—"তোমরা খেয়াল করেছ? নিচে অন্ধকার নয়, কিছু নড়ছে।"

সবাই তাকাল। নিচে অসীম গভীরতার মধ্যে অদ্ভুত ছায়ামূর্তি ভেসে বেড়াচ্ছে। তারা মানুষের মতো, আবার ছায়ার মতো। কারও মুখে নেই চোখ, কারও শরীর অর্ধেক।

তাদের হাত সিঁড়ির দিকে বাড়ানো, যেন টেনে নামাতে চাইছে।

মা আতঙ্কে আঁকড়ে ধরলেন বাবার হাত।

—"ওরা কারা?"

বাবার কণ্ঠ ভারী।

—"হয়তো ওরা তাদের আত্মা, যারা সিঁড়ি পার হতে পারেনি। অর্ধেক পথেই পড়ে গেছে।"

অদ্রিজার শরীর শিউরে উঠল।

—"মানে, আমরা যদি ভুল করি, তবে আমাদেরও ওই রকম হয়ে যেতে হবে?"

বিনি ডায়েরি খুলে লিখল—

"আলোর সিঁড়ি অসীম মনে হচ্ছে। প্রতিটি ধাপ আমাদের পরীক্ষা নিচ্ছে। নিচে অসংখ্য ছায়া ভেসে বেড়াচ্ছে—হয়তো ব্যর্থ অভিযাত্রী, হয়তো আমাদের ভয়। তারা হাত বাড়িয়ে ডাকছে। কিন্তু আমরা জানি, একবার যদি পা ফসকায়, তবে চিরকাল সেই অন্ধকারেই বন্দী থাকতে হবে।"

হঠাৎ ছায়ামূর্তিগুলো একসঙ্গে চিৎকারের মতো আওয়াজ করল। সিঁড়ি হঠাৎ দুলে উঠল। সবাই শক্ত করে ধাপ আঁকড়ে ধরল।

মা ভয়ে কেঁপে বললেন—

—"আমরা কি এগোতে পারব?"

বাবা চোখ বন্ধ করে বললেন—

—"আমাদের থামা যাবে না। এ পথ কেবল সামনে এগোনোর। পেছনে ফেরার সুযোগ নেই।"

সিঁড়ি আবার স্থির হয়ে গেল।

তারা একে একে এগোতে লাগল, বুঝতে পারল—**এ যাত্রা কেবল শরীরের নয়, মনেরও পরীক্ষা।**

সিঁড়ির অনন্ত ধাপ বেয়ে তারা যখন আরও ওপরে উঠছিল, হঠাৎ চারপাশে এক অদ্ভুত গুঞ্জন শুরু হলো। প্রথমে সেটা বাতাসের শব্দের মতো শোনালেও ধীরে ধীরে স্পষ্ট হয়ে উঠল—এটা মানুষের কণ্ঠস্বর।

অদ্রিজা থমকে দাঁড়াল।

—"তোমরা শুনতে পাচ্ছ? কেউ... কেউ আমাদের ডাকছে।"

সায়ন ভ্রু কুঁচকে কান পাতল। কণ্ঠটা এবার স্পষ্ট শোনা গেল—

—"অদ্রিজা... তুমি আমাদের ছেড়ে পালিয়েছিলে... বিশ্বাসঘাতক..."

অদ্রিজার মুখ ফ্যাকাশে হয়ে গেল। এ কণ্ঠ তার অতীতের। যে মানুষদের সে একসময় হতাশ করেছিল, সেই স্মৃতি এখন প্রতিধ্বনির আকারে ফিরে এসেছে।

মা ভয়ে চারপাশে তাকালেন।

এবার বাবার দিক থেকে ভেসে এল আরেক কণ্ঠ—

—"তুমি আমাদের রক্ষা করতে পারনি... পরিবারকে বাঁচাতে ব্যর্থ হয়েছ..."

বাবার চোখে ব্যথার ছাপ ফুটে উঠল।

—"না... আমি চেষ্টা করেছিলাম..."

প্রতিধ্বনিগুলো এবার সায়নের দিকে ছুটে এলো।

—"তুই সবসময় দুর্বল... শুধু অন্যকে দোষ দিস... তুই কাউকে রক্ষা করতে পারবি না..."

সায়নের চোখ রাগে লাল হয়ে উঠল। সে চিৎকার করে বলল—

—"চুপ করো! আমি দুর্বল নই!"

কিন্তু কণ্ঠ থামল না। বরং আরও তীব্র হয়ে উঠল।

হঠাৎ বিনি সংকেতরূপী হাতে নিয়ে সিঁড়ির মাঝে দাঁড়াল। যন্ত্র থেকে ক্ষীণ আলো বেরিয়ে এল, প্রতিধ্বনিগুলো কেঁপে উঠল। পর্দায় ভেসে উঠল শব্দগুলো—

"এরা তোমাদের ভয়। ভয়কে স্বীকার করো, নাহলে ভয় তোমাদের গ্রাস করবে।"

মা কাঁদতে কাঁদতে সায়নের হাত ধরলেন।

—"ভয়কে হারানোর একমাত্র উপায় হলো একে অস্বীকার না করে মেনে নেওয়া।"

অদ্রিজা চোখ বন্ধ করে ধীরে বলল—

—"হ্যাঁ... আমি একসময় পালিয়েছিলাম। আমি ভুল করেছি। কিন্তু এখন আর পালাব না।"

বাবা গম্ভীর কণ্ঠে বললেন—

—"আমি হয়তো ব্যর্থ হয়েছিলাম, কিন্তু সেই ব্যর্থতাই আমাকে লড়াই শেখাবে।"

সায়ন দাঁতে দাঁত চেপে ফিসফিস করে বলল—

—"হয়তো আমি দুর্বল, কিন্তু আজ আমি ভয়কে মানতে রাজি, পালাতে নয়।"

এক মুহূর্তে প্রতিধ্বনিগুলো থেমে গেল।

শূন্যতা আবার নীরব হয়ে গেল।

সিঁড়ি কেঁপে উঠল, তারপর ধীরে ধীরে স্থির হলো। আলো আরও উজ্জ্বল হয়ে উঠল, যেন তাদের উত্তর স্বীকৃত হয়েছে।

বিনি ডায়েরি লিখল—

"আজ সিঁড়ি আমাদের ভয় দেখাল প্রতিধ্বনির আকারে। কিন্তু ভয়কে মেনে নেওয়াতেই মুক্তি মিলল। বুঝলাম, এ পথের প্রতিটি ধাপ আমাদের আত্মার পরীক্ষা।"

প্রতিধ্বনির আক্রমণ থেমে যাওয়ার পর সবাই স্বস্তির শ্বাস ফেলল। কিন্তু সেই শান্তি বেশিক্ষণ টিকল না।

হঠাৎ সিঁড়ি দুলতে শুরু করল, আলো ঝলসে উঠল, আর তাদের সামনে অসংখ্য নতুন সিঁড়ি জন্ম নিল—কেউ বাঁয়ে, কেউ ডানে, কেউ সোজা ওপরে। যেন সিঁড়ি ভেঙে গিয়ে হাজারো পথে ভাগ হয়ে গেছে।

মা হতভম্ব হয়ে বললেন—

—"এ কেমন ব্যাপার! আমরা কোন পথে যাব?"

অদ্রিজা চোখ কুঁচকে তাকাল। প্রতিটি সিঁড়িই দেখতে একই রকম, সব আলোর ধাপ। কিন্তু ভেতরে ভেতরে সে অনুভব করল—প্রত্যেক পথ যেন ভিন্ন ভিন্ন দিকে নিয়ে যাবে।

হঠাৎ এক অদ্ভুত ঘটনা ঘটল। আলো ঘুরে সবার চারপাশে আলাদা কুয়াশা তৈরি করল। মুহূর্তের মধ্যেই তারা আর একে

অপরকে দেখতে পেল না।

প্রতিটি মানুষ আলাদা হয়ে পড়ল নিজেদের বিভ্রমের ভেতরে।

মা দেখলেন ছোট্ট একটি ঘর—সেখানে বিনি শৈশবের মতো খেলছে। তার কণ্ঠে মৃদু ডাক—

—"মা, তুমি কেন আমাকে একা রেখে গিয়েছিলে?"

মা কেঁদে ফেললেন। বাস্তব আর স্মৃতির ফারাক মুছে গেল।

বাবা নিজেকে দেখলেন এক নির্জন যুদ্ধক্ষেত্রে, চারপাশে মৃতদেহ। কণ্ঠ ভেসে এল—

—"তুমি তোমার পরিবারকে রক্ষা করতে পারোনি।"

বাবার চোখে হতাশা ছড়িয়ে পড়ল, কণ্ঠ কাঁপল—

—"না... এবার আমি পারব..."

অদ্রিজা দেখল অন্ধকার জঙ্গল, যেখানে অসংখ্য ছায়ামূর্তি ফিসফিস করছে—

—"বিশ্বাসঘাতক... তুই পালিয়েছিলি..."

অদ্রিজা হাত কানে চেপে বসে পড়ল।

সায়ন দেখল নিজেকে একা দাঁড়িয়ে আছে। চারপাশে অদৃশ্য হাত তাকে ঠেলে দিচ্ছে নিচের অন্ধকারে। কণ্ঠ বলছে—

—"তুই কখনোই যথেষ্ট শক্তিশালী হতে পারবি না।"

বিনি দাঁড়িয়ে আছে যন্ত্রের সামনে। হঠাৎ যন্ত্র ফিসফিস করে উঠল—

—"তুমি কি সত্যিই আমাকে সৃষ্টি করেছ? নাকি আমি তোমাকে সৃষ্টি করেছি?"

বিনি স্তব্ধ হয়ে গেল।

প্রতিটি বিভ্রম তাদের ভেঙে দেওয়ার চেষ্টা করছে।

হঠাৎ সংকেতরূপী আলো ছড়াল, আর একসঙ্গে সব বিভ্রমে লেখা ভেসে উঠল—

"সত্যিকারের পথ কেবল মিলনের পথ। আলাদা থাকলে তোমরা হারিয়ে যাবে।"

মা কেঁদে উঠে বললেন—

—"না, আমি একা থাকতে চাই না!"

অদ্রিজা চিৎকার করে উঠল—

—"আমাকে বিশ্বাস করো! আমি পালাব না!"

সায়ন দাঁতে দাঁত চেপে বলল—

—"আমি ভয় পাই, তবুও আমি লড়ব!"

এক মুহূর্তে কুয়াশা ভেঙে গেল। তারা আবার একসঙ্গে দাঁড়িয়ে রইল, আলোর সিঁড়ির মাঝখানে। চারপাশের হাজারো পথ মিলিয়ে গিয়ে কেবল একটাই পথ রইল—সোজা ওপরে ওঠা।

বিনি ডায়েরিতে লিখল—

"বিভ্রম আমাদের আলাদা করতে চেয়েছিল। কিন্তু মিলনই মুক্তি দিল। এ সিঁড়ি শেখাচ্ছে—বিশ্বাস ছাড়া পথ নেই।"

বিভ্রম ভেঙে আবার একত্র হওয়ার পর কিছুক্ষণ নীরবতা নেমে এলো। সিঁড়ি তখন শান্ত, আলো মৃদু হয়ে আছে। সবাই যেন নতুন শক্তি নিয়ে দাঁড়িয়ে, কিন্তু বিনির মনে ভেতরে এক অদ্ভুত টানাপোড়েন শুরু হলো।

সে সিঁড়ির ধাপে বসে যন্ত্রটা হাতে নিল। সংকেতরূপীর পর্দায় মৃদু ঝিলিক উঠছে। তার চোখে ভেসে উঠল প্রশ্ন—

—"আমি কি সত্যিই এটা বানিয়েছি?"

শুরু থেকেই তার মনে এক গোপন সংশয় কাজ করছিল। যন্ত্রটা তার আবিষ্কার—তবে কি সত্যিই তার? নাকি কোনো অজানা শক্তি তাকে ব্যবহার করেছে, তার মাথায় সেই ধারণা ঢুকিয়েছে?

ডায়েরি খুলে সে লিখল—

"কখনও মনে হয়, আমি এই যন্ত্রের মালিক নই। বরং যন্ত্রটাই আমাকে নিয়ন্ত্রণ করছে। প্রতিটি ধাপ, প্রতিটি সংকেত—যেন আগে থেকেই পরিকল্পিত।"

সে মনে মনে অতীতে ফিরে গেল। কত রাত না ঘুমিয়ে কাটিয়েছে, যন্ত্রের ব্লুপ্রিন্ট বানিয়েছে, আবার হঠাৎ হঠাৎ মাথায় অজানা ধারণা এসেছে। তখন ভেবেছিল নিজের বুদ্ধি, নিজের প্রতিভা। কিন্তু এখন মনে হচ্ছে—কেউ হয়তো ইচ্ছে করেই তার মনে সেই বীজ বুনে দিয়েছে।

মা এগিয়ে এসে বিনির কাঁধে হাত রাখলেন।

—"তুমি চুপচাপ কেন?"

বিনি ফিসফিস করে বলল—

—"মা, যদি সবটাই আমার না হয়? যদি সংকেতরূপী আমাকে বানায়, আমি না তাকে?"

মা বিস্মিত দৃষ্টিতে তাকালেন।

—"বাবা, তুমি যা করেছ, তা তোমার পরিশ্রমে, তোমার

ভালোবাসায়। হয়তো কোনো অজানা শক্তি তোমাকে পথ দেখিয়েছে, কিন্তু চালক তুমি।"

বাবাও কাছে এসে গম্ভীর কণ্ঠে বললেন—

—"বিজ্ঞানী আর আবিষ্কারক সবসময় অজানা শক্তির সঙ্গে লড়াই করে। অনুপ্রেরণা কোথা থেকে আসে, সেটা হয়তো আমরা জানি না। কিন্তু সৃষ্টির অধিকার সবসময় সৃষ্টিকর্তার। সংকেতরূপী তোমার সন্তান, তোমার সৃষ্টি।"

অদ্রিজা এক মুহূর্ত নীরব থেকে যোগ করল—

—"কিন্তু যদি সত্যিই ওটা আমাদের ব্যবহার করছে? তবে কী করব?"

সায়ন দাঁতে দাঁত চেপে বলল—

—"তাহলেও আমরা পিছিয়ে আসব না। কারণ আমরা একা নই।"

বিনি দীর্ঘশ্বাস ফেলল। তার ভেতরের দ্বন্দ্ব এখনও রয়ে গেছে, কিন্তু পরিবারের কথায় সামান্য আশ্বাস পেল।

সে যন্ত্রটা বুকে জড়িয়ে নিল।

পর্দায় আবার ঝিলিক দিয়ে ভেসে উঠল কয়েকটি শব্দ—

"সৃষ্টি আর স্রষ্টা একই মুদ্রার দুই পিঠ। তুমি যাকে জন্ম দাও, সে-ই তোমাকে নতুন করে সৃষ্টি করে।"

বিনি ডায়েরিতে লিখল—

"আমার ভেতরে দ্বন্দ্ব চলছে। আমি যন্ত্রকে বানিয়েছি, না কি যন্ত্রই আমাকে বানিয়েছে? হয়তো উত্তর দুটোই সত্য। তবে আজ বুঝলাম—এই দ্বন্দ্ব নিয়েই আমাকে পথ চলতে হবে।"

সিঁড়ি আবার আলোয় ঝলসে উঠল, আর তারা সবাই মিলে পরের ধাপের দিকে এগোল।

তারা যখন আরও কয়েক ধাপ ওপরে উঠল, হঠাৎ সিঁড়ির আলো বদলে গেল। আশেপাশে সময় যেন জমে গেল, প্রতিটি ধাপ ধীরে ধীরে ঝলমল করছে। প্রথমে কেউ টের পেল না, কিন্তু অল্প পরেই অদ্ভুত ঘটনা ঘটল।

মা যখন কথা বললেন—

—"আমরা আর কতটা দূর যেতে পারব?"

তার কণ্ঠস্বর মাঝপথে থেমে গেল, যেন বাতাসে আটকে আছে। শব্দ বেরোল, কিন্তু শেষটা আর কানে পৌঁছাল না।

অদ্রিজা বিস্ময়ে তাকিয়ে বলল—

—"মা, তোমার কথা... জমে গেল।"

সায়ন হাত নাড়ল। তার হাতের গতি সবার চোখে ধরা দিল টুকরো টুকরো ফ্রেমে—যেন একেকটা ছবির মতো ধীরে এগোচ্ছে।

বাবা গম্ভীর কণ্ঠে বললেন—

—"এটা সময়ের ফাঁদ। সিঁড়ি শুধু আমাদের ভয় নয়, আমাদের সময়কেও নিয়ন্ত্রণ করছে।"

ধীরে ধীরে সবাই টের পেল, সময় এখানে সমানভাবে চলছে না।

কেউ খুব দ্রুত নড়ছে, কেউ আবার প্রায় স্থির। মা যতই হাঁটতে চান, তার পা ধীরে ধীরে সরে, যেন হাজার বছর লাগবে একটি ধাপ উঠতে। অথচ সায়ন হঠাৎ এত দ্রুত হয়ে গেল যে প্রায় অদৃশ্য হয়ে যাচ্ছিল।

বিনি আতঙ্কে যন্ত্রটা বের করল। সংকেতরূপী থেকে ঝলমল করে ভেসে উঠল বার্তা—

"সময় সিঁড়ির শত্রু। যাকে সময় গ্রাস করে, সে পথ হারায়।"

বিনি ফিসফিস করে বলল—

—"মানে... আমরা যদি এভাবে চলতে থাকি, কেউ খুব তাড়াতাড়ি শেষ প্রান্তে পৌঁছে যাবে, কেউ হয়তো কখনোই নয়।"

অদ্রিজা ভ্রু কুঁচকে তাকাল।

—"তাহলে আমাদের কী করতে হবে?"

বাবা এক মুহূর্ত ভাবলেন।

—"সময়কে নিজের মতো চলতে দিতে হবে। তাড়া করলে হারাব, থেমে থাকলেও হারাব। কিন্তু যদি আমরা একে অপরের গতি মেলাতে পারি, তবে হয়তো মুক্তি মিলবে।"

তারা সবাই হাত ধরল। একে অপরের গতি একত্র করার চেষ্টা করল।

মা ধীরে ধীরে বললেন—

—"আমি তোমাদের গতির সঙ্গে মেলাতে চাই..."

অদ্ভুতভাবে, হাত ধরার পর ধীরে ধীরে সময়ের তারতম্য মিলিয়ে গেল। কারও গতি আর খুব ধীর নয়, কারও আর অত দ্রুত নয়। সবাই সমানভাবে চলতে শুরু করল।

সিঁড়ির ধাপ আবার স্থির হলো। আলো নতুন করে ঝলসে উঠল।

বিনি ডায়েরিতে লিখল—

"আজ আমরা সময়ের ফাঁদে পড়েছিলাম। আমাদের আলাদা

করে ফেলতে চাইছিল সিঁড়ি। কিন্তু একে অপরের সঙ্গে তাল মেলাতেই আমরা মুক্তি পেলাম। এ সিঁড়ি বারবার শেখাচ্ছে— শুধু ঐক্যই আমাদের রক্ষা করতে পারে।"

তারা হাঁপাতে হাঁপাতে পরের ধাপের দিকে এগোল। শূন্যতার ভেতর যেন আরও অজানা পরীক্ষা অপেক্ষা করছে।

সময়-ফাঁদ অতিক্রম করার পর সিঁড়ি কিছুক্ষণ শান্ত রইল। চারপাশে এক অদ্ভুত নীরবতা নেমে এলো, যেন বাতাসও শ্বাস নিতে ভুলে গেছে। সবাই সাবধানে এগোতে লাগল।

হঠাৎ অদ্রিজা থমকে দাঁড়াল।

—"তোমরা কি খেয়াল করেছ? ধাপগুলো... নিজেদের মতো আলো দিচ্ছে না। আমাদের সামনে যে ধাপগুলো আছে, ওগুলো যেন আলাদা ছন্দে ঝলমল করছে।"

সায়ন চোখ ছোট করে তাকাল। সত্যিই দেখা গেল, কিছু ধাপ অন্যগুলোর চেয়ে উজ্জ্বল, আবার কিছু প্রায় নিভে আসছে।

—"এটা কি ফাঁদ?" সে গম্ভীর গলায় বলল।

ঠিক তখনই এক অদৃশ্য স্রোত বইয়ে গেল তাদের পাশ দিয়ে। যেন হাওয়ার মতো, কিন্তু তাতে কণ্ঠস্বর মিশে আছে। একটা ফিসফিস করা শব্দ শোনা গেল—

—"ডানে যাও... বাঁয়ের পথ মৃত্যু..."

মা আতঙ্কে চারপাশে তাকালেন।

—"কে বলল এটা?"

কাউকে দেখা গেল না। শুধু বাতাস কাঁপছে, অদৃশ্য সত্তার মতো উপস্থিতি চারপাশে ঘুরছে।

বাবা গম্ভীর গলায় বললেন—

—"আমাদের কেউ পথ দেখাচ্ছে। প্রশ্ন হলো, ওটা বন্ধু, না শত্রু।"

অদ্রিজা ধীরে বলল—

—"যদি এ পথপ্রদর্শক আমাদের বাঁচাতে চায়?"

সায়ন তীক্ষ্ণ স্বরে উত্তর দিল—

—"অথবা ফাঁদে ফেলতে।"

তাদের চোখের সামনে সিঁড়ি হঠাৎ দুই দিকে ভাগ হয়ে গেল—ডানদিকে উজ্জ্বল আলো, বাঁদিকে অন্ধকারের ছায়া। তারা দ্বিধায় পড়ে গেল।

অদৃশ্য কণ্ঠ আবার ফিসফিস করে উঠল—

—"ডানদিকে যাও... দ্রুত..."

বিনি সংকেতরূপীর পর্দা চালু করল। সেখানে অস্পষ্ট লেখা ভেসে উঠল—

"অদৃশ্য পথপ্রদর্শক সবসময় সত্য বলে না। কখনও মিথ্যা, কখনও পরীক্ষা।"

বাবা গভীর শ্বাস নিলেন।

—"আমাদের একসঙ্গে সিদ্ধান্ত নিতে হবে। যদি আমরা ভয় পেয়ে কাউকে অনুসরণ করি, তবে এ সিঁড়ি জয় করা যাবে না।"

তারা চোখ বন্ধ করে একে অপরের হাত ধরল। তারপর সবাই মিলে ধীরে ধীরে ডানদিকের সিঁড়িতে পা রাখল।

ধাপগুলো প্রথমে কেঁপে উঠল, কিন্তু পরের মুহূর্তেই স্থির হলো। আলো উজ্জ্বল হয়ে উঠল, যেন তাদের সিদ্ধান্ত স্বীকৃত হয়েছে।

অদৃশ্য কণ্ঠ আবার ভেসে এল—এবার মৃদু ও নরম—

—"তোমরা একসঙ্গে চলতে শিখেছ... তাই আজ সঠিক পথ বেছে নিয়েছ..."

তারপর কণ্ঠ মিলিয়ে গেল।

বিনি ডায়েরি লিখল—

"আজ আমরা এক অদৃশ্য পথপ্রদর্শকের সম্মুখীন হলাম। সে সত্যিই বন্ধু নাকি শত্রু, আমরা জানি না। তবে শিখলাম—আমাদের সিদ্ধান্ত কেবল ঐক্যের উপর নির্ভরশীল।"

তারা সিঁড়ির নতুন ধাপে পা রাখল, মনে প্রশ্ন রয়ে গেল—

আসলে কে সেই অদৃশ্য পথপ্রদর্শক?

সিঁড়ি অনেকটা পেরিয়ে আসার পর হঠাৎ আলো অস্বাভাবিকভাবে নিস্তেজ হয়ে এলো। চারপাশে গাঢ় অন্ধকার নেমে গেল, যেন সূর্যও নিভে গেছে। সবাই আঁকড়ে ধরল একে অপরকে।

সেই মুহূর্তে সায়ন হঠাৎ থেমে গেল। তার চোখ বড় বড় হয়ে উঠল, নিঃশ্বাস ভারী হয়ে এলো।

অদ্রিজা কপাল কুঁচকে বলল—

—"সায়ন, কী হয়েছে তোমার?"

সায়নের সামনে অন্ধকার ফেটে গিয়ে একটি দৃশ্য ফুটে উঠল। সে দেখল—একটি পুরনো মাঠ, চারপাশে ছড়িয়ে ছিটিয়ে ভাঙা খেলনা, ভাঙা প্রতিশ্রুতি। সেখানেই দাঁড়িয়ে আছে কিছু

পরিচিত মুখ, যারা একসময় তার বন্ধু ছিল। তারা হেসে উঠছে, আঙুল তুলে বলছে–

–"তুই আমাদের ছেড়ে দিয়েছিলি... তুই কখনো আমাদের রক্ষা করতে পারিসনি..."

সায়নের চোখে জল চলে এলো।

–"না... আমি পালাইনি... আমি পারিনি মাত্র..."

কণ্ঠগুলো আরও জোরে উঠল–

–"তুই দুর্বল... তুই ব্যর্থ... তুই সবসময় একা..."

হঠাৎ ছায়াগুলো একত্র হয়ে অদৃশ্য হাত বাড়িয়ে দিল তার দিকে। সায়ন পিছিয়ে যেতে লাগল, তার হাত কাঁপছে।

মা এগিয়ে এলেন–

–"সায়ন, এগুলো বাস্তব নয়!"

কিন্তু সায়ন শুনতে পাচ্ছিল না। তার মনে হচ্ছিল অতীতের সেই ব্যর্থতার মুহূর্তগুলো আবার ফিরে এসেছে।

সে হাঁটু গেড়ে বসে পড়ল, কণ্ঠ কাঁপতে লাগল–

–"আমি দুর্বল... আমি কিছুই করতে পারি না..."

বাবা সিঁড়ির মাঝখানে দাঁড়িয়ে দৃঢ় কণ্ঠে বললেন–

–"না, সায়ন! তুমি একা নও। আমরা আছি তোমার পাশে। শক্তি একার মধ্যে নয়, একসঙ্গে থাকার মধ্যে।"

অদ্রিজা হাত বাড়িয়ে বলল–

–"তুই যদি ভয় পাস, তবে আমরাও ভয় পাব। কিন্তু যদি তুই দাঁড়াস, তবে আমরাও দাঁড়াব।"

সায়ন কাঁপতে কাঁপতে তাদের দিকে তাকাল। মা তার হাত শক্ত করে ধরলেন। বিনি যন্ত্র চালু করল।

পর্দায় ভেসে উঠল—

"ভয় মানেই দুর্বলতা নয়। ভয় হলো শক্তি, যদি তুমি তাকে গ্রহণ করতে শিখো।"

সায়নের চোখ ভিজে উঠল। সে গভীর শ্বাস নিয়ে দাঁড়িয়ে গেল।

—"হ্যাঁ... আমি ভয় পাই। কিন্তু আমি পালাব না। এবার আমি লড়ব।"

হঠাৎ অন্ধকার ভেঙে গেল। চারপাশে আলো ছড়িয়ে পড়ল। ছায়াগুলো মিলিয়ে গেল, কেবল সিঁড়ি রইল।

বিনি ডায়েরিতে লিখল—

"আজ সায়নের ভয় তার সামনে দাঁড়িয়ে গিয়েছিল। সে ভেবেছিল ভয় তাকে দুর্বল করে দেবে। কিন্তু আমরা দেখলাম—ভয়কে স্বীকার করাই তাকে শক্তি দিল।"

সবাই স্বস্তির শ্বাস ফেলল। সিঁড়ি আবার ওপরে উঠতে শুরু করল।

কিন্তু মনে প্রশ্ন রইল—**এবার কার ভেতরের ভয় তাদের সামনে এসে দাঁড়াবে?**

সায়নের ভয় জয় করার পর সিঁড়ি আবার স্থির হলো। আলো এবার আরও উজ্জ্বল, কিন্তু সেই উজ্জ্বলতায় ছিল অদ্ভুত চাপ। সবাই টের পেল—পথটা প্রায় শেষ হয়ে এসেছে। ওপরে এখন এক বিশাল আলোক-গোলক ভেসে উঠেছে, যেটি সিঁড়ির শেষ প্রান্ত বলে মনে হচ্ছিল।

মা মৃদুস্বরে বললেন—

—"আমরা... সত্যিই কি প্রায় শেষ ধাপে পৌঁছে গেছি?"

বাবা চোখ ছোট করে তাকালেন।

—"হয়তো তাই। কিন্তু শেষ ধাপ সবসময় সবচেয়ে কঠিন।"

হঠাৎ সিঁড়ি থেমে গেল। তাদের সামনে ভেসে উঠল অদ্ভুত এক দেয়াল—আলো আর ছায়ার মিশ্রণে গড়া, যেন জীবন্ত। দেয়াল থেকে নিরবধি প্রতিধ্বনি ভেসে আসতে লাগল—

—"তোমরা কি প্রস্তুত? শেষ ধাপে উঠলে আর ফেরার পথ থাকবে না..."

অদ্রিজা কেঁপে উঠল।

—"মানে... আমরা যদি ব্যর্থ হই?"

দেয়াল গর্জে উঠল—

—"তবে তোমাদের সত্তা হারিয়ে যাবে। তোমরা থাকবেও না, ফিরতেও পারবে না।"

সবার মুখে আতঙ্ক ছড়িয়ে পড়ল।

মা কাঁপা গলায় বললেন—

—"তাহলে... আমরা কি থেমে যাব?"

বাবা দৃঢ় কণ্ঠে উত্তর দিলেন—

—"না। এতদূর এসে থামলে, সবই বৃথা হয়ে যাবে।"

সায়ন দাঁতে দাঁত চেপে বলল—

—"আমি ভয় পেয়েছি, কিন্তু আর পালাব না।"

অদ্রিজা ধীরে ধীরে মাথা নেড়ে বলল—

—"আমিও এবার পালাব না।"

বিনি যন্ত্রটা হাতে তুলে নিল। সংকেতরূপীর পর্দায় ভেসে উঠল কয়েকটি শব্দ—

"শেষ ধাপে উঠতে হলে তোমাদের এক হতে হবে। একজনের সন্দেহ, একজনের ভয়—সবাইকে নিচে ফেলে দেবে।"

সবাই একে অপরের হাত শক্ত করে ধরল। আলোর দেয়াল কাঁপল। ধীরে ধীরে একটা সরু দরজা খুলে গেল—ওপাশে সিঁড়ির শেষ ধাপ ঝলসে উঠছে।

তাদের হৃদস্পন্দন দ্রুত হচ্ছিল।

এটাই শেষ পরীক্ষার আগে মুহূর্ত।

বিনি ডায়েরিতে লিখল—

"আজ আমরা শেষ ধাপের সামনে দাঁড়িয়ে। ভয় আমাদের থামাতে চেয়েছিল, সন্দেহ আমাদের দুর্বল করতে চেয়েছিল। কিন্তু আমরা সিদ্ধান্ত নিয়েছি—এগোবো। কারণ আর কোনো পথ নেই।"

তারা গভীর শ্বাস নিয়ে একসঙ্গে এগিয়ে গেল। সামনে কেবল একটি ধাপ—কিন্তু সেই ধাপের ওপারেই অপেক্ষা করছে অজানা এক জগৎ।

যাত্রার নানা স্তর পেরিয়ে অবশেষে পরিবার যখন শ্বাস নিতে থামল, তখন আকাশে আবার ঝলসে উঠল আলোর রেখা। তারা ভেবেছিল এ কেবল আরেকটি অচেনা বার্তা, কিন্তু এবার শব্দগুলো ভিন্ন ছিল। যেন সেই সংকেতই এখন তাদের সঙ্গে কথা বলছে।

বাবা বিস্মিত হয়ে বললেন—

—"এটা তো যন্ত্রের ভেতরে তৈরি হয়নি... যেন আকাশ থেকেই ভেসে আসছে!"

বিনি মন্ত্রমুগ্ধের মতো দাঁড়িয়ে রইল। তার চোখে অদ্ভুত আলো।

—"আমি মনে করছি, সংকেতটা বদলে গেছে। আগে কেবল এক ধরনের শব্দ ছিল, এখন তা রূপ নিচ্ছে... আমাদের বোঝার মতো ভাষায়।"

আলোর ঢেউ ধীরে ধীরে সেতুর মতো বাঁক নিল। প্রতিটি ঢেউয়ে ভেসে আসছিল ছবি—তাদের যাত্রার দৃশ্য, তাদের ত্যাগ, ভয়, ঐক্য, আর সাহস। মনে হচ্ছিল মহাশূন্য নিজেই তাদের পরীক্ষা পর্যবেক্ষণ করছে।

মা নিঃশ্বাস ফেলে বললেন—

—"তাহলে আমরা শুধু সংকেতের অনুসরণ করছি না... সংকেতও আমাদের থেকে শিখছে।"

সায়ন ফিসফিস করে যোগ করল—

—"মানে, আমরা আর কেবল যাত্রীর ভূমিকা পালন করছি না। আমরা এই সংকেতের অংশ হয়ে যাচ্ছি।"

অদ্রিজার চোখে জল এসে গেল।

—"তাহলে এটা শেষ নয়... এটা শুরু।"

হঠাৎ আলোর রেখা মিলে এক অদ্ভুত প্রতীক তৈরি করল—যেন অসীমতার চিহ্নের সঙ্গে একটি দ্বার জুড়ে দেওয়া হয়েছে। প্রতীকটি আকাশে জ্বলজ্বল করে উঠল, আর তার নীচে তৈরি হলো নতুন এক প্রবেশপথ।

প্রহরীদের কণ্ঠ দূর থেকে ভেসে এলো—

—“তোমরা সংকেতকে রূপ দিয়েছ। এখন সময় এসেছে সেই রূপের ভেতর প্রবেশ করার।”

পরিবার একে অপরের হাত ধরে দাঁড়িয়ে রইল। তাদের ভেতরে ভয় ছিল, আবার আনন্দও। কারণ এত দূর এসে তারা বুঝতে পেরেছে—সংকেত শুধু তাদের জন্য পরীক্ষা নয়, বরং তাদের সঙ্গে মিলেমিশে তৈরি হওয়া এক নতুন শক্তি।

বিনি ডায়েরিতে লিখল—

“আজ সংকেত রূপ পেল। আমরা তাকে বুঝতে পারছি, আর সেও আমাদের বুঝছে। মনে হচ্ছে, এ যাত্রা আমাদের নয়, আমাদের সঙ্গে মিলেমিশে তৈরি হচ্ছে এক নতুন গল্প।”

অধ্যায় ৯: আলোক-সিঁড়ির গন্তব্য

দীর্ঘ যাত্রার শেষে যখন তারা প্রান্তরের সেই অদ্ভুত দরজার সামনে দাঁড়াল, তখন আকাশ থেকে ধীরে ধীরে নেমে এলো আলোর সিঁড়ি। প্রতিটি ধাপ ছিল যেন স্বচ্ছ কাঁচের মতো, তবু ভেতর থেকে আলো বের হচ্ছিল। নিচে তাকালে দেখা যায়, অগণিত অন্ধকার ঘূর্ণি, যেন তারা শূন্যতার ওপরে দাঁড়িয়ে আছে।

অদ্রিজা বিস্ময়ে বলল—

—"এটা কি... স্বর্গের সিঁড়ি?"

মা মাথা নেড়ে বললেন—

—"স্বর্গ নয়, পরীক্ষা। প্রতিটি ধাপ একেকটি শিক্ষা।"

বাবা চারপাশে সতর্ক চোখ বোলালেন। তিনি লক্ষ করলেন, সিঁড়িটি আকাশে ক্রমশ উপরে উঠছে, কিন্তু তার কোনো শেষ দেখা যাচ্ছে না। যেন অসীমের দিকে ডেকে নিয়ে যাচ্ছে।

বিনি সংকেতরূপী যন্ত্রটা শক্ত করে বুকের কাছে চেপে ধরল। যন্ত্রের পর্দায় ভেসে উঠল এক অদ্ভুত বার্তা—

"প্রতিটি ধাপ হলো একটি দরজা। একে খোলার চাবি লুকিয়ে আছে তোমাদের ভেতরেই।"

সায়ন ঠোঁট কামড়ে ফিসফিস করে বলল—

—"মানে আবার নতুন পরীক্ষা?"

বাবা দৃঢ় কণ্ঠে উত্তর দিলেন—

—"হ্যাঁ। কিন্তু এবার আমাদের আর ভয় পাওয়া চলবে না। এত দূর এসে এখন আর পিছনে ফেরার পথ নেই।"

তারা একে অপরের হাত ধরে সিঁড়ির প্রথম ধাপে পা রাখল। সঙ্গে সঙ্গে চারপাশের বাতাস বদলে গেল—হঠাৎ চারদিক থেকে প্রতিধ্বনি শোনা গেল, অচেনা অথচ পরিচিত কণ্ঠে।

প্রতিধ্বনি বলল—

—"যারা সিঁড়ির পথে ওঠে, তারা আর আগের মতো থাকে না। প্রতিটি ধাপে তারা বদলায়, শেখে, আর নিজের ভেতরকে চেনে।"

অদ্রিজা ভীত চোখে চারদিকে তাকাল।

—"তাহলে এই সিঁড়িই আমাদের আসল গন্তব্যের পথ?"

বিনি ডায়েরি বের করে লিখতে লাগল—

"আজ আমরা আলোর সিঁড়িতে প্রথম পা রাখলাম। প্রতিটি ধাপ হয়তো আমাদের অচেনা করে দেবে, কিন্তু একসঙ্গে থাকলে ভয় নেই। আমি জানি, এ সিঁড়ি শুধু উপরে নয়, আমাদের ভেতরের দিকেও নিয়ে যাচ্ছে।"

তাদের যাত্রা শুরু হলো—এক ধাপ, তারপর আরেক ধাপ... প্রতিটি পদক্ষেপ যেন এক নতুন দিগন্তের প্রতিশ্রুতি।

আলোর সিঁড়ির প্রথম ধাপে পা রাখতেই চারপাশ কেঁপে উঠল। আলো মিলিয়ে গিয়ে যেন তারা ঢুকে পড়ল এক অদ্ভুত ঘরে—যেখানে দেয়াল নেই, কিন্তু চারপাশ ভরে আছে স্মৃতির ঝলকে।

একেকজনের সামনে একেকটি দৃশ্য ভেসে উঠল।

মায়ের চোখের সামনে ফুটে উঠল সেই পুরোনো দিন, যখন তিনি সন্তানদের নিয়ে দুঃখ-অভাবের মধ্যে দিন কাটাতেন। ঘরের ভাঙা ছাদ, বৃষ্টির ফোঁটায় ভিজে যাওয়া বিছানা—সব

আবার চোখের সামনে ভেসে উঠল।

বাবার সামনে ফুটে উঠল তাঁর ব্যর্থতা—যে প্রকল্পটা তিনি শেষ করতে পারেননি, যার জন্য একসময় সবাই তাকে ব্যঙ্গ করত।

অদ্রিজা দেখল সেই মুহূর্ত, যখন এক বন্ধুকে বাঁচাতে না পারায় সে অপরাধবোধে কাঁপছিল।

সায়ন দেখল তার একাকীত্ব—শিশুকালে বন্ধুহীন দিনগুলো, যখন সে ভেবেছিল কেউ তাকে বুঝবে না।

আর বিনি—সে দেখল এক অন্য ছবি।

যেদিন সে প্রথম সংকেতের যন্ত্রটা বানাচ্ছিল, হাস্যকর ভুলে যন্ত্রটা ভেঙে গিয়েছিল। সবাই তাকে নিরাশ দৃষ্টিতে দেখেছিল। সে মনে করেছিল, হয়তো সে কোনোদিনই কিছু করতে পারবে না।

চারদিকে প্রতিধ্বনি শোনা গেল—

—"তোমরা কি এই স্মৃতির ভার বহন করবে? নাকি ছেড়ে দেবে?"

অদ্রিজা কাঁদতে কাঁদতে বলল—

—"আমি যদি সেই বন্ধুকে বাঁচাতে পারতাম..."

মা ফিসফিস করে বললেন—

—"আমি চাই না আমার সন্তানরা আর অভাবের কষ্ট মনে রাখুক..."

কিন্তু তখনই বিনি মাথা তুলল। তার চোখ ভিজে গেলেও কণ্ঠে দৃঢ়তা ছিল।

—"না। আমরা এসব ভুলে যেতে পারি না। এই স্মৃতিগুলোই

আমাদের বানিয়েছে। দুঃখ-ব্যর্থতা—এসবের জন্যই আজ আমরা এখানে পৌঁছেছি। স্মৃতি যদি ভারও হয়, তবে এই ভারই আমাদের শক্তি।"

বাবা ধীরে ধীরে মাথা নেড়ে বললেন—

—"হ্যাঁ, আমি ব্যর্থ হয়েছিলাম বলেই আজ আবার চেষ্টা করার শক্তি পেয়েছি।"

মা কেঁপে ওঠা কণ্ঠে বললেন—

—"আমার দুঃখই আমাকে লড়াই শিখিয়েছে।"

অদ্রিজা হাত মুছে ফিসফিস করল—

—"আমার অপরাধবোধই আমাকে আরও সাহসী করেছে।"

সায়ন যোগ করল—

—"আমার একাকীত্বই আমাকে পরিবারকে আঁকড়ে ধরতে শিখিয়েছে।"

মুহূর্তেই আলোর ঘর কেঁপে উঠল। স্মৃতির সব দৃশ্য ভেঙে অদৃশ্য হয়ে গেল। সিঁড়ির ধাপ আবার জ্বলে উঠল।

প্রহরীর কণ্ঠ শোনা গেল—

—"তোমরা প্রথম ধাপ জয় করেছ। স্মৃতি ভার নয়, স্মৃতি শক্তি।"

বিনি ডায়েরিতে লিখল—

"আজ আমরা বুঝলাম—অতীত মুছে ফেলার নয়, তাকে গ্রহণ করার। আমাদের কষ্টই আমাদের পথের আলো।"

প্রথম ধাপ পেরিয়ে তারা আবার আলোর সিঁড়ি বেয়ে ওপরে উঠতে লাগল। দ্বিতীয় ধাপে পা দিতেই চারপাশ হঠাৎ

অন্ধকারে ঢেকে গেল। আলো নিভে গেল, শুধু কুয়াশার মতো ঘন আবছায়া ছড়িয়ে পড়ল।

মুহূর্তেই সবাই আলাদা হয়ে গেল।

বাবা, মা, অদ্রিজা, সায়ন আর বিনি—প্রত্যেকে একেকটা ফাঁকা জায়গায় এসে পড়ল, যেখানে তাদের চারপাশে কেউ নেই।

বাবা চারদিকে ডাকতে লাগলেন—

—"বিনির মা? বিনি? তোমরা কোথায়?"

কিন্তু কোনো উত্তর নেই। কেবল নিজের নিঃশ্বাসের শব্দ। তাঁর বুকের ভেতরে হঠাৎ ভয় জমে উঠল—যদি তিনি চিরকাল একা হয়ে যান?

মা নিজেকে এক ঘরে পেলেন, যেখানে দেয়ালে শুধু তাঁর প্রতিচ্ছবি। প্রতিটি প্রতিচ্ছবি তাকে বলছে—

—"তুমি একা। কেউ তোমাকে বোঝে না। সব কষ্ট তোমার একার।"

তিনি কান চেপে ধরলেন, চোখ বুজে ফিসফিস করলেন—

—"না, আমি একা নই... আমি নই..."

অদ্রিজা শূন্যতার মাঝে হেঁটে চলল। সে ভাবল, যদি পরিবার তাকে ছেড়ে দেয়? যদি সাহস দেখানোর মতো কেউ না থাকে? চোখে জল এসে গেল।

সায়ন মাটিতে বসে পড়ল। তার কানে শোনা গেল শৈশবের প্রতিধ্বনি—"তুমি একা, কেউ তোমার বন্ধু নয়।" বুকটা আঁকড়ে ধরল সে, যেন শ্বাস নিতে কষ্ট হচ্ছে।

বিনি থমকে দাঁড়াল। সেও একা। চারপাশ শূন্য। কিন্তু হঠাৎ তার যন্ত্র থেকে মৃদু আলোকরেখা বের হল। যন্ত্রের পর্দায়

ভেসে উঠল লেখা—

"তুমি একা নও, তারা আছে।"

বিনি গভীর শ্বাস নিল। চোখ বন্ধ করে উচ্চস্বরে বলল—

—"শোনো, আমরা কেউ একা নই! একে অপরের ভেতরেই আমরা আছি। যদি একা থেকেও বিশ্বাস করি, তবে আমরা একসাথে!"

অদ্ভুতভাবে তার কণ্ঠ প্রতিধ্বনি হয়ে ছড়িয়ে পড়ল। মা শুনলেন, বাবা শুনলেন, অদ্রিজা আর সায়নও শুনল। হঠাৎ কুয়াশা ভেঙে গেল, আর সবাই আবার একসঙ্গে দাঁড়িয়ে গেল সিঁড়ির ধাপে।

মা কেঁদে ফেললেন, অদ্রিজা ছুটে গিয়ে বিনিকে জড়িয়ে ধরল। সায়ন বলল—

—"আমি জানতাম... তুই ডাকবি।"

বাবা মাথা নেড়ে বললেন—

—"ঠিকই বলেছ বিনি। একাকীত্ব শুধু এক মায়া। আমরা যদি হাত ছাড়ি, তখনই সেটা সত্যি হয়।"

আলোর সিঁড়ি আবার ঝলমল করে উঠল।

প্রহরীর কণ্ঠ ভেসে এলো—

—"তোমরা দ্বিতীয় ধাপ জয় করেছ। একাকীত্ব নেই, আছে শুধু ঐক্য।"

বিনি ডায়েরিতে লিখল—

"আজ আমরা নিঃসঙ্গতার ছায়ার মুখোমুখি হলাম। বুঝলাম, একাকীত্ব ভয় নয়, একাকীত্ব ভাঙে বিশ্বাসে। আমরা একসঙ্গে বলেই শক্তিশালী।"

দ্বিতীয় ধাপের অন্ধকার কেটে গেলে তারা আবার সিঁড়ি বেয়ে ওপরে উঠতে লাগল। এবার ধাপে পা রাখতেই চারপাশে এক অদ্ভুত পরিবর্তন হলো। আলো ম্লান হয়ে গিয়ে রূপ নিল এক বিশাল আয়নার প্রাচীরে। অসংখ্য আয়না তাদের ঘিরে ধরল, প্রতিটি আয়নায় ভেসে উঠল তাদেরই প্রতিচ্ছবি—কিন্তু বিকৃত, দুর্বল, ভাঙা চেহারায়।

মা বিস্ময়ে ফিসফিস করলেন—

—"এগুলো... এরা তো আমাদের মতোই, কিন্তু এত দুর্বল কেন?"

প্রতিটি আয়নার ভেতর থেকে কণ্ঠ ভেসে এলো—

—"তুমি পারবে না। তুমি যথেষ্ট নও। তুমি ভেবেছো তুমি শক্তিশালী, কিন্তু তুমি শুধু মায়া।"

বাবার সামনে দাঁড়ানো প্রতিচ্ছবি বলল—

—"তুমি তো সবসময় ব্যর্থ হয়েছো। এবারও হবে।"

মায়ের সামনে প্রতিচ্ছবি ফিসফিস করল—

—"তুমি কখনোই তোমার পরিবারকে নিরাপদ রাখতে পারবে না।"

অদ্রিজার সামনে প্রতিচ্ছবি কাঁদতে কাঁদতে বলল—

—"তুমি কেবল ভয় পাও, সাহসী তুমি নও।"

সায়নের সামনে প্রতিচ্ছবি হেসে উঠল—

—"তুমি কেবল একটা বোঝা, কেউ তোমাকে সত্যিই চায় না।"

আর বিনির সামনে প্রতিচ্ছবি ঠাণ্ডা স্বরে বলল—

—"তুমি আবিষ্কারক নও। সংকেত তোমার সৃষ্টি নয়। তুমি তো কেবল কাকতালীয়ভাবে এগুলো পেয়ে গেছ।"

সবাই চুপ করে গেল। আয়নার প্রতিচ্ছবিগুলো যেন তাদের বুকের গভীরে লুকিয়ে থাকা সন্দেহগুলোকে প্রকাশ করছিল।

বিনি কাঁপতে কাঁপতে ডায়েরি শক্ত করে ধরল। সে চোখ বন্ধ করল, তারপর ধীরে ধীরে বলল—

—"না... তোমরা মিথ্যে। আমি জানি আমি ব্যর্থ হয়েছি, ভয় পেয়েছি। কিন্তু বারবার উঠে দাঁড়িয়েছি বলেই আজ এখানে পৌঁছেছি। এটাই আমার শক্তি।"

বাবা গম্ভীর কণ্ঠে বললেন—

—"হ্যাঁ। আমি ব্যর্থ হলেও চেষ্টা করতে শিখেছি।"

মা যোগ করলেন—

—"আমি ভয় পেলেও আমার সন্তানদের আঁকড়ে ধরি।"

অদ্রিজা দাঁত চেপে বলল—

—"আমি ভীত হলেও লড়াই করি, এটাই সাহস।"

সায়ন চোখ মুছে বলল—

—"হয়তো আমি দুর্বল, কিন্তু পরিবার আমাকে চায়। সেটাই যথেষ্ট।"

তাদের কথার সঙ্গে সঙ্গে আয়নাগুলো কাঁপতে লাগল। বিকৃত প্রতিচ্ছবিগুলো ভেঙে টুকরো টুকরো হয়ে গেল। সাদা আলো ফেটে বেরিয়ে এল আর পথ পরিষ্কার হয়ে উঠল।

প্রহরীর কণ্ঠ ভেসে এলো—

—"তোমরা তৃতীয় ধাপ জয় করেছ। আত্মবিশ্বাস ভেতর থেকে জন্মায়, সন্দেহ ভেতর থেকেই মরে।"

বিনি ডায়েরিতে লিখল—

"আজ আমরা নিজের প্রতিচ্ছবির মুখোমুখি হলাম। সন্দেহ ভয় দেখালেও আত্মবিশ্বাসই আসল চাবি। আমরা প্রত্যেকে অসম্পূর্ণ, তবুও একসাথে পূর্ণ।"

আত্মবিশ্বাসের দরজা ভাঙার পর পরিবার আবার সিঁড়ির উপরের ধাপে পা রাখল। মুহূর্তেই চারপাশ রূপ নিল এক বিশাল প্রান্তরে, যেখানে আকাশ লালচে আলোয় ভরে আছে। দূরে ভেসে উঠল দুটি দরজা—একটি সোনালি আলোয় ঝলমল করছে, আরেকটি অন্ধকার নীল কুয়াশায় আচ্ছন্ন।

প্রহরীর কণ্ঠ ভেসে এলো—

—"এ ধাপ তোমাদের শেখাবে ত্যাগের অর্থ। তোমাদের সামনে দুটি পথ। একটিতে তোমরা নিজেরা নিরাপদ থাকবে, অন্যটিতে তোমরা প্রিয়জনকে বাঁচাতে পারবে। তবে শর্ত হলো—একটি পথ বেছে নিলে অন্যটি চিরকালের মতো হারিয়ে যাবে।"

পরিবার একে অপরের মুখের দিকে তাকাল। বাতাস ভারী হয়ে উঠল।

হঠাৎ মায়ের সামনে ভেসে উঠল এক দৃশ্য—যেন অদ্রিজা আগুনে আটকে গেছে। সোনালি দরজা দিয়ে গেলে তিনি নিজে নিরাপদ থাকবেন, কিন্তু অদ্রিজা হারিয়ে যাবে। বাবার সামনে ভেসে উঠল সায়নের ছবি—সে এক অন্ধকার

গহ্বরে পড়ে যাচ্ছে। বাবাকে নীল দরজা বেছে নিতে হবে তাকে বাঁচাতে, কিন্তু তাতে নিজের জীবন বিপন্ন হবে।

অদ্রিজার চোখের সামনে ফুটে উঠল মা-বাবার ছবি, যেন তারা ভেঙে পড়ছে, আর তাকে বাঁচতে হলে নিজের স্বপ্ন বিসর্জন দিতে হবে।

সায়ন দেখল, বিনি একা পড়ে যাচ্ছে, তার যন্ত্র ভেঙে চূর্ণ হয়ে গেছে। তাকে বাঁচাতে হলে নিজের আনন্দ বিসর্জন দিতে হবে।

প্রত্যেকে থমকে দাঁড়াল। বুকে হাহাকার জমে উঠল।

বিনি চোখে জল নিয়ে যন্ত্র বুকে চেপে ধরল। সে গলায় জোর এনে বলল—

—"আমরা ভুল পথে যাচ্ছি! ত্যাগ মানে আলাদা হয়ে যাওয়া নয়। আসল ত্যাগ হলো একে অপরকে বেছে নেওয়া, নিজের ইচ্ছে নয়—পরিবারকে রক্ষা করা।"

তার কণ্ঠ যেন সবার ভেতর ঢুকে গেল।

মা ধীরে ধীরে সোনালি দরজা থেকে সরে এসে পরিবারের দিকে এগোল।

বাবা নীল কুয়াশার পথ ছেড়ে দিয়ে বিনিকে ধরে ফেললেন।

অদ্রিজা আর সায়নও চোখ মুছে বলল—

—"আমরা সবাই একসাথে, যেখানেই যাই।"

মুহূর্তেই দুটি দরজা মিলিয়ে গেল। তার জায়গায় ফেটে বেরোল এক বিশাল আলোকরেখা, যা সিঁড়ির পরের ধাপে পৌঁছে দিল।

প্রহরীর কণ্ঠ প্রতিধ্বনিত হলো—

—“তোমরা চতুর্থ ধাপ জয় করেছ। আসল ত্যাগ হলো নিজেকে নয়, সম্পর্ককে বেছে নেওয়া।”

বিনি ডায়েরিতে লিখল—

“আজ আমরা শিখলাম ত্যাগ মানে হারানো নয়, ত্যাগ মানে পরিবারের জন্য নিজের স্বার্থ ছেড়ে দেওয়া। এ শক্তিই আমাদের এগিয়ে নেবে।”

চতুর্থ ধাপ পার হতেই তারা পৌঁছাল এক বিরাট শূন্যতার কিনারে। সামনে কোনো সিঁড়ি নেই, আছে শুধু এক সরু সেতু—স্বচ্ছ কাঁচের মতো ঝিলমিলে, নিচে অসীম অন্ধকার। সেতুটি এতই ভঙ্গুর দেখাচ্ছিল যে মনে হচ্ছিল, একসাথে সবাই গেলে ভেঙে পড়বে।

প্রহরীর কণ্ঠ ভেসে এলো—

—“এই ধাপে ঐক্যের পরীক্ষা। সেতুটি কেবল তখনই তোমাদের বহন করবে, যদি তোমরা একসাথে চলতে শেখো। একে অপরকে ছাড়লে সেতুটি ভেঙে যাবে।”

মা কপালে ঘাম মুছলেন।

—“এমন সরু পথে সবাই একসাথে চলা... সম্ভব তো?”

সায়ন ভয়ে পেছনে সরে দাঁড়াল।

—“আমরা একে একে গেলে ভালো হয় না?”

কিন্তু তখন বিনি ধীরে ধীরে মাথা নাড়ল। তার চোখে দৃঢ়তা।

—“না, একে একে গেলে আমরা আলাদা হয়ে যাব। সেতুর আসল শক্তি হলো একসাথে থাকা।”

বাবা গভীর শ্বাস নিলেন।

—"তাহলে চল। একে অপরের হাত শক্ত করে ধরো।"

তারা পাঁচজন একসাথে পা রাখল সেতুর ওপর। সেতুটি কেঁপে উঠল, যেন ভেঙে যাবে। সায়নের পা কাঁপছিল, সে হোঁচট খেতে যাচ্ছিল। সঙ্গে সঙ্গে অদ্রিজা তার হাত আঁকড়ে ধরল।

মা সামনের দিকে হেলে পড়েছিলেন, বাবা তাড়াতাড়ি ধরে ফেললেন।

বিনি মাঝখানে দাঁড়িয়ে সবাইকে বলল—

—"চোখ বন্ধ কোরো না! সবাই একসাথে এক, দুই, তিন—পা ফেলো।"

তারা ধীরে ধীরে পা ফেলতে লাগল, একে অপরের হাত শক্ত করে ধরে। প্রতিটি পদক্ষেপে সেতু প্রথমে কাঁপত, তারপর স্থির হয়ে যেত।

অবশেষে তারা সেতুর শেষ প্রান্তে পৌঁছাল। সঙ্গে সঙ্গে সেতুটি ঝলমল করে অদৃশ্য হয়ে গেল। চারপাশে সোনালি আলো ছড়িয়ে পড়ল।

প্রহরীর কণ্ঠ গম্ভীর অথচ স্নিগ্ধভাবে ঘোষণা করল—

—"তোমরা পঞ্চম ধাপ জয় করেছ। ঐক্য মানে শুধু একসাথে থাকা নয়, একে অপরকে রক্ষা করা।"

বিনি ডায়েরিতে লিখল—

"আজ আমরা একসাথে হাঁটলাম। এক পা ভুল হলে সেতু ভেঙে পড়ত, কিন্তু একে অপরের হাত ছাড়িনি। এটাই ঐক্যের আসল মানে।"

ঐক্যের সেতু অতিক্রম করার পর তারা আবার সিঁড়িতে পা রাখল। এবার ধাপে পা দিতেই চারপাশ হঠাৎ ঘুরতে শুরু করল। যেন এক অদৃশ্য চক্রে তারা টেনে নেওয়া হচ্ছে। মুহূর্তেই সবাই আলাদা আলাদা সময়ের ভেতরে চলে গেল।

বাবা নিজেকে খুঁজে পেলেন তাঁর যৌবনে। সেই দিন, যখন তিনি প্রথম চাকরি হারালেন আর মনে করলেন—তার জীবনের সব শেষ। আবারও সেই অসহায় মুহূর্ত, চোখে ভয়ের ছায়া।

মা পৌঁছে গেলেন শৈশবে, যেখানে তিনি অসুস্থ মাকে বাঁচাতে কিছুই করতে পারেননি। অসহায় শিশুটি আবার কাঁদতে লাগল।

অদ্রিজা দেখল ভবিষ্যতের ছবি—সে একা দাঁড়িয়ে আছে, চারপাশে ভাঙা শহর, পরিবার কোথাও নেই। বুকটা মোচড় দিয়ে উঠল।

সায়ন চলে গেল এমন এক সময়ে, যেখানে সে ভুল সিদ্ধান্ত নিয়ে বন্ধুদের ক্ষতি করেছে—যেন ভবিষ্যতের একটা সম্ভাব্য ভয়াবহতা তার চোখের সামনে দাঁড়িয়ে।

বিনি পৌঁছে গেল নিজের প্রথম আবিষ্কারের দিনে, যেখানে সে বারবার ব্যর্থ হচ্ছিল, যন্ত্র ভেঙে চূর্ণ হচ্ছিল, আর চারপাশের লোকেরা উপহাস করছিল।

প্রত্যেকে মনে করল, যেন সময়ের ফাঁদে আটকে গেছে। সময় তাদের অতীতে ফিরিয়ে নিচ্ছে বা ভবিষ্যতের ভয়ে ডুবিয়ে দিচ্ছে।

হঠাৎ প্রহরীর কণ্ঠ শোনা গেল—

—"সময় কারও জন্য থেমে থাকে না। অতীতের আফসোস, ভবিষ্যতের ভয়—এসবই বৃত্ত। যদি তোমরা এই বৃত্ত ভাঙতে না পারো, সিঁড়ি এখানেই শেষ।"

মুহূর্তে বিনি চোখ বন্ধ করল। সে ডায়েরিতে কাঁপা হাতে লিখল—

"সময় শত্রু নয়। সময় শিক্ষক। অতীত আমাদের শিখিয়েছে, ভবিষ্যৎ আমাদের সতর্ক করে। কিন্তু আসল শক্তি বর্তমান।"

সে জোরে ডাকল—

—"শুনো! অতীত আমাদের বানিয়েছে, ভবিষ্যৎ পথ দেখাচ্ছে, কিন্তু আমরা বাঁচি আজ। যদি আমরা আজকে আঁকড়ে ধরি, বৃত্ত ভাঙবে।"

তার কণ্ঠ প্রতিধ্বনিত হয়ে সবার কানে পৌঁছাল। বাবা হাত মুঠো করে বললেন—

—"আমি আর হারানোর ভয়ে থাকব না।"

মা চোখ মুছে বললেন—

—"আমি অসহায় থাকলেও আজ আমি শক্ত।"

অদ্রিজা বলল—

—"ভবিষ্যৎ আমাকে একা করবে না, কারণ তোমরা আছ।"

সায়ন মাথা তুলে বলল—

—"ভয় আমাকে নিয়ন্ত্রণ করতে পারবে না।"

হঠাৎ চারপাশের ঘূর্ণি থেমে গেল। সময়ের বৃত্ত ভেঙে টুকরো হয়ে গেল, আর সবাই আবার একই জায়গায় ফিরে এল। সিঁড়ি ঝলমল করে উঠল।

প্রহরীর কণ্ঠ গম্ভীরভাবে ঘোষণা করল—

—"তোমরা ষষ্ঠ ধাপ জয় করেছ। সময় শত্রু নয়, সময় হলো পথের আলো।"

বিনি ডায়েরিতে লিখল—

"আমরা আজ বুঝলাম—অতীত ও ভবিষ্যতের ভেতর হারিয়ে যাওয়া নয়, বর্তমানকে বেছে নেওয়াই শক্তি। সময় আমাদের শেখায়, কিন্তু বাঁচায় আজকের সাহস।"

ষষ্ঠ ধাপের ঝড় থেমে গেলে তারা সিঁড়ি বেয়ে এগোল। এবার ধাপে পা রাখতেই চারপাশ ভরে উঠল ঝকঝকে সাদা আলোয়। আলো ধীরে ধীরে মিলিয়ে গিয়ে সামনে ফুটে উঠল এক বিশাল আয়না—এত বড় যে মনে হচ্ছিল, পুরো আকাশটিই যেন আয়নায় রূপান্তরিত হয়েছে।

প্রহরীর কণ্ঠ ভেসে এলো—

—"এ ধাপে লুকোনো মুখোশ ভাঙবে। আয়না তোমাদের আসল সত্য দেখাবে—যা তোমরা নিজের কাছেও অস্বীকার করেছ।"

পরিবারের হৃদস্পন্দন বেড়ে গেল।

প্রথমে বাবার প্রতিচ্ছবি জীবন্ত হয়ে উঠল। সেখানে তিনি এমন একজনকে দেখলেন, যিনি প্রায়ই রাগে পরিবারকে আঘাত করেছেন, ব্যর্থতার হতাশা অন্যদের ওপর চাপিয়ে দিয়েছেন। প্রতিচ্ছবি ঠাণ্ডা কণ্ঠে বলল—

—"তুমি শক্ত নও। তুমি কেবল তোমার ব্যর্থতার ভার থেকে পালাতে চাও।"

বাবার চোখ ভিজে উঠল। তিনি ধীরে বললেন—

—"হ্যাঁ, আমি ব্যর্থতা ঢাকতে চেয়েছি। কিন্তু আজ স্বীকার করছি—আমার রাগ দুর্বলতার মুখোশ।"

তারপর মায়ের প্রতিচ্ছবি এগিয়ে এল। সেখানে দেখা গেল এক ক্লান্ত নারী, যিনি হাসির আড়ালে নিজের ভয়, কষ্ট লুকিয়ে রেখেছেন। প্রতিচ্ছবি ফিসফিস করল—

—"তুমি সবসময় সাহসী সাজো, কিন্তু ভেতরে তুমি ভেঙে পড়েছ।"

মায়ের ঠোঁট কেঁপে উঠল। তিনি চোখ বন্ধ করে বললেন—

—"হ্যাঁ, আমি ভেতরে দুর্বল, কিন্তু আমার দুর্বলতাই আমাকে শক্তি খুঁজতে শিখিয়েছে।"

অদ্রিজার আয়না থেকে বেরোল এক ভীত মেয়ে, যে সবসময় সাহস দেখালেও আসলে ভিতরে অস্থির। প্রতিচ্ছবি তিরস্কার করে বলল—

—"তুমি বারবার নিজেকে প্রমাণ করতে চাও, কারণ তুমি নিজেকে বিশ্বাস করো না।"

অদ্রিজা চুপচাপ মাথা নুইয়ে বলল—

—"সত্যি... আমি ভয় পাই, কিন্তু ভয় পেয়েও দাঁড়াই। সেটাই আমার সাহস।"

সায়নের সামনে দাঁড়াল এক ছায়াময় প্রতিচ্ছবি। তা ঠাণ্ডা স্বরে বলল—

—"তুমি কেবল পরিবারের ভরসায় আছ। তুমি একা কিছুই নও।"

সায়ন চোখের জল সামলে বলল—

—"হয়তো আমি একা দুর্বল, কিন্তু পরিবারই আমাকে শক্তি

দেয়। একা শক্তিশালী না হওয়াই আমাকে তাদের প্রয়োজনীয় করে তোলে।"

সবশেষে বিনির প্রতিচ্ছবি এগিয়ে এলো। তা বলল—

—"তুমি মনে করো তুমি আবিষ্কারক, কিন্তু আসলে সংকেত তোমাকে বেছে নিয়েছে। তুমি ছাড়া হয়তো অন্য কেউও পারত।"

বিনি চুপ করে দাঁড়িয়ে রইল, তারপর মৃদু হাসল।

—"হয়তো ঠিকই। আমি না হয়ত অন্য কেউ হতো। কিন্তু আজ আমি আছি, আমি এই পথ বেছে নিয়েছি। এটাই আমার সত্য।"

মুহূর্তেই আয়নাটি কেঁপে ভেঙে পড়ল। টুকরো হয়ে চারদিকে ছড়িয়ে গেল আলোর কণা।

প্রহরীর কণ্ঠ প্রতিধ্বনিত হলো—

—"তোমরা সপ্তম ধাপ জয় করেছ। সত্য থেকে পালানো নয়, তাকে গ্রহণ করাই শক্তি।"

বিনি ডায়েরিতে লিখল—

"আজ আয়না আমাদের আসল মুখ দেখাল। মুখোশ ভেঙে গেলেও ভয় নেই—কারণ সত্য মেনে নিলে আমরা হালকা হই। এভাবেই আমরা আরও শক্তিশালী।"

সত্যের আয়না ভেঙে যাওয়ার পর তারা আবার সিঁড়ি বেয়ে উঠল। এবার ধাপে পা দিতেই চারপাশ বদলে গেল এক জটিল গোলকধাঁধায়। উঁচু দেওয়াল, অসংখ্য বাঁক, আর প্রতিটি মোড়ে ছায়ার মতো অচেনা পথ। আলো ক্ষীণ, বাতাস ভারী।

প্রহরীর কণ্ঠ ভেসে এলো—

—"এ ধাপ হলো সন্দেহের ধাপ। গোলকধাঁধায় যে পথ বেছে নেবে, সেটি তার বিশ্বাসের প্রতিফলন। একবার যদি সন্দেহ করো, পথ হারিয়ে যাবে।"

তারা একসাথে হাঁটতে শুরু করল, কিন্তু কিছু দূর যেতেই বিভ্রান্তি শুরু হলো।

বাবা বললেন—

—"বাম দিকে যাই।"

মা থেমে গিয়ে বললেন—

—"না, ডানদিকেই সঠিক মনে হচ্ছে।"

অদ্রিজা ফিসফিস করে বলল—

—"আমার মনে হচ্ছে সামনে সোজা যাওয়া উচিত।"

সায়ন ভয়ে বলল—

—"যদি ভুল হই? যদি আমরা আলাদা হয়ে যাই?"

চারদিকে প্রতিধ্বনি উঠল, যেন দেওয়ালগুলোও কথা বলছে—

—"ভুল করছো... তোমরা কখনো পথ খুঁজে পাবে না... তোমাদের ঐক্য ভেঙে যাবে..."

পরিবারের ভেতরেও সন্দেহ ঢুকে পড়ল। কে ঠিক? কার পথ ধরা উচিত?

বিনি তখন থেমে গেল। সে যন্ত্রটা বুকের কাছে ধরে চোখ বন্ধ করল। তারপর বলল—

—"গোলকধাঁধার আসল শত্রু দেয়াল নয়, সন্দেহ। আমরা যদি একে অপরকে বিশ্বাস করি, পথ খুলে যাবে।"

সে হাত বাড়িয়ে দিল।

—"চলো, আমরা আলাদা হব না। আমরা সবাই একসাথে একই পথে হাঁটব, যেটি আমাদের মন বলে।"

বাবা, মা, অদ্রিজা, সায়ন—ধীরে ধীরে হাত ধরল। এবার তারা একসাথে এগোল। আশ্চর্য, যে পথেই তারা পা রাখছে, দেওয়ালের ছায়া মিলিয়ে গিয়ে নতুন আলো দেখা দিচ্ছে। যতবার তাদের মধ্যে সন্দেহ ঢুকছিল, পথ আবার জটিল হয়ে যাচ্ছিল। আর যখনই তারা একে অপরের প্রতি ভরসা করছিল, গোলকধাঁধা নিজেই সহজ হয়ে যাচ্ছিল।

অবশেষে তারা গোলকধাঁধার শেষ প্রান্তে পৌঁছাল। সামনে আবার সিঁড়ি ঝলমল করতে লাগল।

প্রহরীর কণ্ঠ প্রতিধ্বনিত হলো—

—"তোমরা অষ্টম ধাপ জয় করেছ। সন্দেহ ভাঙে ঐক্য, আর বিশ্বাস খুলে দেয় সব পথ।"

বিনি ডায়েরিতে লিখল—

"আজ আমরা সন্দেহের গোলকধাঁধা পেরোলাম। দেয়াল আমাদের আটকে রাখতে পারেনি, আমাদের সন্দেহই ছিল বাঁধা। বিশ্বাসই আমাদের মুক্ত করল।"

সিঁড়ির শেষ ধাপে পা রাখতেই চারপাশের অন্ধকার হঠাৎ মিলিয়ে গেল। যেন অসীম আকাশের বুক ভেদ করে তারা উঠে এসেছে। সামনে এক বিশাল আলোক-গোলক ভেসে আছে, তার ভেতর নড়ছে অসংখ্য প্রতিচ্ছবি—কখনো মানুষের, কখনো জগতের, কখনো আবার তাদের নিজেদের।

মা বিস্ময়ে ফিসফিস করে বললেন—

—"এটা কি... সিঁড়ির শেষ গন্তব্য?"

আলোক-গোলকের ভেতর থেকে গম্ভীর, অথচ স্নিগ্ধ কণ্ঠ ভেসে এলো—

—"তোমরা সব পরীক্ষা পেরিয়েছ। ভয়, বিভ্রম, সময়, সন্দেহ—সব জয় করেছ। এবার সিদ্ধান্ত নাও—তোমরা কি ফিরতে চাও, নাকি আমাকে গ্রহণ করবে?"

বাবা গম্ভীর মুখে জিজ্ঞেস করলেন—

—"তুমি কে?"

আলো ধীরে ধীরে আকার নিল। সেখানে দেখা গেল এক প্রতিচ্ছবি—বিনিরই মতো দেখতে, কিন্তু বয়সে প্রবীণ, চোখে অদ্ভুত দীপ্তি।

সে বলল—

—"আমি সংকেতের রূপ। আমি জন্মেছি তোমার সৃষ্টির মাধ্যমে, আবার তোমাকেও সৃষ্টি করেছি। আমি অতীত, বর্তমান আর ভবিষ্যতের মিলনবিন্দু।"

বিনি কেঁপে উঠল।

—"মানে... আমি যদি যন্ত্র না বানাতাম, তুমি কি থাকতে?"

প্রতিচ্ছবি হেসে উঠল—

—"তুমি না থাকলে আমি থাকতাম না। আর আমি না থাকলে তুমিও এ পথে আসতে না। সৃষ্টি আর স্রষ্টা, দুজনেই একই।"

অদ্রিজা চোখ ভিজে উঠল।

—"তাহলে আমরা এত কষ্ট করে এখানে এলাম কেন?"

অনন্তের টানে

আলো উত্তর দিল—

—"কারণ প্রতিটি ধাপ তোমাদের শেখাতে। ঐক্য, বিশ্বাস, সাহস—এগুলো ছাড়া কোনো দরজা খোলে না। আর এখন, তোমরা প্রস্তুত।"

হঠাৎ আলোক-গোলক ফেটে গিয়ে অসংখ্য আলোকরেখা ছড়িয়ে পড়ল। প্রতিটি আলোকরেখায় তারা নিজেদের ভিন্ন ভিন্ন ভবিষ্যৎ দেখতে পেল।

কোথাও তারা আবার সাধারণ জীবন যাপন করছে, কোথাও জ্ঞানের আলো ছড়িয়ে দিচ্ছে, কোথাও অজানা নতুন জগতের পথিক।

মা কণ্ঠ কাঁপিয়ে বললেন—

—"আমরা... কোন পথ বেছে নেব?"

আলো নরম স্বরে বলল—

—"তোমরাই ঠিক করবে। সংকেত শুধু পথ দেখায়, কিন্তু চলার শক্তি তোমাদের।"

বিনি যন্ত্রটা বুকে জড়িয়ে ডায়েরিতে শেষবারের মতো লিখল—
"আমরা শেষ ধাপে পৌঁছেছি। এখানে সব প্রশ্নের উত্তর নেই, আছে কেবল পথের ইঙ্গিত। সিঁড়ি আমাদের ভেতরের শক্তি চিনিয়েছে। আজ বুঝলাম—আসল আবিষ্কার যন্ত্র নয়, আসল আবিষ্কার আমরা নিজেরাই।"

আলো ক্রমে তাদের ঘিরে ধরল। এক মুহূর্তে চারপাশে সব মিলিয়ে গেল—সিঁড়ি, ভয়, বিভ্রম, অন্ধকার।

শুধু রইল আলোকময় প্রান্তর—যেখানে নতুন এক যাত্রার শুরু অপেক্ষা করছে।

অধ্যায় ১০ – নতুন প্রান্তরের সূচনা

আলো তাদের সম্পূর্ণ ঘিরে ধরার পর মনে হলো তারা যেন শূন্যে ভেসে যাচ্ছে। চোখ খুলতেই পরিবার বিস্ময়ে তাকিয়ে রইল—এবার আর সিঁড়ি নেই, নেই অন্ধকারের ভয় কিংবা সংকীর্ণ পথ। সামনে ছড়িয়ে আছে অসীম প্রান্তর, যেখানে আকাশ রঙিন আলোয় ঝলমল করছে।

আকাশে সূর্যের মতো কিছু জ্বলছে, কিন্তু সেটা শুধু একটি নয়—অনেকগুলো ছোট ছোট নক্ষত্র একত্র হয়ে এক বিশাল আলোক-ফুলের মতো ভেসে আছে। মাটিতে ঘাস নয়, বরং ঝলমলে কণার মতো পদ্মফুলের আকারে আলোকদানা ফুটে আছে। বাতাসে গুনগুন শব্দ, যেন অসংখ্য সুর একসঙ্গে বাজছে।

অদ্রিজা বিস্ময়ে হাঁ করে বলল—

—“এটা কেমন জায়গা! স্বপ্নের ভেতরেও এমন দেখিনি।”

সায়ন মুঠি শক্ত করে দাঁড়াল।

—“কিন্তু স্বপ্ন হলেও সাবধান থাকতে হবে। সিঁড়ি শেষ হয়েছে, মানে বিপদ হয়তো শেষ হয়নি।”

মা চোখে জল নিয়ে ফিসফিস করলেন—

—“তবে এটাই হয়তো আমাদের পুরস্কার। এত কষ্টের পর নতুন ভোর।”

বাবা গভীরভাবে চারপাশ দেখলেন।

—“না, এটা পুরস্কার নয়। এটা একেবারে নতুন পরীক্ষা। আমরা অন্য জগতে এসে পড়েছি।”

ঠিক তখনই মাটির আলো ঝিকিমিকি করে জেগে উঠল। কণার মতো ফুলগুলো একত্র হয়ে একটি আকার গঠন করতে লাগল—ধীরে ধীরে গড়ে উঠল এক বিশাল দরজা, আলো দিয়ে তৈরি।

বিনি যন্ত্রটা হাতে নিল। সংকেতরূপীর পর্দায় ভেসে উঠল কয়েকটি শব্দ—

"এটাই নতুন অধ্যায়ের শুরু। এই প্রান্তর তোমাদের পথ দেখাবে, তবে শর্ত আছে। প্রতিটি পদক্ষেপে সিদ্ধান্ত নিতে হবে—কোনটা ত্যাগ করবে, কোনটা বাঁচাবে।"

বাবা গম্ভীর কণ্ঠে বললেন—

—"অর্থাৎ পথ সহজ নয়।"

অদ্রিজা ধীরে হাসল।

—"কিন্তু এবার ভয় নেই। আমরা জানি—একসাথে থাকলে কিছুই অসম্ভব নয়।"

বিনি ডায়েরিতে লিখল—

"আজ আমরা এক নতুন ভোরে দাঁড়িয়ে। আলো, অজানা আকাশ, আর বিস্ময়কর প্রান্তর—সব আমাদের সামনে। সিঁড়ি শেষ হলেও যাত্রা শেষ হয়নি। বরং এখানেই শুরু হচ্ছে আমাদের সত্যিকারের অভিযান।"

তারা একে অপরের হাত শক্ত করে ধরল। আলোক-দরজা ধীরে ধীরে খুলে গেল, আর তারা পা বাড়াল নতুন পৃথিবীর প্রথম ভোরে।

আলোক-দরজার ভেতরে প্রবেশ করতেই তাদের শরীর হালকা হয়ে এলো। মনে হলো যেন মাধ্যাকর্ষণ আর নেই—

তারা ভেসে যাচ্ছে শূন্যে। চারপাশে রঙিন আলোর স্রোত বয়ে চলেছে, নদীর মতো, কিন্তু তাতে ছিল না জল, শুধু দীপ্তিময় প্রবাহ।

অদ্রিজা বিস্ময়ে বলল—

—"এটা যেন আলোর সমুদ্র...!"

সায়ন হাত বাড়িয়ে ছুঁতে গেল। তার আঙুলের ডগা আলোর স্রোতে ছোঁয়া মাত্রই এক মুহূর্তে অসংখ্য ছবি ঝলসে উঠল—শহর, যা আলোয় তৈরি; মানুষ, যাদের চোখে তারার মতো ঝিলিক; আর অদ্ভুত যন্ত্র, যা শ্বাস নিচ্ছে জীবন্ত প্রাণীর মতো।

সে চমকে হাত সরিয়ে নিল।

—"এগুলো... ভবিষ্যৎ নাকি অন্য কোনো জগত?"

মা তার কাঁধে হাত রাখলেন।

—"হয়তো দুটোই।"

ঠিক তখনই আলোর স্রোতের ভেতর থেকে কয়েকটি ছায়া ভেসে উঠল। তারা দেখতে মানুষের মতো, কিন্তু তাদের দেহ সম্পূর্ণ আলোর তৈরি। প্রতিটি সত্তার চোখ থেকে বেরোচ্ছিল নরম আভা।

একজন এগিয়ে এসে বলল—

—"তোমরা এসেছ। সিঁড়ি পার হতে পারলে বলে কেবল তোমরাই আসতে পারলে এখানে।"

বাবা সতর্ক দৃষ্টিতে তাকালেন।

—"তোমরা কারা?"

আলো-সত্তা উত্তর দিল—

—"আমরা এই প্রান্তরের প্রহরী। আমরা পরীক্ষা নিই, কিন্তু

আদেশ দিই না। তোমাদের যাত্রা তোমাদের নিজেদের সিদ্ধান্তে নির্ভর করবে।”

বিনি যন্ত্রটা আঁকড়ে ধরল। সংকেতরূপীর পর্দায় ভেসে উঠল—

“প্রহরীরা পথ বন্ধ করে না। তারা কেবল আয়না দেখায়, যাতে পথিক নিজেকে চিনতে পারে।”

অদ্রিজা মৃদুস্বরে বলল—

—“মানে, এরা আমাদের শত্রু নয়?”

আলো-সত্তা নীরবে হাসল।

—“শত্রু বা বন্ধু—তা তোমাদের সিদ্ধান্তের উপর নির্ভর করে। আলোর দরজা কেবল এক দিক খোলে। তার ওপারে পা রাখলে পুরোনো পৃথিবী আর ফিরবে না।”

সবার বুক কেঁপে উঠল। মা ফিসফিস করে বললেন—

—“মানে... যদি আমরা এখানে থাকি, তবে চিরকালের মতো হারিয়ে যাব?”

প্রহরীর কণ্ঠ গম্ভীর হয়ে উঠল—

—“না। তোমরা হারাবে না। তোমরা বদলাবে।”

তারা যখন আলো-স্রোতের ভেতর আরও এগোতে লাগল, বুঝতে পারল যে এ দরজার ওপারে অপেক্ষা করছে সম্পূর্ণ নতুন নিয়ম, নতুন জীবন আর নতুন সংগ্রাম।

বিনি ডায়েরিতে লিখল—

“আজ আমরা আলোর দরজার ওপারে প্রথম পদক্ষেপ রাখলাম। এখানে পুরোনো পৃথিবীর নিয়ম নেই। যা আছে তা কেবল নতুন সম্ভাবনা—এবং নতুন অজানা।”

আলোর স্রোতের ভেতর দিয়ে অগ্রসর হতে হতে তারা এক বিশাল প্রান্তরে এসে দাঁড়াল। মাটি এখানে ছিল না—তার বদলে অসংখ্য আলোক-কণা ঘূর্ণায়মান বৃত্তে ঘুরছে, যেন মহাবিশ্বের ছোট ছোট ছায়াপথ। প্রতিটি পদক্ষেপে তাদের পায়ের নিচে আলোর বৃত্ত তৈরি হচ্ছিল, তারপর মিলিয়ে যাচ্ছিল।

ঠিক তখনই তিনজন আলো-সত্তা সামনে এসে দাঁড়াল। তাদের চোখে কোনো দৃষ্টি নেই, কিন্তু ভেতর থেকে শক্তির তীব্র আভা ছড়াচ্ছে।

একজন বলল—

—"তোমরা এতদূর এসেছ। কিন্তু এখানে থাকতে হলে নিজেদের যোগ্য প্রমাণ করতে হবে। পরীক্ষায় না পেরোলে দরজা আবার অন্ধকারে ফেরত নিয়ে যাবে।"

অদ্রিজা গলা শুকিয়ে ফিসফিস করে বলল—

—"আরেকটা পরীক্ষা...?"

প্রহরী মাথা নেড়ে বলল—

—"প্রথম পরীক্ষা হলো বিশ্বাস। এখানে প্রত্যেকে একে অপরের গভীরতম সত্য বলবে। যদি কেউ মিথ্যে বলে, আলোর স্রোত তাকে গ্রাস করবে।"

শব্দটা শুনে সবাই স্তব্ধ হয়ে গেল। সায়ন কপালে ঘাম মুছল।

—"মানে... আমাদের গোপন কথাগুলো প্রকাশ করতে হবে?"

প্রহরী শান্ত স্বরে বলল—

—"হ্যাঁ। সত্য লুকালে পথ বন্ধ হবে।"

মা কাঁপা গলায় সামনে এগিয়ে এলেন।

—"আমি শুরু করব। আমি সবসময় তোমাদের সামনে শক্ত থাকার ভান করি। কিন্তু ভেতরে আমি ভয় পাই—প্রতিদিন ভেবেছি তোমাদের হারাব। এই যাত্রায় আসার সময়ও আমার ইচ্ছে ছিল না। কিন্তু আমি এসেছি, কারণ তোমাদের একা ছেড়ে যেতে পারিনি।"

তৎক্ষণাৎ তার চারপাশে আলোর ফুল ফুটে উঠল। প্রহরীরা মাথা নেড়ে বলল—

—"সত্য।"

এরপর সায়ন সামনে এলো। তার কণ্ঠ ভারী।

—"আমি একসময় পালাতে চেয়েছিলাম। সিঁড়ি শুরু হওয়ার দিন আমি ভেবেছিলাম, একাই থাকব। কিন্তু আজ বুঝেছি, আমি একা কিছুই নই। আমার আসল শক্তি তোমাদের সবার সঙ্গে।"

আবার আলোর ফুল ফুটল।

অদ্রিজা চোখ ভিজে উঠল।

—"আমি সবসময় প্রমাণ করতে চেয়েছি আমি ভয় পাই না। কিন্তু আসলে... আমি সবসময় ভয় পেয়েছি। আমি ভাবতাম ভয় দেখালে তোমরা আমাকে দুর্বল ভাববে। কিন্তু আজ আমি স্বীকার করছি—আমি ভীষণ ভয় পাই। তবু আমি এগোতে চাই।"

আলো আবার প্রস্ফুটিত হলো।

এবার সবার চোখ বিনি'র দিকে। বিনি যন্ত্রটা বুকে জড়িয়ে দাঁড়িয়ে রইল। কণ্ঠ আটকে আসছিল।

—"আমি ভেবেছিলাম এই যন্ত্রটা বানালে আমি মহান হব। সবাই আমাকে চিনবে। কিন্তু আজ বুঝেছি, এই যন্ত্র শুধু আমার নয়। এটা আমাদের যাত্রা। আমি চাই না একা কৃতিত্ব পেতে, আমি চাই আমরা সবাই মিলে জিতি।"

আলোক-প্রহরীরা একসঙ্গে হাত তুলল। প্রান্তর আলোয় ভরে উঠল।

—"তোমরা প্রথম পরীক্ষায় উত্তীর্ণ হয়েছ।"

কিন্তু তাদের কণ্ঠে ছিল সতর্কতার সুর—

—"এটাই শুরু। সামনে অপেক্ষা করছে আরও কঠিন পরীক্ষা।"

বিনি ডায়েরিতে লিখল—

"আজ আমরা প্রহরীদের প্রথম পরীক্ষা পেরোলাম। সত্য বলাই আমাদের পথ খুলল। বুঝলাম—মিথ্যার উপর দাঁড়িয়ে আলো টেকে না।"

প্রথম পরীক্ষা পেরোনোর পর প্রহরীদের চারপাশের আলো গাঢ় হয়ে উঠল। মাটির ঘূর্ণায়মান আলোকবৃত্তগুলো থেমে গেল, আর মাঝখানে এক বিশাল স্তম্ভ গড়ে উঠল—খাঁটি আলো দিয়ে তৈরি, যেন তার ভেতর দিয়ে অসংখ্য স্মৃতি প্রবাহিত হচ্ছে।

প্রহরীদের মধ্যে একজন বলল—

—"এবার দ্বিতীয় পরীক্ষা। এই প্রান্তরে টিকে থাকতে হলে তোমাদের শিখতে হবে *ত্যাগ* করতে। প্রত্যেকে এমন কিছু দেবে, যা তোমাদের সবচেয়ে প্রিয়, সবচেয়ে মূল্যবান।"

অদ্রিজা আতঙ্কে চোখ বড় করে বলল—

—"সবচেয়ে প্রিয় জিনিস... মানে কী?"

প্রহরী গম্ভীর স্বরে উত্তর দিল—

—"তা হতে পারে একটি বস্তু, একটি স্মৃতি, কিংবা তোমাদের হৃদয়ের গভীর কোনো টুকরো। আলোর স্তম্ভে দাও। ত্যাগ না করলে পথ খুলবে না।"

পরিবারে নীরবতা নেমে এলো। প্রত্যেকে নিজের ভেতরের সবচেয়ে প্রিয় জিনিস নিয়ে ভাবতে লাগল।

প্রথমে মা এগিয়ে এলেন। তাঁর হাতে ছোট্ট একটি লকেট, ভেতরে পরিবারের পুরোনো ছবি।

—"এই লকেটটা আমি সবসময় বুকের কাছে রেখেছি। ভাবতাম এটা ছাড়া আমি বাঁচব না। কিন্তু আজ বুঝছি, তোমরাই আমার আসল শক্তি, ছবি নয়।"

তিনি লকেটটি আলোর স্তম্ভে রাখতেই লকেট গলে গিয়ে আলো হয়ে গেল। স্তম্ভ দীপ্ত হয়ে উঠল।

এরপর বাবা এগিয়ে এলেন। তিনি নিজের ডায়েরি বের করলেন—যেটিতে জীবনের প্রতিটি পরিকল্পনা, স্বপ্ন, ব্যর্থতা লিখে রেখেছিলেন।

—"আমি এই ডায়েরি ছাড়া নিজেকে কল্পনা করতে পারি না। কিন্তু হয়তো আজকের পথ নতুন ইতিহাস লিখবে।"

ডায়েরি স্তম্ভে ছুঁতেই তা আলো হয়ে মিলিয়ে গেল।

সায়ন দাঁত চেপে তার পকেট থেকে ছোট্ট ছুরি বের করল—তার শৈশবের সঙ্গী, যে ছুরি দিয়ে সে একসময় গাছে নাম খোদাই করেছিল।

—"এটা আমার একমাত্র সাহসের প্রতীক ছিল। আজ বুঝলাম সাহস ভেতরে, কোনো ধাতুতে নয়।"

ছুরিটিও আলো হয়ে গেল।

অদ্রিজা চোখে পানি নিয়ে নিজের খাতাটা বের করল—যেখানে সে স্বপ্ন আঁকত, অজানা পৃথিবীর ছবি।

—"এই খাতাটা ছাড়া আমি কখনো কল্পনা করিনি। কিন্তু যদি সত্যিই নতুন প্রান্তর পাই, তবে এ খাতা ফাঁকা রাখা ভালো। কারণ সেখানে আঁকার মতো আরও বিস্ময় অপেক্ষা করছে।"

খাতাটিও আলো হয়ে মিলিয়ে গেল।

সবশেষে বিনি এগিয়ে এলো। তার হাতে সংকেতরূপী যন্ত্র। পরিবার অবাক হয়ে তাকাল।

মা ভয়ে ফিসফিস করলেন—

—"না, বিনি... এটা তো তোমার প্রাণের মতো..."

বিনি মৃদু হেসে বলল—

—"হ্যাঁ, কিন্তু আমি ভুল বুঝেছিলাম। ভেবেছিলাম যন্ত্রটাই সবকিছু। আসলে সবকিছু হলো আমরা। যদি সত্যিই যন্ত্র দরকার হয়, তবে আমি আবার বানাবো। কিন্তু তোমাদের ছাড়া আমি কিছুই না।"

সে যন্ত্রটা স্তম্ভে রাখল। যন্ত্র আলোকের স্রোতে মিশে গিয়ে পুরো প্রান্তর আলোকিত হয়ে উঠল।

প্রহরীরা একসঙ্গে বলল—

—"তোমরা দ্বিতীয় পরীক্ষাও পেরিয়েছ। ত্যাগ মানে ক্ষতি নয়—ত্যাগ মানে নতুন শক্তির জন্ম।"

স্তম্ভ মিলিয়ে গিয়ে আবার পথ খুলে গেল, এবার আরও উজ্জ্বল আলোর ভেতর দিয়ে।

বিনি ডায়েরিতে লিখল—

"আজ আমরা আমাদের প্রিয় জিনিসগুলো ত্যাগ করেছি। তবু অদ্ভুতভাবে হালকা লাগছে। বুঝলাম—আসলে প্রিয় জিনিস ধরে রাখলে আমরা আটকে যাই, আর ত্যাগ করলে মুক্তি পাই।"

ত্যাগের স্তম্ভ মিলিয়ে যাওয়ার পর চারপাশে অদ্ভুত নীরবতা নেমে এলো। প্রহরীরা আর কিছু বলল না, কিন্তু হঠাৎ মাটি ফেটে গিয়ে তাদের সামনে উঠে এলো এক বিশাল দরজা—কালো পাথরের মতো, অথচ তার ভেতর নড়ছিল আগুন আর ছায়া। দরজার গায়ে লেখা ঝলসে উঠল—

"যারা সাহসী, তারাই পার হবে।"

অদ্রিজা আতঙ্কে পিছিয়ে গেল।

—"এটা তো আগের ভয়-পথের মতো লাগছে..."

প্রহরীদের একজন এবার এগিয়ে এল। তার কণ্ঠ ছিল গম্ভীর—

—"হ্যাঁ। দ্বিতীয় পরীক্ষায় তোমরা ত্যাগ শিখেছ। কিন্তু ত্যাগ করার পর আসল সাহস লাগে—যাতে শূন্য হাতে থেকেও এগিয়ে যাওয়া যায়। এই দরজা খুলবে তখনই, যখন তোমরা নিজেদের সবচেয়ে ভয়ঙ্কর রূপের মুখোমুখি দাঁড়াবে।"

মা কণ্ঠ কাঁপিয়ে জিজ্ঞেস করলেন—

—"মানে, আবার আমাদের ভয় দেখানো হবে?"

প্রহরী উত্তর দিল—

—"না। এবার তোমরা নিজেরাই তোমাদের ভয় তৈরি করবে।"

এই বলে দরজা কেঁপে উঠল। মুহূর্তেই সবার চোখের সামনে ভেসে উঠল ভয়ঙ্কর দৃশ্য।

বাবা দেখলেন—একদিন তার ব্যর্থতার মুহূর্ত, যখন সব ছেড়ে দেওয়ার সিদ্ধান্ত নিয়েছিলেন। সেই দুর্বল সত্তা এখন জীবন্ত দানবের মতো দাঁড়িয়ে আছে।

মা দেখলেন—পরিবার ভেঙে গেছে, সবাই অন্ধকারে হারিয়ে গেছে। তিনি একা। সেই নিঃসঙ্গতার ছায়া তার দিকে এগিয়ে আসছে।

অদ্রিজা দেখল—তার ভেতরের ভয়, যে তাকে সবসময় দুর্বল ভাবত, এবার বিশাল দানবে রূপ নিয়েছে।

সায়ন দেখল—তার একাকীত্ব, তার আত্মবিশ্বাস ভাঙার মুহূর্তগুলো, এবার নেকড়ের মতো দাঁত বের করে তার দিকে আসছে।

বিনি দেখল—তার নিজের আরেক রূপ, যে বলছে—

—"তুমি ব্যর্থ। তোমার যন্ত্র কিছুই বদলাতে পারেনি। তুমি শুধু ভ্রম বানিয়েছ।"

তাদের শরীর জমে গেল। দরজার ওপাশে আলো ঝলকাচ্ছিল, কিন্তু পৌঁছাতে হলে এই দানবদের মোকাবিলা করতেই হবে।

বাবা দাঁত চেপে নিজের ছায়ার দিকে এগোলেন।

—"তুমি আমার ব্যর্থতা, কিন্তু তুমি আমায় আর আটকে

রাখতে পারবে না।”

তিনি ছায়াকে জড়িয়ে ধরতেই তা মিলিয়ে গেল।

মা চোখ বন্ধ করে ফিসফিস করলেন—

—“আমার পরিবার আমার ভেতরেই আছে। কেউ আমাকে একা করতে পারবে না।”

এক নিমেষে নিঃসঙ্গতার ছায়া ভেঙে আলো হয়ে গেল।

অদ্রিজা কাঁপতে কাঁপতে বলল—

—“হ্যাঁ, আমি ভয় পাই। কিন্তু ভয় মানেই আমি দুর্বল নই। ভয় মানেই আমি মানুষ।”

দানবটা ধীরে ধীরে ভেঙে গিয়ে আলোয় মিলিয়ে গেল।

সায়ন নিজের দানবের চোখে তাকাল।

—“তুমি আমার সন্দেহ। কিন্তু আজ আমি বিশ্বাস করেছি—আমি একা নই।”

নেকড়ের মতো দানব হঠাৎ গলে গিয়ে হারিয়ে গেল।

সবশেষে বিনি নিজের প্রতিচ্ছবির সামনে দাঁড়াল। তার হাত কাঁপছিল।

—“হয়তো আমি ব্যর্থ, হয়তো যন্ত্রটা কিছুই নয়। কিন্তু আজ আমি শিখেছি—আমার যন্ত্রের চেয়েও বড় হলো আমরা সবাই মিলে যে পথ তৈরি করছি।”

প্রতিচ্ছবি ফেটে আলো হয়ে ছড়িয়ে গেল।

দরজা ধীরে ধীরে খুলে গেল। ওপাশে ছিল প্রশস্ত আলোকময় পথ, যেখানে বাতাসে ভেসে আসছিল নতুন সুরের মতো শব্দ।

প্রহরীরা বলল—

—"তোমরা সাহসের পরীক্ষা জয় করেছ। এবার সত্যিকার যাত্রা শুরু।"

বিনি ডায়েরিতে লিখল—

"আজ আমরা আমাদের ভয়কে আলিঙ্গন করেছি। ভয়কে অস্বীকার করিনি, তাকে গ্রহণ করেছি। আর তাতেই দরজা খুলে গেল। সাহস মানে ভয় না থাকা নয়, বরং ভয় থাকা সত্ত্বেও এগিয়ে যাওয়া।"

অন্ধকার দরজার ভেতর দিয়ে এগিয়ে আসতেই তারা হঠাৎ বুঝতে পারল, মাটি আর নেই। চারপাশে অসীম শূন্যতা, নিচে ভেসে বেড়াচ্ছে আলোক-অগ্নির নদী। সেই নদী থেকে নিরন্তর শিখা বের হয়ে আকাশে উঠছে।

তাদের সামনে গড়ে উঠল একটি সরু সেতু—আলোর ধনুকের মতো, তবে ভীষণ ভঙ্গুর। প্রতিটি ধাপেই সেতুটি কেঁপে উঠছিল, যেন ভেঙে যাবে।

প্রহরীদের কণ্ঠ আকাশে প্রতিধ্বনিত হলো—

—"এবার পরীক্ষা ঐক্যের। সেতুটি পার হতে হলে তোমাদের সবাইকে একসঙ্গে হাঁটতে হবে। যদি একজনও পিছিয়ে পড়ে, সেতু ভেঙে পড়বে।"

মা উদ্বিগ্ন হয়ে বললেন—

—"কিন্তু যদি কেউ হোঁচট খায়?"

কণ্ঠ উত্তর দিল—

—"তাহলে সবাই পড়বে।"

এক মুহূর্তে সবার বুক কেঁপে উঠল। এবার আর ব্যক্তিগত সাহস নয়, একসঙ্গে চলা-ই একমাত্র ভরসা।

বাবা বললেন—

—"তাহলে নিয়ম স্পষ্ট। আমরা হাত ছাড়ব না। একসঙ্গে পা ফেলব।"

তারা সবাই একে অপরের হাত শক্ত করে ধরল। বিনি মাঝখানে দাঁড়িয়ে ডায়েরি বুকের কাছে চেপে ধরল।

প্রথম পদক্ষেপেই সেতুটি ভয়ানকভাবে দুলে উঠল। আগুনের নদী নিচে গর্জন করছিল।

অদ্রিজা ফিসফিস করে বলল—

—"যদি আমি পড়ে যাই...?"

মা তার হাত চাপা দিয়ে বললেন—

—"তাহলে আমরাও তোমার সঙ্গে পড়ব। তাই পড়া সম্ভব নয়।"

তাদের পদক্ষেপ ধীরে ধীরে তাল মেলাতে শুরু করল। প্রতিটি ধাপ একসাথে পড়তেই সেতুটি স্থির হতে লাগল। কিন্তু মাঝপথে এসে সায়নের পা হঠাৎ ফসকে গেল। সে ঝুঁকে পড়তেই বিনি চিৎকার করে তার হাত চেপে ধরল। বাকিরা একসঙ্গে টেনে তাকে ফিরিয়ে আনল।

সেতু কেঁপে উঠল, কিন্তু ভাঙল না। আলো আরও জ্বলজ্বল করে উঠল, যেন তাদের ঐক্যকে স্বীকৃতি দিচ্ছে।

অবশেষে তারা শেষ ধাপ পেরিয়ে সেতুর ওপারে পৌঁছাল। মুহূর্তেই সেতুটি মিলিয়ে গেল, আর শূন্যতা ভরে উঠল আলোয়।

প্রহরীর কণ্ঠ আবার শোনা গেল—

—"তোমরা ঐক্যের সেতু পার হয়েছ। একা কেউ পারত না, একসঙ্গে তোমরা সব পারো।"

বিনি ডায়েরিতে লিখল—

"আজ আমরা বুঝলাম, একসঙ্গে থাকলে কোনো সেতুই ভঙ্গুর নয়। ঐক্যের শক্তিই আমাদের পথ।"

ঐক্যের সেতু অতিক্রম করার পর তারা এসে দাঁড়াল এক বিশাল বৃত্তাকার প্রান্তরে। মাটি ঝলমল করছিল ঘড়ির কাঁটার মতো খাঁজকাটা রেখায়, আর উপরে আকাশে ভাসছিল অসংখ্য বালিঘড়ি। প্রতিটি ঘড়ি থেকে ঝরে পড়ছিল আলোক-ধূলিকণা, যা মাটিতে পড়েই মুহূর্তের স্মৃতি তৈরি করছিল—কোথাও হাসি, কোথাও কান্না, কোথাও আবার ভয়ঙ্কর অন্ধকার।

প্রহরীদের কণ্ঠ আবার শোনা গেল—

—"এবার পরীক্ষা সময়ের। অতীত আর ভবিষ্যতের স্রোত তোমাদের টেনে নেবে। তোমাদের কাজ হবে একটিকে বেছে নেওয়া। হয়তো তোমরা অতীতে ফিরে গিয়ে হারানো জিনিস ফিরিয়ে নিতে পারো, অথবা ভবিষ্যতের ঝলক দেখে সামনে এগোতে পারো। কিন্তু মনে রেখো—যা বেছে নেবে, অন্যটি হারাবে।"

অদ্রিজা অবাক হয়ে ফিসফিস করল—

—"মানে... আমি যদি চাই, তবে মায়ের পুরোনো হারানো সময় ফিরিয়ে আনতে পারব?"

সায়ন কপালে ভাঁজ ফেলে বলল—

—"অথবা আমি ভবিষ্যতে গিয়ে দেখতে পারি, আমরা কোথায় পৌঁছব।"

মা চোখ ভিজে গেল। তিনি দেখলেন আলোর বালিঘড়িতে ভেসে উঠছে তাদের শৈশব—বাবা-মায়ের সঙ্গে আনন্দময় সময়, হারিয়ে যাওয়া দিনগুলো। তাঁর বুক ভেঙে আসছিল। বাবা দাঁত চেপে দেখলেন, এক ঘড়িতে তাঁর পুরোনো ব্যর্থতার মুহূর্ত। তিনি ফিসফিস করে বললেন—

—"যদি আমি সেটা বদলাতে পারতাম..."

বিনি সবার দিকে তাকিয়ে বলল—

—"কিন্তু মনে রেখো, প্রহরীরা বলেছিল—একটিকে বেছে নিতে হবে। হয় অতীত, নয় ভবিষ্যৎ। আমরা কি সত্যিই ভাগ হয়ে যেতে চাই?"

তারপর সে যন্ত্রহীন হাত আকাশের দিকে তুলে বলল—

—"সময় আমাদের নিয়ে খেলে। কিন্তু আমরা যদি বর্তমানকে না ধরি, তবে অতীত কিংবা ভবিষ্যৎ দুটোই মিথ্যে হয়ে যাবে।"

তার কথা শুনে মা ধীরে মাথা নেড়েছিলেন।

—"ঠিক বলেছ বিনি। অতীতকে ফিরিয়ে আনলে হয়তো আবার হারাবো। ভবিষ্যৎ দেখলে হয়তো সাহস হারাবো। আমাদের শক্তি এখনকার মধ্যে।"

সবাই হাত ধরে দাঁড়াল। তারা একসঙ্গে বলল—

—"আমরা বর্তমানকে বেছে নিলাম।"

মুহূর্তেই সব বালিঘড়ি ভেঙে গেল। আলোক-ধূলিকণা ঝরে এসে তাদের ঘিরে ফেলল। প্রান্তরের বৃত্ত ঝলমল করে খুলে গেল, আর ওপাশে দেখা দিল নতুন আলোকপথ।

প্রহরীরা বলল—

—"তোমরা সময়ের বৃত্ত জয় করেছ। মনে রেখো—যারা বর্তমানকে আঁকড়ে ধরে, তারাই সত্যিকারের ভবিষ্যৎ গড়ে।"

বিনি ডায়েরিতে লিখল—

"আজ আমরা সময়ের বৃত্তে দাঁড়িয়েছিলাম। অতীত ডাকছিল, ভবিষ্যৎ টানছিল, তবু আমরা বর্তমান বেছে নিলাম।
বুঝলাম—বর্তমানই আসল শক্তি।"

সময়-বৃত্তের প্রান্তর পেরিয়ে তারা এসে পৌঁছাল এক নির্জন মরুভূমিতে। চারপাশে শুধু ঝলসে ওঠা আলো আর উষ্ণ বাতাস। মাটি ফেটে গেছে, তীব্র গরমে শ্বাস নেওয়াই কঠিন। হঠাৎ বালির ঢেউ কেঁপে উঠল, আর একে একে ফুটে উঠল মরীচিকা—

প্রথমে বাবা দেখলেন—এক বিশাল প্রাসাদ, যেখানে তিনি সফল বিজ্ঞানী, শত শত মানুষ তাঁর সামনে করতালি দিচ্ছে।

মা দেখলেন—এক সুন্দর ঘর, পরিবারের সবাই সুখে শান্তিতে বসবাস করছে, কোনো ভয় নেই, কোনো দুঃখ নেই।

অদ্রিজা দেখল—একটা মঞ্চ, যেখানে সে আলোয় দাঁড়িয়ে, সবাই তাকে সাহসী নায়িকা বলে ডাকছে।

সায়ন দেখল—তার হাতে শক্তিশালী অস্ত্র, যেটা দিয়ে সে সব শত্রুকে হারাতে পারে, আর আর কখনো তাকে একা হতে হবে না।

আর বিনি দেখল—তার হাতে আবার সেই সংকেতরূপী যন্ত্র, কিন্তু এবার তা আরও পরিপূর্ণ, এতটাই শক্তিশালী যে পুরো পৃথিবী তাকে চিনছে, তার নাম উচ্চারণ করছে।

সবাই স্থির হয়ে মরীচিকার দিকে তাকাল। এগোতে গিয়েই হঠাৎ থেমে গেল।

প্রহরীদের কণ্ঠ আকাশে ভেসে এলো—

—"এবারের পরীক্ষা প্রলোভনের। মরীচিকা তোমাদের সবচেয়ে কাঙ্ক্ষিত স্বপ্ন দেখাচ্ছে। কিন্তু যদি তোমরা এগুলো ছুঁতে যাও, তোমরা হারিয়ে যাবে। বেছে নাও—বাস্তব না প্রলোভন।"

অদ্রিজা কেঁপে উঠল।

—"কিন্তু আমি তো সবসময় স্বপ্ন দেখতাম সাহসী হওয়ার..."

মা তার কাঁধে হাত রাখলেন—

—"না, মেয়ে। সাহস মঞ্চের করতালিতে নয়, একে অপরকে আঁকড়ে ধরায়।"

বাবা ধীরে ধীরে প্রাসাদের দিকে তাকিয়ে বললেন—

—"আমি সফলতার মরীচিকায় আটকে যেতে পারি না। সত্যিকারের সাফল্য হলো তোমাদের সঙ্গে হাঁটা।"

সায়নের চোখ ভিজে উঠল।

—"অস্ত্র থাকলেই শক্তি হয় না। তোমরা আছো বলেই আমি শক্তিশালী।"

সবশেষে বিনি নিজের মরীচিকার দিকে তাকিয়ে রইল। তার বুক কেঁপে উঠছিল।

—"এটা... এটাই তো আমি চাইতাম।"

সে থমকে গেল, তারপর ধীরে ধীরে চোখ বন্ধ করল।

—"কিন্তু যদি তোমাদের হারাই, তবে পৃথিবীর সমস্ত নাম, সমস্ত স্বীকৃতি আমার কাছে শূন্য।"

মুহূর্তেই সব মরীচিকা ভেঙে গেল। মরুভূমির গরম হাওয়া ঠান্ডা হয়ে এল, আর দূরে দেখা দিল উজ্জ্বল পথ।

প্রহরীদের কণ্ঠ আবার শোনা গেল—

—"তোমরা প্রলোভন জয় করেছ। মনে রেখো, সত্যিকারের শক্তি প্রলোভনে নয়, বরং প্রিয়জনকে আঁকড়ে ধরায়।"

বিনি ডায়েরিতে লিখল—

"আজ মরীচিকার প্রলোভন আমাদের ডাকছিল। আমরা চাইলে হারিয়ে যেতাম। কিন্তু আমরা বেছে নিয়েছি বাস্তব। প্রলোভন অস্থায়ী, ঐক্য চিরস্থায়ী।"

প্রলোভনের মরুভূমি মিলিয়ে যাওয়ার পর পরিবার দাঁড়িয়ে রইল এক প্রশস্ত শূন্যতার কিনারায়। চারপাশে ছিল না মাটি, না আকাশ—শুধু অসীম আলো ও অন্ধকারের ভেতর ঘূর্ণায়মান মহাজাগতিক স্রোত।

ঠিক তাদের সামনে ভেসে উঠল এক বিশাল আলোক-সেতু, যা দূরে কোথাও মিলিয়ে গেছে। সেতুটি একদিকে ঝলমল করছিল উজ্জ্বল আলোয়, আর অন্যদিকে অন্ধকারের ঘূর্ণি তাকে গ্রাস করতে চাইছিল।

প্রহরীদের কণ্ঠ আবার ভেসে এলো—

—"এটাই শেষ পরীক্ষা। এর নাম **'সিদ্ধান্তের সেতু'**। এতগুলো ধাপ পার হয়ে তোমরা বিশ্বাস, ত্যাগ, সাহস, ঐক্য, বর্তমান আর বাস্তবতা বেছে নিয়েছ। কিন্তু এখন আসল প্রশ্ন—এই

আলো কি সত্যিই তোমরা গ্রহণ করবে, নাকি পুরোনো পৃথিবীতে ফিরে যাবে?"

সায়ন কাঁপা গলায় জিজ্ঞেস করল—

—"মানে... আমরা চাইলে ফিরে যেতে পারব?"

প্রহরী উত্তর দিল—

—"হ্যাঁ। সেতুর এক প্রান্ত তোমাদের পুরোনো পৃথিবীতে নিয়ে যাবে। সেখানে আবার আগের মতো জীবন চলবে—শান্ত, নিরাপদ, পরিচিত। অন্য প্রান্ত তোমাদের নিয়ে যাবে নতুন জগতে, যেখানে আলোর নিয়মে জীবন গড়ে উঠবে। সেখানে ভয়, বিপদ, বিস্ময়—সব নতুনভাবে অপেক্ষা করছে। সিদ্ধান্ত তোমাদের।"

মা চোখ ভিজে ফিসফিস করলেন—

—"পুরোনো পৃথিবীতে ফিরতে পারলে হয়তো শান্তি পাবো। কিন্তু এতদূর আসার মানে তবে কী?"

বাবা দৃঢ় কণ্ঠে বললেন—

—"শান্তি যদি নিরাপদ দেয়াল হয়, তবে আলো হলো উন্মুক্ত আকাশ। আমি আকাশ বেছে নেব।"

অদ্রিজা ধীরে হাসল।

—"আমরা এত ভয়, এত কষ্ট পেরিয়েছি। আমি আর পালাতে চাই না। আমি আলো চাই।"

সায়ন দাঁত চেপে মাথা নেড়ে বলল—

—"আমি ভেবেছিলাম একাই বাঁচব। কিন্তু এখন জানি, একসঙ্গে বাঁচাটাই শক্তি। আমি নতুন পথ চাই।"

সবশেষে সবাই তাকাল বিনি'র দিকে। তার চোখে অশ্রু ঝিলমিল করছিল।

সে ধীরে বলল—

—"আমি একসময় নাম চেয়েছিলাম, স্বীকৃতি চেয়েছিলাম। কিন্তু আজ আমি শুধু চাই, আমরা যেন একসঙ্গে নতুন পৃথিবী লিখি। আমার সিদ্ধান্ত—আলো।"

সবাই হাত ধরল।

আলোক-সেতুটি কেঁপে উঠল, তারপর দীপ্ত হয়ে উঠল। পরিবার একসঙ্গে প্রথম পদক্ষেপ রাখল। প্রতিটি পদক্ষেপে সেতু আরও উজ্জ্বল হয়ে উঠতে লাগল, যতক্ষণ না তারা সেতুর শেষপ্রান্তে পৌঁছল।

সেতুর ওপারে দাঁড়িয়ে ছিল এক বিশাল আলোক-মহল, যেখানে আকাশে ঝলমল করছিল অসংখ্য নতুন নক্ষত্র। প্রহরীরা তাদের সামনে এসে নত হল।

—"তোমরা সব পরীক্ষা জয় করেছ। আজ থেকে তোমরাই এই প্রান্তরের নতুন পথিক। তোমাদের যাত্রা এখানেই শেষ নয়—এখানেই শুরু।"

বিনি ডায়েরি খুলে শেষ লাইন লিখল—

"আমরা আলো বেছে নিয়েছি। পুরোনো পৃথিবী ছেড়ে এসেছি, কিন্তু ভয় নেই। কারণ আলো মানেই শুরু, আলো মানেই সম্ভাবনা। আজ থেকে আমাদের নতুন প্রান্তর শুরু হলো।"

আকাশ একসঙ্গে ঝলসে উঠল, আর পরিবার পা বাড়াল নতুন পৃথিবীর দিকে—যেখানে প্রতিটি পদক্ষেপে অপেক্ষা করছে অজানা, আর প্রতিটি মুহূর্তে লেখা হবে নতুন ইতিহাস।

সিদ্ধান্তের সেতু পার হয়ে যখন তারা আলোর প্রাসাদের ভেতরে ঢুকল, মনে হলো চারপাশে যেন নতুন এক মহাবিশ্ব খুলে গেল।

আকাশে ঝুলছিল লক্ষ লক্ষ আলোক-গোলক, প্রতিটি যেন একেকটি হৃদস্পন্দন। প্রতিটি গোলক থেকে ভেসে আসছিল সুর, আর সেই সুরে মিশে ছিল অজানা আবেগ—আনন্দ, বেদনা, সাহস, আর আশার প্রতিধ্বনি।

মা বিস্ময়ে ফিসফিস করে বললেন—

—"এখানে যেন প্রতিটি আলো জীবন্ত... যেন প্রত্যেকটিই একটা গল্প।"

একজন প্রহরী তাদের সামনে এগিয়ে এলো। তার দেহে প্রবাহিত হচ্ছিল তরল আলোর মতো দীপ্তি।

সে বলল—

—"এটাই আলোর জন্মভূমি। প্রতিটি আলো হলো একেকটি আত্মার প্রতীক, যারা ভয়, ত্যাগ, আর সত্যকে বেছে নিয়ে এখানে পৌঁছেছে। এখন থেকে তোমরাও এর অংশ।"

বাবা মৃদুস্বরে জিজ্ঞেস করলেন—

—"মানে, আমরাও আলো হয়ে যাব?"

প্রহরী মাথা নেড়ে বলল—

—"না। তোমরা এখনও মানুষ। কিন্তু তোমাদের ভেতর এখন আলোর সত্তা জন্ম নিয়েছে। যতক্ষণ ঐক্য থাকবে, এই আলো জ্বলবে। হারালে আবার অন্ধকারে ডুবে যাবে।"

অদ্রিজা কৌতূহলী হয়ে চারপাশে তাকাল। হঠাৎ সে দেখল এক আলোক-গোলকের ভেতরে ভেসে উঠছে পরিচিত ছবি—

তাদের আগের যাত্রা, সিঁড়ি, ভয়, ত্যাগ, সেতু, মরীচিকা—সবকিছু যেন এ আলোতে জমা হয়ে গেছে।

সে বিস্ময়ে বলল—

—“মানে... আমাদের যাত্রাটাই এখন আলো হয়ে গেছে?”

প্রহরী হাসল।

—“হ্যাঁ। প্রতিটি পথিকের যাত্রা শেষ হয় এখানে এসে আলোর গল্পে মিশে গিয়ে। কিন্তু শেষ মানেই সমাপ্তি নয়—এটা আসলে নতুন সূচনা। তোমাদের গল্প অন্যদের পথ দেখাবে।”

সায়ন উত্তেজনায় হাত মুঠো করে বলল—

—“মানে, আমরা আর একা নই। আমাদের পরেও কেউ এই পথ আসবে, আর আমাদের আলো তাদের দেখাবে।”

প্রহরীরা একযোগে মাথা নত করল।

—“তোমরা ‘পরিবর্তনের বাহক’। তোমাদের আলো অন্ধকারের ভেতর পথ দেখাবে তাদের, যারা ভয় পেরোতে চাইবে।”

মা চোখ মুছে ফিসফিস করলেন—

—“তাহলে আমাদের কষ্ট বৃথা যায়নি।”

বিনি ডায়েরি খুলে লিখল—

“আজ আমরা পৌঁছালাম আলোর জন্মভূমিতে। এখানে প্রতিটি আলো একেকটি আত্মার গান। আমাদের যাত্রা এখানেই আলো হয়ে রইল, ভবিষ্যতের পথিকদের জন্য। আমরা মানুষ, কিন্তু আমাদের ভেতরে জন্ম নিয়েছে আলো।”

চারপাশের আলোক-গোলক হঠাৎ উজ্জ্বল হয়ে উঠল। প্রহরীরা হাত তুলে বলল—

—"তোমাদের পরীক্ষা শেষ। এখন তোমরাই আলো-যাত্রী। সামনের পথ অজানা, কিন্তু আলো এখন তোমাদের সঙ্গী।" পরিবার একে অপরের হাত শক্ত করে ধরল। তারা বুঝল—এই যাত্রা কেবল তাদের বাঁচিয়ে রাখা নয়, বরং পৃথিবীর অজানা অধ্যায়ে নতুন আলো জ্বালানোর সূচনা।

অধ্যায় ১১ – অজানা আহ্বান

আলোর জন্মভূমির দীপ্তি পেরিয়ে গেলে হঠাৎ চারপাশের দৃশ্য বদলে গেল। পরিবার দাঁড়িয়ে আছে এক উচ্চ ভূমির কিনারায়, আর তাদের চোখের সামনে খুলে গেল এক অদ্ভুত, স্বপ্নময় শহর।

শহরটি যেন তাদের পৃথিবীরই প্রতিরূপ, কিন্তু তবুও সম্পূর্ণ আলাদা। সোনালি নদী বইছে রুপালি সেতুর নিচ দিয়ে, আকাশচুম্বী অট্টালিকা ঝলমল করছে স্বচ্ছ আলোয়, আর প্রতিটি রাস্তায় আলোয় গড়া শিখা নাচছে।

মা বিস্ময়ে ফিসফিস করে বললেন—

—"এটা... এটা কি সত্যিই শহর? নাকি কোনো মরীচিকা?"

অদ্রিজা চোখ মেলে তাকিয়ে রইল।

—"না, মা। মরীচিকা নয়। এ শহর বেঁচে আছে। দেখো, আলো কেমন শ্বাস নিচ্ছে।"

সত্যিই তাই। প্রতিটি ভবন, প্রতিটি সেতু, প্রতিটি নদী যেন এক জীবন্ত সত্তার মতো উজ্জ্বল হচ্ছিল। বাতাসে শোনা যাচ্ছিল ক্ষীণ সুর, যেন শহর নিজেই গান গাইছে।

সায়ন থতমত খেয়ে বলল—

—"আমরা তো ভেবেছিলাম যাত্রা শেষ হয়ে গেছে। কিন্তু এ আবার কোথায় এলাম?"

বাবা গম্ভীর মুখে চারপাশ দেখে বললেন—

—"এটা হয়তো সেই আহ্বানের নগরী... যার ডাক আমরা শুনেছিলাম।"

ঠিক তখনই আকাশে ভেসে উঠল আলোকিত প্রতীক।

প্রহরীদের কণ্ঠ প্রতিধ্বনিত হলো—

—“স্বাগত আহ্বানের নগরীতে। এখানে তোমাদের যাত্রা শেষ নয়—বরং নতুন দায়িত্ব শুরু হয়েছে।”

বিনি ডায়েরি বের করে দ্রুত লিখল—

“আজ আমরা এমন এক শহর দেখলাম, যা আলো দিয়ে বোনা। এর প্রতিটি ইট, প্রতিটি সেতু জীবন্ত, যেন কোনো অজানা শক্তির হৃদস্পন্দন। হয়তো এখানেই আমাদের সত্যিকারের পরীক্ষা অপেক্ষা করছে।”

পরিবার একে অপরের দিকে তাকাল। এত ধাপ পেরোনোর পরও তাদের যাত্রা শেষ হয়নি—বরং আরও রহস্যময় পথে এগোতে হবে।

পরিবার ধীরে ধীরে ঢাল বেয়ে নেমে এলো। সামনে প্রসারিত শহরের দিকে এগোতেই তারা দেখতে পেল এক বিশাল প্রবেশদ্বার—

কিন্তু সেটা পাথরের নয়, ধাতুর নয়; সম্পূর্ণ স্বচ্ছ আলো দিয়ে গড়া।

দরজাটা যেন আকাশে ভাসছে, আর তার ওপর অদ্ভুত প্রতীক খোদাই করা। প্রতিটি প্রতীক জ্বলজ্বল করছে, যেন তাদের আগমনের অপেক্ষায়।

অদ্রিজা এগিয়ে গিয়ে হাত বাড়িয়ে দিল। প্রতীকগুলো হঠাৎ আলোকিত হয়ে উঠল, আর আকাশ থেকে ভেসে এলো গম্ভীর কণ্ঠ—

—"প্রবেশের আগে উত্তর দাও: কার ডাকে এসেছ, আর কেন?"

মুহূর্তে সবাই স্তব্ধ হয়ে গেল। সায়ন কপালে ভাঁজ ফেলে ফিসফিস করল—

—"কার ডাকে...? আমরা তো শুধু আলো আর প্রহরীদের অনুসরণ করেছি।"

বাবা এক মুহূর্ত ভাবলেন, তারপর দৃঢ় কণ্ঠে বললেন—

—"আমরা এসেছি একে অপরের ডাকে। ভয়ের, ত্যাগের, ঐক্যের, আর ভালোবাসার পরীক্ষায় আমরা একে অপরকে ডেকেছি। এই শহরে পা রাখছি আমরা পরিবার হিসেবে।"

দরজাটা কেঁপে উঠল, প্রতীকগুলো আরও উজ্জ্বল হয়ে জ্বলল।

মা চোখে জল নিয়ে বললেন—

—"আমরা কোনো বিজেতা নই। আমরা পথিক, যারা শুধু আলো খুঁজতে এসেছে।"

এবার দরজার আলোকস্তম্ভ নরম হয়ে খুলে গেল। ভেতর থেকে ভেসে এলো মৃদু সুর, যেন অদৃশ্য বাঁশির ডাক।

বিনি ডায়েরি খুলে লিখল—

"আলোর নগরীর দরজা আমাদের জিজ্ঞেস করল—কার ডাকে আমরা এসেছি? আজ বুঝলাম, কোনো এক অদৃশ্য শক্তির নয়, আমরা একে অপরের ডাকে এখানে পৌঁছেছি। পরিবারই আমাদের সত্যিকারের দিশারি।"

তারা ধীরে ধীরে প্রবেশ করল আলোর নগরীতে, আর চারপাশে বিস্ময়কর দৃশ্য একের পর এক উন্মোচিত হতে লাগল।

আলোর দরজা পেরোতেই পরিবার যেন অন্য এক বাস্তবে প্রবেশ করল।

চারদিকে বিস্তৃত অসংখ্য রাস্তা—কিন্তু সেগুলো সাধারণ রাস্তা নয়। প্রতিটি রাস্তা নিজেই যেন জীবন্ত, আলোকিত নদীর মতো প্রবাহিত।

মাটি ছিল স্বচ্ছ স্ফটিকের মতো, যার ভেতর দিয়ে আলোর স্রোত বয়ে চলেছে। প্রতিটি পদক্ষেপে তাদের পায়ের নিচে তরঙ্গ তৈরি হচ্ছিল, যেন শহর তাদের আগমন উপলক্ষ করে সাড়া দিচ্ছে।

অদ্রিজা বিস্ময়ে ফিসফিস করে বলল—

—"রাস্তা যেন আমাদের সাথে কথা বলছে...!"

মুহূর্তেই এক রাস্তার দেয়াল থেকে আলোর ঝর্ণার মতো ছিটকে উঠল অগণিত প্রতীক। তারা আকাশে ভেসে মিলিয়ে গেল, আর সুরের মতো শব্দ তৈরি করল।

সায়ন সাবধানে হাত বাড়িয়ে ছুঁতেই প্রতীকগুলো তার আঙুলের চারপাশে ঘুরতে লাগল। হঠাৎ সে শুনতে পেল মৃদু কণ্ঠ—

—"স্বাগতম, পথিক।"

সে চমকে হাত সরিয়ে নিল।

—"এটা কি... শহর নিজেই কথা বলল?"

বাবা গম্ভীর দৃষ্টিতে চারপাশ দেখলেন।

—"হ্যাঁ। এই শহর শুধু স্থাপত্য নয়। এ শহর বেঁচে আছে। এখানে প্রতিটি পথ, প্রতিটি আলো আমাদের সাথে কথা বলছে।"

রাস্তার দুই পাশে অসংখ্য স্থাপনা দাঁড়িয়ে ছিল। ঘরবাড়ি নয়, বরং আলোর স্তম্ভ আর গম্বুজ, যেগুলো সঙ্গীতের তালে নিঃশ্বাস নিচ্ছিল। জানালার বদলে সেখানে ছিল জ্বলজ্বলে ছায়াপর্দা, যেখানে অদ্ভুত দৃশ্য ভেসে উঠছিল—কারও হাসি, কারও স্মৃতি, কারও গান।

মা নিঃশ্বাস বন্ধ করে বললেন—

—"এ যেন এক স্বপ্নের নগরী। এখানে সময় আর বাস্তবের সীমানা নেই।"

বিনি নিজের ডায়েরি খুলে লিখল—

"আজ আমরা প্রথমবার এমন রাস্তায় হাঁটলাম, যা কেবল পথ নয়, এক জীবন্ত সত্তা। এখানে প্রতিটি পদক্ষেপে শহর আমাদের চিনে নিচ্ছে। মনে হচ্ছে, নগরী আমাদের হৃদয়ের কথা শুনছে।"

ঠিক তখনই হঠাৎ রাস্তাগুলো একসঙ্গে কম্পিত হলো। চারপাশের আলো গাঢ় হয়ে গেল, আর দূরে ভেসে উঠল এক বিশাল আলোক-চক্র, যা শহরের কেন্দ্রের দিকে ইঙ্গিত করছিল।

বাবা দৃঢ় কণ্ঠে বললেন—

—"ওখানেই আমাদের গন্তব্য। শহর নিজেই আমাদের পথ দেখাচ্ছে।"

পরিবার একে অপরের হাত ধরে আলোর রাস্তায় এগিয়ে গেল, শহরের হৃদয়ের দিকে।

শহরের আলোর প্রবাহ ধরে এগোতেই তারা পৌঁছাল এক বিশাল প্রাঙ্গণে। চারপাশে গম্বুজের মতো স্থাপনা, যার প্রতিটি

শীর্ষ থেকে আলো নিরন্তর আকাশে ছুটে যাচ্ছে। সেই আলো একত্র হয়ে তৈরি করছিল ঝলমলে মুকুট, যেন পুরো শহরকে সুরক্ষার আচ্ছাদনে রেখেছে।

হঠাৎ প্রাঙ্গণের মাঝখান থেকে ভেসে উঠল অসংখ্য আলোককণা। সেগুলো একত্র হয়ে ধীরে ধীরে আকার নিতে লাগল। তাদের সামনে দাঁড়িয়ে গেল একদল সত্তা—মানুষের মতো, কিন্তু শরীর পুরোপুরি আলো দিয়ে গড়া। তাদের চোখে ছিল নক্ষত্রের দীপ্তি, আর কণ্ঠ যেন সঙ্গীতের সুর।

একজন এগিয়ে এসে বলল—

—"স্বাগতম, পথিকেরা। তোমরা আমাদের নগরীর হৃদয়ে প্রবেশ করেছ। আমরা আলোকবাসী—আলোর সন্তান।"

অদ্রিজা বিস্ময়ে হাঁ করে তাকাল।

—"তোমরা... আমাদের মতো দেখতে, তবুও ভিন্ন।"

অন্য এক আলোকবাসী মৃদু হেসে উত্তর দিল—

—"আমরা একসময় তোমাদের মতোই ছিলাম। কিন্তু আলোকে বেছে নেওয়ার পর আমরা দেহ ছাড়িয়ে সত্তায় পরিণত হয়েছি। এখন আমরা আলোতে বাস করি, আলোতে কথা বলি।"

সায়ন সতর্ক গলায় বলল—

—"তাহলে তোমরা কি প্রহরীদের মতো? আমাদের পরীক্ষা নেবে?"

প্রথম আলোকবাসী মাথা নেড়ে বলল—

—"না। আমরা প্রহরী নই। আমরা সাক্ষী। তোমাদের যাত্রার প্রতিটি পদক্ষেপ আমরা দেখেছি। তোমরা ভয় জয় করেছ,

ঐক্য শিখেছ, প্রলোভন ত্যাগ করেছ। এ শহরে তোমাদের প্রবেশাধিকার সেই কারণেই।”

মা কণ্ঠ নরম করে বললেন—

—“তাহলে কি এখানে আমরা নিরাপদ?”

আলোকবাসীরা একসঙ্গে উত্তর দিল—

—“নিরাপদ... যতক্ষণ না তোমরা নিজের হৃদয়কে প্রতারণা করো। এই শহর মিথ্যা সহ্য করে না।”

বাবা গম্ভীরভাবে জিজ্ঞেস করলেন—

—“তোমাদের উদ্দেশ্য কী? আমাদের এখানে ডেকে আনার মানে কী?”

তখনই প্রাঙ্গণের আলো গাঢ় হয়ে উঠল। আলোকবাসীরা হাত তুলল, আর হাওয়ায় ঝলসে উঠল এক বিশাল প্রতীক—একটি চক্র, যার ভেতর অনন্ত সিঁড়ি আঁকা।

প্রধান আলোকবাসী বলল—

—“তোমরা সিঁড়ি পার হয়ে এসেছ। কিন্তু সিঁড়ি শেষ হয়নি। এটি কেবল আরেক দিকের সূচনা। তোমাদের যাত্রা শেষ হবে তখনই, যখন তোমরা বুঝবে কেন এই পথ তোমাদের বেছে নিয়েছে।”

বিনি নিঃশ্বাস আটকে ডায়েরিতে লিখল—

“আজ আমরা আলোকবাসীদের দেখলাম। তারা প্রহরী নয়, সাক্ষী। তাদের চোখে যেন আমাদের ভেতরের প্রতিচ্ছবি। তারা বলল, যাত্রা এখনো শেষ হয়নি। আমার মনে হচ্ছে, আসল রহস্য লুকিয়ে আছে এই নগরীর হৃদয়ে।”

প্রাঙ্গণের আলো থেমে গেল। দূরে আবার পথ খুলে গেল—এবার আরও উজ্জ্বল, আরও অজানা।

আলোকবাসীদের সঙ্গে কথা শেষ করে তারা এগোল সেই উজ্জ্বল পথ ধরে। ধীরে ধীরে পথ বিস্তৃত হয়ে এল, আর তাদের সামনে খুলে গেল এক অপূর্ব দৃশ্য।

এক বিশাল বৃত্তাকার চত্বর, মাঝখানে উঁচুতে ঝুলছে এক আলোক-গোলক। গোলকটা দেখতে অনেকটা সূর্যের মতো, কিন্তু আগুন নয়—তার ভেতরে অসংখ্য স্মৃতি, স্বপ্ন আর কণ্ঠস্বর জ্বলজ্বল করছিল। গোলক থেকে নিরন্তর আলোর প্রবাহ ছুটে আসছিল নিচের মাটিতে, আর সেই আলো থেকেই শহরের স্থাপনা, পথ, বাগান সবকিছু গড়ে উঠেছিল।

অদ্রিজা শ্বাসরুদ্ধ হয়ে ফিসফিস করল—

—"এটা যেন... পুরো শহরের প্রাণ।"

মা চোখ মুছে বললেন—

—"হ্যাঁ। আলোর হৃদয়।"

আলোকবাসীদের একজন এগিয়ে এসে তাদের ব্যাখ্যা দিল—

—"এটাই আলোকনগরীর হৃদয়। এর ভেতর সংরক্ষিত আছে প্রতিটি পথিকের যাত্রা, প্রতিটি ত্যাগ আর প্রতিটি সত্য। এই আলো ছাড়া শহর অস্তিত্ব হারাবে।"

সায়ন বিস্ময়ে বলল—

—"মানে, আমাদের পরীক্ষার মুহূর্তগুলোও এখানে আছে?"

প্রহরী-মতো আলোকবাসী মাথা নেড়ে বলল—

—"হ্যাঁ। তোমাদের ভয়, সাহস, ঐক্য, প্রলোভন জয়—সবই এখানে প্রতিধ্বনিত হচ্ছে। আলো কখনো ভুলে যায় না।"

বাবা গভীরভাবে গোলকের দিকে তাকালেন।

—“কিন্তু আমাদের এখানে আনা হলো কেন? আলো কি শুধু সাক্ষী থাকবে, নাকি আমাদের কোনো কাজ আছে?”

গোলকটা হঠাৎ কেঁপে উঠল। ভেতর থেকে আলোর ঢেউ বেরিয়ে এসে পরিবারকে ছুঁয়ে গেল। প্রত্যেকের চোখের সামনে ভেসে উঠল ভিন্ন ভিন্ন দৃশ্য—

- মায়ের সামনে ভেসে উঠল এক ভাঙা পরিবার, আবার মিলিয়ে যাওয়া আশার ছবি।
- বাবার সামনে ফুটে উঠল অসমাপ্ত স্বপ্নগুলো।
- অদ্রিজার সামনে ঝলসে উঠল এক অন্তহীন যুদ্ধক্ষেত্র, যেখানে সাহস পরীক্ষা দেওয়া হচ্ছে।
- সায়নের সামনে দেখা দিল এক শহর, যেখানে একাকীত্ব তাকে বন্দি করেছে।
- আর বিনির সামনে ফুটে উঠল আবার সেই যন্ত্র—কিন্তু এবার যন্ত্রটা হৃদয়ের মতো স্পন্দিত হচ্ছিল।

আলোকবাসীদের কণ্ঠ প্রতিধ্বনিত হলো—

—“হৃদয় কেবল আলো রাখে না। এটি পথিককে তার নিয়তির মুখোমুখি দাঁড় করায়। তোমরা যদি সত্যিই এই নগরীর উত্তরাধিকার পাও, তবে তোমাদের নিজেদের ভেতরের আলোকে জাগাতে হবে।”

বিনি কাঁপা হাতে ডায়েরি খুলে লিখল—

“আজ আমরা আলোকনগরীর হৃদয়ের সামনে দাঁড়ালাম। মনে হলো এই গোলক আমাদের ভেতরটাই প্রতিফলিত করছে। যদি সত্যিই এটাই শহরের প্রাণ, তবে আমাদের নিজের

প্রাণও এখানে বাঁধা পড়ছে। আমি বুঝতে পারছি—আসল যাত্রা এখানেই শুরু।"

চত্বরটা আরও দীপ্ত হয়ে উঠল। আরেকটি দরজা ধীরে ধীরে গড়ে উঠতে লাগল—আলোর হৃদয়ের ভেতরে প্রবেশের পথ। আলোক-হৃদয়ের দরজা পুরোপুরি খুলে গেল। ভেতর থেকে আসছিল নরম আলো, কিন্তু সেই আলোর ভেতরে লুকিয়ে ছিল এক অদ্ভুত টান—যেন প্রত্যেককে আলাদা করে নিজের ভেতরে টেনে নিতে চাইছে।

বাবা গম্ভীর কণ্ঠে বললেন—

—"সাবধান। এবার হয়তো আমাদের একসঙ্গে থাকতে দেওয়া হবে না।"

ঠিক তখনই আলো ঝলসে উঠল। এক মুহূর্তে সবাই আলাদা হয়ে গেল। প্রত্যেকে নিজেকে খুঁজে পেল এক অদ্ভুত জায়গায়—কোনো পথ নেই, কোনো মানুষ নেই, শুধু অনন্ত আলো আর নিজের প্রতিচ্ছবি।

মায়ের পরীক্ষা

তিনি দেখলেন—একটা নিঃসঙ্গ ঘর, যেখানে পরিবারের কেউ নেই। কণ্ঠ ভেসে এলো—

—"তুমি কি পরিবার ছাড়া বাঁচতে পারবে? তুমি কি তোমার শক্তি নিজের ভেতরে খুঁজে পাবে?"

মায়ের চোখে জল এল। তিনি ধীরে বললেন—

—"হ্যাঁ, আমি পরিবার ছাড়া কিছুই নই। কিন্তু যদি আলো সত্যি হয়, তবে তারা আমার ভেতরেই আছে। আমি তাদের

মনে রেখে বাঁচব।"
ঘর ভেঙে আলো হয়ে গেল।

বাবার পরীক্ষা

তিনি দাঁড়িয়ে আছেন এক বিশাল গ্রন্থাগারে। তাক ভর্তি পুরোনো স্বপ্ন, অপূর্ণ কাজ, ব্যর্থ পরিকল্পনা। কণ্ঠ বলল—
—"তুমি কি ব্যর্থতাকে মেনে নিতে পারবে? নাকি সবসময় সংশোধনের খাঁচায় বন্দি থাকবে?"
বাবা গভীর নিঃশ্বাস নিলেন।
—"ব্যর্থতা আমার পথের অংশ। ওরা ছাড়া আমি শিখতে পারতাম না। আমি ব্যর্থতাকেও আপন করব।"
গ্রন্থাগার আলো হয়ে মিলিয়ে গেল।

অদ্রিজার পরীক্ষা

সে দেখল—অসীম যুদ্ধক্ষেত্র, আগুনের মধ্যে মানুষ লড়ছে। সবাই তার নাম নিচ্ছে, তাকে নায়িকা বানাচ্ছে। কিন্তু এক মুহূর্তেই দৃশ্যটা বদলে গেল—সে পড়ে আছে ভাঙা হৃদয়ে, কেউ তাকে মনে রাখছে না। কণ্ঠ বলল—
—"তুমি কি নায়িকা না হয়েও বাঁচতে পারবে?"
অদ্রিজা দাঁত চেপে বলল—
—"নায়িকা হতে হবে না। আমি শুধু চাই সাহসী মানুষ হতে, নিজের ভয়কে জয় করতে। নাম চাই না।"
যুদ্ধক্ষেত্র আলো হয়ে গেল।

সায়নের পরীক্ষা

অনন্তের টানে

সে দাঁড়িয়ে আছে এক শূন্য নগরে। হাজার মানুষ তাকে ঘিরে আছে, কিন্তু কেউ তার চোখে তাকাচ্ছে না। সে চিৎকার করছে, কেউ শুনছে না। কণ্ঠ বলল—

—"তুমি কি একাকীত্ব সহ্য করতে পারবে?"

সায়নের চোখে জল এল। সে মাটিতে বসে ফিসফিস করে বলল—

—"হয়তো একাকীত্ব ভয়ঙ্কর। কিন্তু আজ আমি জানি, আমি একা নই। আমার পরিবার আমার সঙ্গে আছে।"

নগর ভেঙে আলো হয়ে গেল।

বিনির পরীক্ষা

সে দাঁড়িয়ে আছে এক বিশাল ল্যাবরেটরিতে। তার সামনে সংকেতরূপী যন্ত্রের নিখুঁত রূপ ঝলমল করছে। সবাই তার নাম নিচ্ছে, হাততালি দিচ্ছে। কণ্ঠ বলল—

—"তুমি কি নিজের স্বপ্ন ছেড়ে দিতে পারবে? তুমি কি চাও ব্যক্তিগত গৌরব, নাকি সম্মিলিত যাত্রা?"

বিনির বুক কেঁপে উঠল। সে ধীরে যন্ত্রটা স্পর্শ করল, তারপর চোখ বন্ধ করে বলল—

—"আমি চাই না একা নায়ক হতে। আমি চাই আমরা সবাই মিলে আলোয় পৌঁছাই।"

ল্যাব ভেঙে আলো হয়ে গেল।

একসঙ্গে সবাই আবার চত্বরে ফিরে এল। তাদের শরীর কাঁপছিল, কিন্তু চোখ দীপ্ত হচ্ছিল। আলোক-হৃদয় ঝলমল করে উঠল, যেন তাদের সত্য গ্রহণ করেছে।

আলোকবাসীরা বলল—
—"তোমরা হৃদয়ের পরীক্ষা জয় করেছ। নিজেদের মুখোমুখি দাঁড়াতে পারলেই আলো পথ দেখায়।"
বিনি ডায়েরিতে লিখল—
"আজ আমরা প্রত্যেকে নিজের ভেতরের সত্যের মুখোমুখি দাঁড়ালাম। বুঝলাম, আমাদের আসল যাত্রা বাইরের নয়—ভেতরের। হৃদয় জয় করাই সবচেয়ে বড় পরীক্ষা।"
হৃদয়ের পরীক্ষা শেষ হতেই চারপাশের আলো আরও উজ্জ্বল হয়ে উঠল। আলোক-হৃদয়ের প্রবাহ যেন নদীর মতো ছড়িয়ে এসে পরিবারকে ঘিরে ধরল। আলোকবাসীরা এগিয়ে এলো, প্রত্যেকের চোখে প্রশান্ত দীপ্তি।
প্রধান আলোকবাসী বলল—
—"তোমরা নিজেদের জয় করেছ। এখন তোমাদের হাতে থাকবে আলোর দান—যা তোমাদের পথের অন্ধকার সরাতে সাহায্য করবে। মনে রেখো, এই শক্তি কেবল নিঃস্বার্থ হৃদয়ে কাজ করবে।"

মায়ের দান

একজন আলোকবাসী মায়ের দিকে হাত বাড়াল। তার হাতে ফুটে উঠল কোমল নীল আলোকপদ্ম।
—"তোমার শক্তি হলো সান্ত্বনা। তুমি যার পাশে দাঁড়াবে, তার ভেতরের ভয় শান্ত হয়ে যাবে।"

বাবার দান

আরেকজন বাবার সামনে ঝলসে উঠল এক সোনালি দণ্ড, তাতে খোদাই করা অসংখ্য প্রতীক।

—"তোমার শক্তি হলো দৃঢ়তা। তুমি যেকোনো ভাঙা পথকে আবার গড়ে তুলতে পারবে।"

অদ্রিজার দান

তার হাতে এসে পড়ল এক জ্বলজ্বলে তলোয়ার, কিন্তু সেটি ধাতুর নয়—পুরোপুরি আলো দিয়ে গড়া।

—"তোমার শক্তি হলো সাহস। যখন অন্যরা ভীত হবে, তুমি তাদের অন্ধকার ভেদ করার পথ দেখাবে।"

সায়নের দান

তার সামনে ভেসে উঠল স্বচ্ছ কণ্ঠস্বরের মতো এক স্ফটিক। সেটি হাতে নিতেই তার গলা দীপ্ত হলো।

—"তোমার শক্তি হলো সংযোগ। তোমার কণ্ঠে অন্যরা একে অপরের হৃদয় শুনতে পাবে।"

বিনির দান

শেষে, প্রধান আলোকবাসী বিনির দিকে তাকাল। হাওয়ায় ঝলসে উঠল এক ছোট্ট আলোক-যন্ত্র, যেটি বিনির আগের আবিষ্কারের মতো হলেও অনেক বেশি জীবন্ত।

—"তুমি সৃষ্টি করেছ পথের চাবি। এখন তুমি সেই যন্ত্রের রূপ পাবে, যা আলো আর মানবহৃদয়ের মধ্যে সেতু। তোমার শক্তি হলো সৃষ্টির আহ্বান।"

বিনি বিস্ময়ে ফিসফিস করে বলল—

—"মানে... আমার যন্ত্র শুধু যন্ত্র নয়, এটা আলো আর মানুষের

মধ্যে যোগসূত্র?"

আলোকবাসী মাথা নেড়ে উত্তর দিল—

—"হ্যাঁ। আর তুমি তার রক্ষক।"

চারপাশে একসঙ্গে প্রতিধ্বনি হলো—

—"মনে রেখো, আলোর দান কখনো অস্ত্র নয়, বরং দায়িত্ব। এটাকে ব্যবহার করো অন্যকে পথ দেখাতে, নিজেকে উঁচুতে তুলতে নয়।"

মা চোখ ভিজে অবস্থায় ফিসফিস করে বললেন—

—"আমাদের এত শক্তি দিলে কেন?"

প্রধান আলোকবাসী মৃদু হাসল—

—"কারণ সামনের অন্ধকার আরও গভীর। তোমাদের ছাড়া এই নগরী বাঁচবে না।"

বিনি ডায়েরিতে লিখল—

"আজ আমরা প্রত্যেকে একেকটি দান পেলাম। এগুলো শক্তি নয়, বরং দায়িত্ব। আমার মনে হচ্ছে—আলোকনগরীর যাত্রা এখনই আসল চূড়ান্ত পরীক্ষার দিকে এগোচ্ছে।"

আলোকবাসীদের দান হাতে নিয়েই পরিবার কিছুটা স্বস্তির নিশ্বাস ফেলল। চারপাশের আলোকপ্রান্তর যেন শান্ত হয়ে গিয়েছিল, কিন্তু সেই শান্তি বেশিক্ষণ টিকল না। হঠাৎ আকাশে ছড়িয়ে থাকা রঙিন আলো কালচে হতে শুরু করল, যেন কেউ ধীরে ধীরে আলো নিভিয়ে দিচ্ছে।

অদ্রিজা আঁতকে উঠল—

—"এটা কী হচ্ছে?"

সায়ন মুঠি শক্ত করে চারপাশে তাকাল।

—"মনে হচ্ছে... কেউ আমাদের নজরে রেখেছে।"

প্রধান আলোকবাসী ভ্রূকুটি করল। তার কণ্ঠে ভারী প্রতিধ্বনি—

—"সে এসে গেছে।"

বাবা গম্ভীর স্বরে জিজ্ঞেস করলেন—

—"সে মানে কে?"

উত্তর আসার আগেই দূরে আলোর নদী ফেটে গিয়ে ভেসে উঠল এক কালো ছায়া। ছায়ার ভেতর কোনো রূপ নেই—শুধু ঘূর্ণায়মান অন্ধকার, কিন্তু তার চোখে দুটো জ্বলজ্বলে আগুনের মতো বিন্দু।

মা কেঁপে উঠে ফিসফিস করলেন—

—"এটা তো জীবন্ত অন্ধকার...!"

ছায়া গম্ভীর কণ্ঠে উচ্চারণ করল—

—"তোমরা ভেবেছ আলোই সবকিছু? না। আলো যত জন্মায়, আমি ততই বাড়ি। তোমাদের প্রতিটি ভয়, প্রতিটি দুর্বলতা আমাকে শক্তি জোগায়।"

অদ্রিজা সাহস করে তলোয়ার তুলে ধরল।

—"আমরা ভয় পাই, কিন্তু ভয় মানেই হার নয়!"

ছায়া হেসে উঠল। হাসিটা ছিল শূন্যতার মতো শীতল—

—"তাহলে দেখা হবে। এখনও সময় আছে। ফিরে যাও, না হলে তোমাদের আলো নিজের ছায়াতেই ডুবে যাবে।"

এরপর ছায়া ধীরে ধীরে মিলিয়ে গেল, কিন্তু বাতাস ভারী হয়ে রইল। চারপাশে রঙিন আলো ফিরলেও তাতে এক অদ্ভুত শীতলতা থেকে গেল।

প্রধান আলোকবাসী বলল—

—"ওটা ছায়ার দূত। অন্ধকার নগরীর রক্ষক। তোমরা যেদিকে যাচ্ছ, সেখানেই ওর সাম্রাজ্য।"

বাবা দীর্ঘশ্বাস ফেলে বললেন—

—"মানে আমাদের আসল লড়াই এখনও শুরুই হয়নি..."

বিনি ডায়েরি বের করে লিখল—

"আজ প্রথমবার ছায়ার দূতের মুখ দেখলাম। তার চোখে আগুনের মতো শূন্যতা। মনে হচ্ছে, আমরা যত এগোবো, ততই অন্ধকার আমাদের পিছু নেবে। কিন্তু এখন আর ফেরার পথ নেই।"

ছায়ার দূত মিলিয়ে যাওয়ার পর পরিবার একে অপরের দিকে তাকিয়ে কিছুক্ষণ স্তব্ধ হয়ে রইল। চারপাশের আলো যদিও ধীরে ধীরে স্বাভাবিক হয়ে উঠছিল, তবুও মনে হচ্ছিল, যেন অদৃশ্য কোনো শীতলতা তাদের ভেতরে ঢুকে বসে গেছে।

প্রধান আলোকবাসী ধীরে ধীরে এগিয়ে এলো। তার চোখে গভীর আভা, যেন হাজার বছরের স্মৃতি সেখানে বন্দি। সে গম্ভীর কণ্ঠে বলল—

—"তোমরা ছায়াকে দেখেছ। এটা কেবল শুরু। সামনে অপেক্ষা করছে অন্ধকার নগরী—যেখানে আলো প্রবেশ করলেই শ্বাসরুদ্ধ হয়ে পড়ে। কিন্তু তোমাদের সেখানে যেতেই হবে।"

মা কাঁপা গলায় জিজ্ঞেস করলেন—

—"কেন? কেন আমাদেরই যেতে হবে? অন্য কেউ নয়?"

আলোকবাসী এক মুহূর্ত নীরব রইল, তারপর আকাশের দিকে হাত তুলল। মুহূর্তেই উপরের তারাগুলো জ্বলজ্বল করে উঠল, আর তাদের মধ্যে ফুটে উঠল এক অদ্ভুত দৃশ্য—

এক বিশাল নগরী, কালো দেয়ালে ঘেরা, তার ওপরে ঘূর্ণায়মান অন্ধকারের চক্র। আর সেই চক্রের মাঝে আবদ্ধ একটি আলোক-শিখা, যেটি মরিয়া হয়ে মুক্ত হওয়ার চেষ্টা করছে।

সায়ন বিস্ময়ে ফিসফিস করে বলল—

—"ওটা কি... আমাদের সংকেত?"

আলোকবাসী মাথা নেড়ে বলল—

—"হ্যাঁ। সেই আলোকশিখা হলো ভারসাম্যের মূল। যদি সেটা নিভে যায়, তবে আলো-অন্ধকারের দ্বন্দ্ব শেষ হয়ে যাবে—অন্ধকার চিরস্থায়ী হবে। আর যদি তোমরা সেটাকে মুক্ত করো, তবে এক নতুন যুগের সূচনা হবে।"

অদ্রিজা কণ্ঠে দৃঢ়তা এনে বলল—

—"তাহলে আমাদের কাজ স্পষ্ট। আমরা শিখাকে মুক্ত করব।"

প্রধান আলোকবাসী হালকা হাসল।

—"কথায় সহজ শোনায়। কিন্তু মনে রেখো—নগরীতে প্রবেশ করলে তোমাদের প্রত্যেককে নিজের ভেতরের শেষ দুর্বলতার মুখোমুখি হতে হবে। ছায়া কেবল বাইরের নয়, ভেতর থেকেও তোমাদের আক্রমণ করবে।"

বাবা গম্ভীর কণ্ঠে বললেন—

—"তাহলে আমাদের প্রস্তুত থাকতে হবে।"

আলোকবাসী মাথা নত করল।

—"আমি তোমাদের আশীর্বাদ দিচ্ছি। আলো হয়তো তোমাদের পথ দেখাবে, কিন্তু শেষ সিদ্ধান্ত সবসময় তোমাদের হাতেই থাকবে।"

বিনি ডায়েরি খুলে লিখল—

"আজ আমরা ভবিষ্যদ্বাণী শুনলাম। সামনে অন্ধকার নগরী। সেখানে বন্দি আছে আলোর শিখা, যাকে মুক্ত করতে পারলে নতুন যুগ আসবে। কিন্তু হারালে সব আলো চিরতরে নিভে যাবে। ভয় হচ্ছে, তবুও মনে হচ্ছে আমাদের নিয়তি সেদিকেই ডাকছে।"

আলোকবাসীদের ভবিষ্যদ্বাণী শোনার পর পরিবার একে অপরের দিকে তাকাল। চারপাশের প্রান্তরে হালকা আলো ঝলমল করছিল, কিন্তু সেই আভায়ও তারা এক অদৃশ্য ভয়ের স্পর্শ টের পাচ্ছিল। যেন বাতাসেই ছায়ার গন্ধ মিশে আছে। প্রধান আলোকবাসী হাত উঁচু করতেই মাটিতে আলোর পথ জেগে উঠল—এক সরু রেখা, যা দূরে অদৃশ্য দিগন্ত পর্যন্ত ছুটে গেছে। পথের ওপরে ভেসে উঠল ঝলসানো প্রতীক—**"অন্ধকার নগরী"**।

মা গভীর শ্বাস নিয়ে ফিসফিস করলেন—

—"তাহলে এটাই আমাদের শেষ যাত্রা।"

বাবা দৃঢ় কণ্ঠে বললেন—

—"শেষ নয়। এটাই হয়তো আসল শুরু।"

সায়ন ভ্রু কুঁচকে পথের দিকে তাকাল।

—"কিন্তু ওই রেখার ওপাশে আলো নেই। ওখানে যেন এক অচেনা শূন্যতা ডাকছে।"

অদ্রিজা ধীরে হাসল, যদিও তার চোখে ভয় স্পষ্ট।

—"ভয় থাকলেই তো সাহসের প্রমাণ দেওয়া যায়।"

প্রধান আলোকবাসী এগিয়ে এসে তাদের প্রত্যেকের কাঁধে আলোর ছোঁয়া দিল। সঙ্গে সঙ্গে শরীর হালকা হয়ে গেল, যেন শক্তির এক অদৃশ্য ঢেউ ভেতরে ঢুকে গেল।

—"এই আশীর্বাদ তোমাদের কিছুক্ষণ রক্ষা করবে। কিন্তু মনে রেখো—নগরীতে প্রবেশ করলে কোনো রক্ষাকবচ থাকবে না। তখন শুধু তোমাদের ঐক্যই পথ খুলবে।"

বিনি ডায়েরি বুকের কাছে চেপে ধরল। তার হাত কাঁপছিল, তবু কণ্ঠে অদ্ভুত দৃঢ়তা।

—"আমরা আসবোই। যত অন্ধকারই থাকুক, আমরা আলো ফিরিয়ে আনব।"

আলোকবাসীরা নীরবে মাথা নত করল। হঠাৎ আকাশের তারাগুলো জ্বলে উঠল, তারপর নিভে গেল একে একে—যেন অন্ধকারের আগমন ঘোষণা করছে। চারপাশে বাতাস ঠান্ডা হয়ে উঠল।

তারা ধীরে ধীরে আলোর রেখার ওপর দিয়ে হাঁটা শুরু করল। প্রতিটি পদক্ষেপের সঙ্গে আলো ম্লান হয়ে আসছিল, পেছনে শুরু হচ্ছিল কেবল ঘন ছায়া।

মা হঠাৎ পিছনে তাকিয়ে ফিসফিস করে বললেন—

—"দেখো... প্রান্তর আর নেই। কেবল অন্ধকার ঘিরে ফেলছে।"

বাবা তার হাত চেপে ধরলেন।

—"ফিরে যাওয়ার পথ নেই। শুধু সামনে এগোতে হবে।"

অবশেষে আলো-রেখার শেষ প্রান্তে এসে তারা থামল। সামনে দাঁড়িয়ে আছে বিশাল কালো প্রাচীর—মেঘের মতো চলমান, তবুও দৃঢ়। তার ওপরে ভেসে আছে ভাঙা টাওয়ার, যেগুলো থেকে নিরন্তর অন্ধকার ঝরে পড়ছে।

সায়ন নিঃশ্বাস আটকে ফিসফিস করল—

—"ওটাই... অন্ধকার নগরী।"

অদ্রিজা এক ধাপ এগিয়ে এসে হাত তুলল। তার চোখে ভয় আর আগুন দুটোই।

—"যাই থাকুক, এবার আমাদের লড়াই ওখানেই।"

বিনি ডায়েরি খুলে লিখল—

"আজ আমরা আলোকবাসীদের বিদায় জানালাম। সামনে অন্ধকার নগরী—যেখানে লুকিয়ে আছে ভাগ্যের শেষ পরীক্ষা। আলো পেরিয়ে আসা পরিবার আজ অন্ধকারের দরজায় দাঁড়িয়ে। আমাদের গল্প এখানেই গাঢ় হয়ে উঠছে।"

অধ্যায় ১২ – অন্ধকার নগরীতে প্রবেশ

দূর থেকে কালো নগরীটাকে যেন এক বিশাল পর্বতের মতো লাগছিল। চারপাশে কোনো আলো নেই, কেবল ঘন ছায়া শহরটাকে গিলে রেখেছে। নগরীর চারপাশে উঁচু প্রাচীর, যেন আকাশ ছুঁয়ে গেছে, আর প্রাচীরের গায়ে ছিল অদ্ভুত নকশা—যেন অসংখ্য চোখ তাদের দিকে তাকিয়ে আছে।

পরিবার একসঙ্গে দাঁড়িয়ে তাকিয়ে রইল।

অদ্রিজা প্রথমে ফিসফিস করে বলল—

—“এটা নগরী... না কি কোনো কারাগার?”

বাবা গভীর স্বরে উত্তর দিলেন—

—“কারাগারের মতোই। হয়তো এখানে আলো একেবারেই ঢোকে না।”

বিনি ডায়েরির পাতা খুলে দ্রুত লিখল—

“আজ আমরা দাঁড়িয়ে আছি অন্ধকার নগরীর দ্বারে। প্রাচীর যেন শ্বাস নিচ্ছে, আর ভেতরে লুকিয়ে আছে অচেনা ভয়।”

মা সায়নের হাত শক্ত করে ধরলেন।

—“আমরা এতদূর এসেছি। এখন ফিরে যাওয়া সম্ভব নয়।”

ঠিক তখনই প্রাচীর কেঁপে উঠল। বিশাল দরজাটি ধীরে ধীরে খুলতে শুরু করল, আর ভেতর থেকে বেরোল শীতল বাতাস—যেন কেউ তাদের বুকের ভেতরের উষ্ণতা টেনে নিচ্ছে।

সায়ন শ্বাস আটকে বলল—

—"এটা... সাধারণ বাতাস নয়। মনে হচ্ছে ভেতর থেকে কিছু আমাদের গিলে ফেলছে।"

দরজা পুরোপুরি খুলতেই চারপাশে নেমে এলো গাঢ় অন্ধকার। আলো-প্রান্তরের সব দীপ্তি মিলিয়ে গেল, কেবল নগরীর ভেতর থেকে আসছিল একটানা ফিসফিস শব্দ—যেন অসংখ্য অচেনা কণ্ঠ একইসঙ্গে ডাকছে।

বাবা ধীরে ধীরে এগিয়ে গেলেন।

—"এটাই হয়তো আমাদের পরবর্তী পথ। সাবধান থেকো। ভেতরে প্রবেশ করার পর আর কোনো আলো আমাদের সঙ্গে থাকবে না—আমরাই হব আমাদের আলো।"

পরিবার একে অপরের হাত শক্ত করে ধরল।

দরজার ওপারে দাঁড়িয়ে তারা প্রথমবার নগরীর অন্তহীন অন্ধকারে পা রাখল।

বিনি শেষবারের মতো ডায়েরিতে লিখল—

"আজ আমরা অন্ধকার নগরীর দ্বার পার হলাম। আলো আমাদের ছেড়ে গেছে, কিন্তু আমরা একে অপরকে আঁকড়ে আছি। সামনে কী আছে, কেউ জানি না।"

নগরীর ভেতরে পা রাখতেই তারা যেন অন্য জগতে এসে পড়ল। চারপাশে ঘন অন্ধকার, আকাশ দেখা যাচ্ছে না, মাটি কালচে পাথরে ঢাকা। কোনো ঘরবাড়ি নেই, কেবল অসংখ্য সরু গলিপথ চারদিকে ছড়িয়ে গেছে। প্রতিটি গলি একরকম নয়—কোথাও সিঁড়ির মতো উঁচু-নিচু, কোথাও আবার দেয়ালে অস্পষ্ট আকার নড়ছে, যেন ছায়ার ভেতর কিছু লুকিয়ে আছে।

অদ্রিজা থমকে দাঁড়িয়ে বলল—

—"আমরা কোন পথে যাব? সবগুলোই একরকম লাগছে।"

বাবা চারপাশে তাকালেন।

—"এটাই ফাঁদ। ছায়ার নগরী আমাদের বিভ্রান্ত করতে চাইছে।"

ঠিক তখনই এক অদ্ভুত শব্দ শোনা গেল। প্রতিটি গলি থেকে যেন কারও পায়ের আওয়াজ ভেসে আসছে। কিন্তু সামনে কাউকে দেখা গেল না।

সায়ন দাঁত চেপে বলল—

—"আমাদের নকল করছে।"

হঠাৎ দেয়ালের ছায়া থেকে আরেকটা ছায়া আলাদা হয়ে বেরিয়ে এলো। সেটা দেখতে সায়নের মতো, কিন্তু চোখ শূন্য। এরপর আরও ছায়া বেরোল—অদ্রিজা, মা, বাবা, এমনকি বিনি'র ছায়াও। প্রত্যেকটা ছিল নিস্তব্ধ, মুখে কোনো শব্দ নেই, কেবল শূন্য দৃষ্টি নিয়ে দাঁড়িয়ে আছে।

মা ভয়ে পেছিয়ে গেলেন।

—"এরা... আমরা নিজেরাই?"

বাবা ধীরে গম্ভীর স্বরে বললেন—

—"হ্যাঁ। এগুলো আমাদের ছায়া। আমাদের প্রতিটি পদক্ষেপ এরা নকল করবে। যদি ভুল করি, এরা সেই ভুলকে আমাদের বিরুদ্ধে ব্যবহার করবে।"

একটি ছায়া হঠাৎ অদ্রিজার দিকে এগিয়ে এলো। অদ্রিজা ভয় পেয়ে পিছিয়ে পড়তেই সায়নের ছায়া সামনে এসে তার পথ আটকে দিল।

বিনি কাঁপা হাতে ডায়েরি খুলে লিখল—

"ছায়ার গলিপথে আমরা নিজেদের প্রতিচ্ছবি দেখছি। এরা শুধু ছায়া নয়—আমাদের ভেতরের অন্ধকার, যা আমাদের আটকাতে চায়।"

বাবা হাত উঁচু করে বললেন—

—"সাবধান! এগুলোকে আঘাত করতে যেও না। ছায়াকে আঘাত করলে আঘাত আমাদের ওপরেই ফিরে আসবে।"

তাদের সামনে তখন একসঙ্গে নড়তে লাগল অসংখ্য ছায়া, যেন তারা সবাই মিলে নগরীর ভেতরে আটকে দিতে চাইছে।

অদ্রিজা কণ্ঠ কাঁপিয়ে বলল—

—"তাহলে আমরা কীভাবে এগোব?"

বাবা ধীরে উত্তর দিলেন—

—"আলো ছাড়া ছায়া টিকে না। আমাদের ভেতরের আলো—সেই ঐক্যই একমাত্র শক্তি।"

তারা সবাই একে অপরের হাত শক্ত করে ধরল। মুহূর্তেই তাদের শরীর থেকে হালকা দীপ্তি বেরোতে লাগল। সেই আলোয় ছায়াগুলো কেঁপে উঠল, আর একে একে মিলিয়ে যেতে শুরু করল।

অন্ধকার গলিপথ আবার খালি হয়ে গেল। কিন্তু তাদের বুকের ভেতর রয়ে গেল কাঁপুনি—কারণ তারা জানল, এই নগরীতে তাদের সবচেয়ে বড় শত্রু হলো তারা নিজেরাই।

বিনি ডায়েরিতে লিখল—

"আজ ছায়ার গলিপথে আমরা নিজেদের মুখোমুখি হলাম।

আলোয় একসাথে দাঁড়ালে ছায়া পালিয়ে যায়। কিন্তু আলো নিভে গেলে ছায়া আবার ফিরবে।”

ছায়ার গলিপথ অতিক্রম করার পর পরিবার অবশেষে একটি প্রশস্ত প্রান্তরে এসে দাঁড়াল। চারপাশে ছিল ভাঙাচোরা পাথরের দেয়াল, ধ্বংস হয়ে যাওয়া টাওয়ার, আর ফাঁকা রাস্তায় জমে থাকা ধুলো। কোনো শব্দ নেই—না বাতাসের হাওয়া, না কোনো প্রাণীর সাড়া।

অদ্রিজা চারপাশে তাকিয়ে ফিসফিস করে বলল—

—“এটা যেন এক মৃত শহর।”

সায়ন ধীরে মাথা নাড়ল।

—“না, মৃত নয়। মনে হচ্ছে... কেউ আমাদের দেখছে।”

মা কেঁপে উঠলেন।

—“কিন্তু কোথা থেকে? কেউ কোথাও নেই তো!”

ঠিক তখনই তারা শুনল অদ্ভুত এক শব্দ—হালকা ধাতব শব্দ, যেন কোথাও থেকে বর্মের ঘর্ষণ ভেসে আসছে। সবাই চুপ করে দাঁড়িয়ে রইল। চারপাশের ছায়া ঘন হয়ে উঠল, আর হঠাৎ ভাঙা এক জানালার ফাঁক থেকে দুটো চোখ জ্বলে উঠল। তারপর আরেকটা। তারপর আরও।

এক মুহূর্তেই চারদিকের ফাঁকা বাড়িগুলো থেকে জ্বলে উঠল অসংখ্য চোখ। তাদের দিকে স্থির তাকিয়ে আছে নিস্তব্ধ প্রহরীরা।

বাবা নিচু গলায় বললেন—

—“ওরা কেবল দেখছে... কিন্তু এখনো এগোচ্ছে না।”

প্রহরীদের কোনো দেহ নেই, কেবল কালো বর্মের আকার, আর ফাঁকা চোখ। ওরা দাঁড়িয়ে আছে একেবারে নিস্তব্ধ, কিন্তু তাদের উপস্থিতি এমন ভারী যে পরিবার শ্বাস নিতে পারছিল না।

অদ্রিজা কণ্ঠে সাহস আনার চেষ্টা করল—

—"হয়তো এরা আমাদের পথ আটকাবে না।"

কিন্তু তখনই একটি প্রহরী ধীরে ধীরে এগিয়ে এলো। তার পদক্ষেপে কোনো শব্দ নেই, কিন্তু মাটি কেঁপে উঠল। সে একেবারে পরিবারের সামনে এসে দাঁড়াল, তারপর হঠাৎ হাত উঁচু করল।

সঙ্গে সঙ্গে চারদিক থেকে প্রহরীরা একসঙ্গে নড়ল। নিস্তব্ধ নগরী ভরে উঠল কালো বর্মের ঝিলিক আর অদৃশ্য পদক্ষেপে।

মা আতঙ্কে চিৎকার করে উঠলেন—

—"ওরা... সবাই আমাদের দিকে আসছে!"

বিনি ডায়েরির পাতা কাঁপতে কাঁপতে লিখল—

"নিস্তব্ধ নগরীতে প্রথমবার আমরা প্রহরীদের দেখলাম। এরা কথা বলে না, শব্দ করে না—কেবল তাকিয়ে থাকে। আর যখন এগোয়, তখন মনে হয় যেন পুরো নগরী আমাদের গ্রাস করতে আসছে।"

বাবা গম্ভীর স্বরে বললেন—

—"সবাই প্রস্তুত হও। অন্ধকার এখন কেবল ছায়া দিয়ে নয়, প্রহরী দিয়েও আমাদের পরীক্ষা নেবে।"

চারদিক থেকে নিস্তব্ধ প্রহরীরা এগিয়ে আসতে লাগল। আলো ক্রমে মিলিয়ে যাচ্ছিল, আর সামনে শুরু হতে যাচ্ছিল এক ভয়ঙ্কর সংঘর্ষ।

প্রহরীরা চারদিক থেকে ঘিরে ধরতে শুরু করল। কোনো শব্দ নেই, কেবল নিস্তব্ধতার চাপা ভার। তাদের ফাঁকা চোখ যেন আলোর পরিবর্তে অন্ধকার ছড়িয়ে দিচ্ছিল।

অদ্রিজা কাঁপা গলায় বলল—

—"ওরা কিছু বলছে না, কিন্তু কেন মনে হচ্ছে মাথার ভেতরে গর্জন হচ্ছে?"

সায়ন হঠাৎ কপাল চেপে ধরল।

—"হ্যাঁ... আমি শুনছি। শব্দ না, যেন আমার নিজের ভয়গুলো বারবার কানে বাজছে।"

পরিবারের প্রত্যেকেই তখন বুঝতে পারল—প্রহরীরা নিঃশব্দে দাঁড়িয়ে থেকেও ভয়কে জাগিয়ে তুলছে। তাদের চারপাশে প্রতিধ্বনির মতো বাজতে লাগল অতীতের ভয়ঙ্কর স্মৃতি।

মায়ের কানে বাজল তার একাকীত্বের আর্তনাদ—

"যদি সবাই হারিয়ে যায়, তুমি একা পড়ে যাবে..."

বাবার মনে ভেসে উঠল তার ব্যর্থতার প্রতিধ্বনি—

"তুমি কিছুই করতে পারনি, কিছুই বদলাতে পারবে না..."

অদ্রিজার কানে বাজল তার দুর্বলতার কথা—

"তুমি সাহসী নও, তুমি কেবল অভিনয় করছো..."

সায়নের চারপাশে ঘুরে বেড়াচ্ছিল তার নিঃসঙ্গতার কণ্ঠ—

"তুমি কারো ওপর ভরসা করতে পারবে না, সবাই তোমাকে ছেড়ে যাবে..."

আর বিনি শুনতে পেল নিজের ভিতরের কঠিন কণ্ঠস্বর—
"তুমি কেবল একটা বাচ্চা। তোমার যন্ত্র কিছুই করতে পারেনি। তুমি শুধু অন্যদের বোঝা হয়ে আছো।"
সবার চোখে আতঙ্ক ছড়িয়ে পড়ল। অদৃশ্য প্রতিধ্বনি তাদের মন ভেঙে দিচ্ছিল, যেন ভয়কে অস্ত্রে পরিণত করা হয়েছে।
ঠিক তখনই বাবা দাঁত চেপে গর্জে উঠলেন—
—"না! এই প্রতিধ্বনি সত্য নয়। এটা আমাদের ভয়, কিন্তু ভয়কে সত্য হতে দিলে হবে না।"
তার কণ্ঠে জোর আসতেই প্রতিধ্বনিগুলো খানিকটা স্তব্ধ হলো। মা তার হাত শক্ত করে ধরে বললেন—
—"আমরা একসঙ্গে আছি। ভয় যতই প্রতিধ্বনিত হোক, আমরা একে অপরের কণ্ঠকে শুনব।"
অদ্রিজা চোখ বন্ধ করে চিৎকার করল—
—"আমি ভীত, কিন্তু ভয়ের প্রতিধ্বনি আমাকে থামাতে পারবে না!"
সায়ন গর্জন করে বলল—
—"আমার ভেতরের কণ্ঠ বলুক আমি একা, কিন্তু তোমরা আছো বলেই আমি একা নই!"
শেষে বিনি বুকের ভেতর কাঁপতে থাকা ভয়কে ছুঁয়ে বলল—
—"হ্যাঁ, আমি ছোট। কিন্তু ছোট হলেও আমি পারি। কারণ আমি একা নই।"
তাদের কণ্ঠ একসঙ্গে প্রতিধ্বনিত হতেই আশেপাশের প্রহরীরা থমকে গেল। কালো ছায়া ফেটে গিয়ে ভেঙে পড়ল নীরবতায়।

বিনি ডায়েরিতে লিখল—

“আজ প্রহরীরা আমাদের ভয় প্রতিধ্বনির মতো ফিরিয়ে দিয়েছিল। কিন্তু আমরা শিখলাম—ভয়কে জিততে দেওয়া মানেই নিজেকে হারানো। আমরা ভয়কে ভয় পাইনি, বরং তার ওপরে নিজেদের কণ্ঠ তুলেছি। আর সেখানেই মুক্তি।”

প্রহরীরা পিছিয়ে যেতে শুরু করল। নগরীর ভাঙাচোরা দেয়ালে নতুন আলোর রেখা ফুটে উঠল। পথ আবার উন্মুক্ত হলো।

প্রহরীরা সরে যাওয়ার পর পরিবার সামনে এগোলো। তারা পৌঁছাল এক বিশাল মোড়ে, যেখান থেকে অসংখ্য রাস্তা বেরিয়ে গেছে—সব একইরকম অন্ধকার, সব একইরকম ফাঁকা।

অদ্রিজা থেমে বলল—

—“এটা তো একেবারে গোলকধাঁধা।”

সায়ন কপাল কুঁচকে তাকাল।

—“কোন রাস্তা সঠিক, সেটা বোঝা যাচ্ছে না।”

ঠিক তখনই তাদের সামনে হঠাৎ আলো ঝলসে উঠল। চারটি আলাদা পথ উজ্জ্বল হয়ে দেখা দিল, প্রতিটি পথের শেষে যেন আলোকিত কোনো দৃশ্য ভেসে উঠছে।

প্রথমটিতে মা দেখলেন শান্ত এক বাড়ি—পরিবারের সবাই সুখে বসে আছে।

দ্বিতীয়টিতে বাবা দেখলেন তার ব্যর্থতা মুছে গিয়ে সাফল্যের প্রতীকী দৃশ্য।

তৃতীয়টিতে অদ্রিজা দেখল সে একা একাই নায়িকা হয়ে উঠেছে।

চতুর্থটিতে সায়ন দেখল অসংখ্য বন্ধুর ভিড়, যারা তাকে ঘিরে রেখেছে।

প্রতিটি দৃশ্য এত বাস্তব, এত আকর্ষণীয় যে তারা থমকে দাঁড়িয়ে গেল।

বিনি হতবাক হয়ে চারদিকে তাকাল।

—"এগুলো... সত্যি? নাকি আবার ছায়ার চালাকি?"

ঠিক তখনই আলোর ভিতর থেকে কণ্ঠ ভেসে এলো—

—"প্রত্যেকের ইচ্ছে এখানে পূর্ণ হবে। সঠিক পথ বেছে নাও।"

মা চোখ ভিজে বললেন—

—"যদি এটা সত্যি হয়... আমি এই পথটাই চাই।"

বাবা থেমে গম্ভীর কণ্ঠে বললেন—

—"কিন্তু যদি এটাই পরীক্ষা হয়? আমাদের দুর্বলতাকে ব্যবহার করে আটকে রাখার চেষ্টা?"

অদ্রিজা দাঁত চেপে ফিসফিস করল—

—"আমার ভিতরের অহংকার... ওরা এটাকেই অস্ত্র করছে।"

হঠাৎ চারপাশে আবার ভেঙে পড়ল প্রতিধ্বনির মতো ফিসফিস—

"তুমি ব্যর্থ... তুমি একা... তুমি দুর্বল..."

বাবা সোজা হয়ে দাঁড়ালেন।

—"না। আমরা একসঙ্গে আছি। আমাদের আসল পথ কোনো বিভ্রম নয়।"

তিনি সবার হাত শক্ত করে ধরলেন। একসঙ্গে চোখ বন্ধ করে তারা ঐ দৃশ্যগুলোর দিকে না তাকিয়ে একসঙ্গে হাঁটতে শুরু করল।

মুহূর্তেই চারটি উজ্জ্বল পথ মিলিয়ে গেল, অন্ধকার কেঁপে উঠল, আর সামনে দেখা দিল একটি সোজা রাস্তা।

বিনি ডায়েরিতে লিখল—

"আজ বিভ্রমের মায়াজালে আমরা আটকে পড়েছিলাম। প্রতিটি পথ আমাদের হৃদয়ের দুর্বলতাকে টেনে নিতে চাইছিল। কিন্তু ঐক্যই দেখাল আসল পথ। যতক্ষণ আমরা একসঙ্গে আছি, কোনো মায়াজালই আমাদের ভাঙতে পারবে না।"

তারা অন্ধকারের ভেতর দিয়ে সামনে এগিয়ে গেল, যেখানে নতুন এক পরীক্ষা অপেক্ষা করছিল।

অন্ধকার সরু পথ ধরে এগোতে এগোতে তারা বুঝতে পারল—চারপাশ নিস্তব্ধ হলেও অদ্ভুত এক চাপা উপস্থিতি তাদের ঘিরে আছে। বাতাস ঠান্ডা, অথচ ঘামে ভিজে যাচ্ছিল হাত-পা।

অদ্রিজা ফিসফিস করে বলল—

—"আমাদের কেউ অনুসরণ করছে... আমি নিশ্চিত।"

সায়ন চারপাশে তাকাল, কিন্তু কিছুই দেখা গেল না।

—"কোথায়? আমি তো কাউকে দেখতে পাচ্ছি না।"

ঠিক তখনই হঠাৎ মায়ের কাঁধে ঠান্ডা স্পর্শ! তিনি চমকে উঠলেন।

—"কে... কে ওখানে?"

কিন্তু কারোই দেখা গেল না। কেবল বাতাস কেঁপে উঠল, আর অদৃশ্য পদক্ষেপের শব্দ ধ্বনিত হলো চারদিক থেকে।

বাবা দাঁত চেপে বললেন—

—"এগুলো অদৃশ্য প্রহরী। মনে হচ্ছে নতুন পরীক্ষার শুরু।"

প্রতিধ্বনির মতো এক কণ্ঠ শোনা গেল—

—"যারা চোখে দেখা যায় না, তাদের ভয়কে জিততে হলে নিজের ভেতরের চোখ খুলতে হবে। না হলে পথ বন্ধ হয়ে যাবে।"

বিনির বুক ধড়ফড় করতে লাগল। সে ডায়েরি খুলে লিখল— "অদৃশ্য প্রহরীরা আমাদের ঘিরে আছে। দেখা যাচ্ছে না, অথচ অনুভব হচ্ছে। এর মানে, আমাদের চোখ নয়—মনের শক্তিই হবে দিশারি।"

অদ্রিজা গভীর শ্বাস নিল।

—"চোখ বন্ধ করো। চোখে কিছুই ধরা পড়বে না। কিন্তু যদি কল্পনা করি, তবে ওদের উপস্থিতি বুঝতে পারব।"

সবাই চোখ বন্ধ করল। প্রথমে অন্ধকার, তারপর ধীরে ধীরে ভেতরে ভেসে উঠতে লাগল অস্পষ্ট আকার। ছায়ার মতো অসংখ্য সত্তা তাদের ঘিরে আছে—তাদের দেহ দেখা যাচ্ছে না, কিন্তু শক্তির ঢেউ ছড়িয়ে পড়ছে।

সায়ন চিৎকার করে উঠল—

—"আমি ওদের দেখতে পাচ্ছি! ছায়ার মতো, কিন্তু বাস্তব।"

বাবা গম্ভীর কণ্ঠে বললেন—

—"ওরা আক্রমণ করতে আসেনি। ওরা চাইছে আমরা ভয়কে

চিনে নিই। যতক্ষণ অস্বীকার করব, ততক্ষণ ওরা অদৃশ্য থাকবে।"

মা মৃদুস্বরে বললেন—

—"তাহলে আমাদের ভয় স্বীকার করলেই ওরা সরে যাবে?"

অদ্রিজা কাঁপা গলায় বলল—

—"আমি ভয় পাই একা পড়ে যেতে... আমি স্বীকার করছি।"

তার সামনে দাঁড়ানো এক ছায়া মুহূর্তেই মিলিয়ে গেল।

সায়ন বলল—

—"আমি ভয় পাই আমার দুর্বলতাকে—সবাই আমাকে তুচ্ছ ভাববে। আমি স্বীকার করছি।"

আরেকটা ছায়া ভেঙে গেল।

মা ফিসফিস করে বললেন—

—"আমি ভয় পাই তোমাদের হারাতে... আমি স্বীকার করছি।"

বাবা ধীরে বললেন—

—"আমি ভয় পাই ব্যর্থতাকে... কিন্তু আমি মানছি।"

শেষে বিনি দাঁড়াল। তার চোখ ভিজে উঠেছিল।

—"আমি ভয় পাই আমার স্বপ্নগুলোকে ভেঙে যেতে। কিন্তু আজ আমি স্বীকার করছি।"

শেষ ছায়াটিও মিলিয়ে গেল। চারপাশ আবার শান্ত হয়ে উঠল।

অন্ধকার ভেদ করে হঠাৎ এক সরু আলোর রেখা সামনে তৈরি হলো। পথ আবার খুলে গেল।

অনন্তের টানে

বিনি ডায়েরিতে লিখল—

“অদৃশ্য প্রহরীরা আমাদের চোখে ধরা পড়েনি, কিন্তু হৃদয়ে অনুভব হয়েছিল। আজ শিখলাম—যতক্ষণ আমরা ভয়কে লুকাই, ওরা শক্তিশালী থাকে। কিন্তু স্বীকার করলেই অদৃশ্য ভয়ের বাঁধন ভেঙে যায়।”

তারা আলোর পথে পা বাড়াল, সামনে অপেক্ষা করছে আরও গভীর রহস্য।

আলোর রেখা পেরিয়ে তারা হঠাৎ এসে দাঁড়াল এক বিশাল শূন্য প্রান্তরে। চারদিকে ধূলো আর বালির ঝড়, চোখে কিছুই দেখা যাচ্ছে না। আকাশ ম্লান, বাতাসে কেবল শুকনো মরুর হাহাকার।

সায়ন মুখ ঢেকে কেশে নিল।

—“এটা তো মরুভূমি! কিন্তু এখানে কোনো পথ নেই।”

অদ্রিজা ভ্রু কুঁচকে বলল—

—“এ মরুভূমি কেবল বালি নয়। আমি... আমি যেন নিজের পুরোনো স্মৃতির ভেতরে প্রবিষ্ট হচ্ছি।”

ঠিক তখনই মা চমকে উঠে কাঁপা গলায় বললেন—

—“আমি... আমি আবার সেই দিনটা দেখছি, যেদিন তোমাদের হারানোর ভয় পেয়েছিলাম...”

চারপাশে যেন বালির মধ্যে প্রতিচ্ছবি গড়ে উঠতে লাগল। প্রত্যেকের গভীর স্মৃতিগুলো—যা তারা ভুলতে চেয়েছিল, যা তারা কখনো কারও সঙ্গে ভাগ করেনি।

বাবা হাঁটু গেড়ে বসে পড়লেন।

—"আমি আমার প্রথম ব্যর্থতার দিন দেখছি... সেই দিন থেকে আমি ভেবেছিলাম, আমি আর কখনো পারব না।"

সায়ন দাঁত চেপে তাকাল—

—"আমি দেখছি স্কুলে সবাই যখন আমাকে উপহাস করত... বলত আমি একা, কারও বন্ধু নই।"

অদ্রিজা চোখ বন্ধ করল।

—"আমার মনে পড়ছে... আমি বারবার সাহসী সাজতাম, কিন্তু ভেতরে আমি ভেঙে পড়েছিলাম।"

বিনি হতবাক হয়ে চারপাশে তাকাল। তার সামনে গড়ে উঠেছে সেই দিন, যেদিন প্রথম যন্ত্রটা কাজ করেনি। সবাই তাকে হেসেছিল, বলেছিল সে শুধু স্বপ্নবাজ।

তার চোখ ভিজে উঠল।

—"এটা... আমার সব লজ্জার দিন।"

মরুভূমি যেন তাদের দুর্বলতাকে জাগিয়ে তুলছিল। প্রতিটি পদক্ষেপ ভারী হয়ে যাচ্ছিল, যেন স্মৃতির বোঝায় বালি তাদের পা টেনে ধরছে।

মা অসহায়ের মতো বললেন—

—"আমরা যদি এভাবে আটকে যাই... তাহলে কখনো বের হতে পারব না।"

তখন বাবার কণ্ঠ গম্ভীর হয়ে উঠল।

—"না। এ মরুভূমি আমাদের শাস্তি দিতে নয়, আমাদের শেখাতে এসেছে। স্মৃতিকে ভয় করলে এরা বোঝা হয়ে যাবে। কিন্তু স্মৃতিকে মেনে নিলে, এরা পথ হয়ে উঠবে।"

অদ্রিজা চোখ মুছে বলল—

—"হ্যাঁ... এই কষ্টগুলোই তো আমাকে শক্ত করেছে।"

সায়ন মুষ্টি আঁটল।

—"আমার নিঃসঙ্গতাই আমাকে তোমাদের প্রয়োজন শিখিয়েছে।"

মা ফিসফিস করে বললেন—

—"ভয় আমাকে পরিবার আঁকড়ে ধরতে শিখিয়েছে।"

বিনি গভীর শ্বাস নিয়ে বলল—

—"আমার ব্যর্থতাই আমাকে বারবার দাঁড়াতে শিখিয়েছে। আর সেখানেই আমি আমার সত্যিকারের শক্তি খুঁজেছি।"

মুহূর্তেই মরুভূমি কেঁপে উঠল। প্রতিচ্ছবিগুলো ভেঙে বালির ঝড়ে মিশে গেল। বালির ঝড় থেমে গিয়ে দূরে একটি উজ্জ্বল দরজা দেখা দিল।

বিনি ডায়েরিতে লিখল—

"স্মৃতির মরুভূমি আমাদের ভেঙে ফেলতে আসেনি। বরং শিখিয়েছে—অতীত আমাদের শত্রু নয়, আমাদের শিক্ষক। প্রতিটি আঘাত, প্রতিটি কষ্ট আমাদের নতুন করে গড়েছে। আর সেই স্মৃতি দিয়েই আমরা সামনে এগোতে পারি।"

তারা সবাই একে অপরের হাত ধরে দরজার দিকে এগিয়ে গেল।

দরজা পেরিয়ে পরিবার প্রবেশ করল এক অপরূপ প্রান্তরে। চারদিক নিস্তব্ধ, কেবল দূরে শোনা যাচ্ছে জলের স্রোতের শব্দ। তারা হাঁটতে হাঁটতে পৌঁছাল এক বিশাল ঝর্ণার

সামনে—অসীম উচ্চতা থেকে স্বচ্ছ জলের ধারা নেমে আসছে, সূর্যের আলোয় রঙিন রামধনু ফুটে উঠছে।

অদ্রিজা বিস্ময়ে ফিসফিস করল—

—"এটা... এত সুন্দর! যেন অন্ধকারের মধ্যে হঠাৎ আলোয় ভরা স্বপ্ন।"

কিন্তু বাবার চোখ তীক্ষ্ণ হয়ে উঠল।

—"না, এই সৌন্দর্য কেবল চোখের জন্য নয়। এর ভেতরে নিশ্চয়ই নতুন পরীক্ষা লুকিয়ে আছে।"

তারা ঝর্ণার কাছে এগোতেই হঠাৎ জলের ধারা অদ্ভুতভাবে ঝিকমিক করতে লাগল। প্রতিটি জলের ফোঁটা আয়নার মতো রূপ নিচ্ছে। আর সেই আয়নায় ফুটে উঠছে তাদের প্রতিচ্ছবি।

কিন্তু সেগুলো ছিল না সাধারণ প্রতিচ্ছবি।

মা দেখলেন তার মুখে বয়সের রেখা অনেক গভীর, চোখে ক্লান্তি, আর ঠোঁটে ব্যর্থতার ছাপ।

বাবা দেখলেন নিজের ছায়া—ভেঙে পড়া, নিরাশ, মাথা নত করা একজন মানুষ।

অদ্রিজা দেখল নিজের প্রতিচ্ছবি—সাহস হারিয়ে ফেলা, ভীরু আর অসহায় এক মেয়ে।

সায়ন দেখল একেবারে একা, ফাঁকা প্রান্তরে দাঁড়িয়ে থাকা নিজের চেহারা।

আর বিনি দেখল তার যন্ত্র ভেঙে গেছে, আর সবাই তাকে ছেড়ে চলে গেছে।

মা কেঁপে উঠলেন।

—"এগুলো... আমাদের ভবিষ্যৎ?"

ঝর্ণার গর্জনের ভেতর থেকে কণ্ঠ ভেসে এলো—

—"না, এগুলো তোমাদের ভয়ের প্রতিচ্ছবি। তোমরা যেমন ভাব, জল তেমন ছবি আঁকে।"

অদ্রিজা দাঁত চেপে বলল—

—"মানে... যদি আমরা ভয় পাই, জল আমাদের ভয়কেই ফিরিয়ে দেবে?"

কণ্ঠ উত্তর দিল—

—"হ্যাঁ। কিন্তু যদি সাহসী হও, তবে ঝর্ণা তোমাদের শক্তিকে প্রতিফলিত করবে।"

পরিবার একে অপরের দিকে তাকাল। মা গভীর শ্বাস নিয়ে চোখ বন্ধ করলেন।

—"আমি চাই না ক্লান্তির ছাপ আমাকে সংজ্ঞায়িত করুক। আমি শক্ত মা, যে পরিবারকে আগলে রাখবে।"

তার প্রতিচ্ছবি বদলে গেল—এবার দেখা গেল দৃঢ়, উজ্জ্বল মুখের এক নারী।

বাবা ধীরে বললেন—

—"আমি ব্যর্থতার বোঝা বহন করব না। আমি এমন একজন, যে বারবার দাঁড়ায়, বারবার লড়ে।"

তার প্রতিচ্ছবিও বদলে গেল—দৃঢ়, সাহসী, আলোকিত।

অদ্রিজা বলল—

—"আমি ভীরু নই। আমি সাহসী, কারণ আমি ভয়কে স্বীকার করি।"

তার প্রতিচ্ছবিতে শক্তির দীপ্তি ফুটে উঠল।

সায়ন বলল—

—"আমি একা নই। আমার পাশে আছো তোমরা।"

তার প্রতিচ্ছবি বন্ধুত্ব আর ঐক্যের আলোয় ভরে উঠল।

শেষে বিনি ফিসফিস করে বলল—

—"আমার যন্ত্র ভাঙলেও আমি ভাঙব না। আমার ভেতরের আলোই আসল শক্তি।"

তার প্রতিচ্ছবিতে দেখা গেল এক উজ্জ্বল শিশু, যে নিজের আলোয় দাঁড়িয়ে আছে।

হঠাৎ পুরো ঝর্ণা আলোকিত হয়ে উঠল। জলের স্রোত সোনালি আভায় ঝলসে উঠল, আর নিচে তৈরি হলো এক উজ্জ্বল সেতু, যা তাদের সামনে পথ করে দিল।

বিনি ডায়েরিতে লিখল—

"প্রতিচ্ছবির ঝর্ণা আমাদের ভয়কে ফিরিয়ে দিয়েছিল। কিন্তু আমরা ভয় নয়, সাহস বেছে নিলাম। আসল প্রতিচ্ছবি কখনো আয়নায় নয়, আমাদের নিজের ভেতরে। আমরা যদি নিজেদের বিশ্বাস করি, তবে ভয় নিজেই মুছে যায়।"

তারা সেতু পেরিয়ে এগিয়ে গেল পরবর্তী রহস্যময় অঞ্চলের দিকে।

ঝর্ণার সেতু পেরোতেই চারদিকের দৃশ্য আবার বদলে গেল। তারা এসে দাঁড়াল এক বিশাল প্রাঙ্গণে, যেখানে অসংখ্য আলোর স্তম্ভ আকাশ ছুঁয়ে উঠেছে। প্রতিটি স্তম্ভ থেকে ঝলসে বের হচ্ছে সাদা-নীল আলো, আর সেই আলো মিলে তৈরি করছে এক জটিল গোলকধাঁধা।

সায়ন বিস্ময়ে চারদিকে তাকিয়ে বলল—

—“এটা তো একেবারে আলোর শহর!”

অদ্রিজা ভ্রু কুঁচকে ফিসফিস করল—

—“না, শহর নয়। এ এক গোলকধাঁধা। আলো দিয়ে তৈরি, কিন্তু এর ভেতর পথ খুঁজে পাওয়া অসম্ভব।”

তারা এক ধাপ ভেতরে ঢুকতেই বোঝা গেল—আলোর দেওয়ালগুলো স্থির নয়। প্রতি কয়েক মুহূর্তে বদলে যাচ্ছে, নতুন পথ তৈরি করছে, পুরনো পথ বন্ধ হয়ে যাচ্ছে।

মা উৎকণ্ঠায় বললেন—

—“আমরা যদি ঢুকে যাই আর আলো পথ বন্ধ করে দেয়, তাহলে তো আমরা চিরদিনের জন্য আটকে যাব!”

ঠিক তখনই আবার কণ্ঠ ভেসে এলো, গভীর অথচ স্নিগ্ধ—

—“আলোর গোলকধাঁধা অন্ধকারের মতোই বিপজ্জনক। আলো কেবল তোমাদের সামনে দিশা দেখায় না, বিভ্রান্তও করতে পারে। মনে রেখো—আসল পথ দেখা যায় না, অনুভব করা যায়।”

বাবা ধীরে ধীরে বললেন—

—“মানে, আমরা চোখের ওপর নির্ভর করতে পারব না। আমাদের ভেতরের বিশ্বাসই দিকনির্দেশ করবে।”

তারা এগোতে শুরু করল। কিন্তু প্রতিটি পদক্ষেপে নতুন সমস্যা আসছিল। কোনো পথ উজ্জ্বল হয়ে ডাকছিল, আবার মুহূর্তে অদৃশ্য হয়ে যাচ্ছিল। কোথাও কোথাও আলো এত তীব্র হচ্ছিল যে চোখ রাখা যাচ্ছিল না।

অদ্রিজা দাঁত চেপে বলল—

—"আলো যতই ঝলকাক, আমি বিভ্রান্ত হব না।"

সে চোখ বন্ধ করে হাঁটা শুরু করল। আশ্চর্যজনকভাবে তার পা ভুল পথে পড়ল না।

সায়ন দ্বিধায় বলল—

—"চোখ বন্ধ করে হাঁটা? এটা তো পাগলামি!"

অদ্রিজা হেসে উত্তর দিল—

—"চোখ দিয়ে আলোকে বোঝা যায়, কিন্তু বিশ্বাস দিয়ে দিককে বোঝা যায়।"

এক এক করে সবাই চোখ বন্ধ করল। তারা হাত ধরে ধীরে ধীরে এগোতে লাগল। আলো চারদিকে বদলাচ্ছে, কিন্তু ভেতরের বিশ্বাস যেন তাদের সঠিক পথে রাখছিল।

একসময়ে সামনে উজ্জ্বল এক দরজা ফুটে উঠল। যেন গোলকধাঁধার কেন্দ্রে গিয়ে তারা সঠিক পথ খুঁজে পেয়েছে।

বিনি ডায়েরিতে লিখল—

"আলোর গোলকধাঁধা আমাদের শিখিয়েছে—সবসময় যা ঝলমল করে, তাই পথ নয়। চোখ আমাদের বিভ্রান্ত করতে পারে, কিন্তু বিশ্বাস কখনো ভুল পথে নেয় না। অন্ধকার যেমন ভয় দেখায়, আলোও বিভ্রম তৈরি করতে পারে। আসল আলো আমাদের ভেতরেই।"

তারা দরজা পেরিয়ে নতুন অঞ্চলে প্রবেশ করল, যেখানে শেষ পরীক্ষার ইঙ্গিত অপেক্ষা করছে।

দরজা পেরোতেই চারপাশের পরিবেশ বদলে গেল। তারা এসে দাঁড়াল এক বিশাল হলঘরে, চারদিকে স্ফটিকের দেয়াল

ঝলমল করছে। মাঝখানে দাঁড়িয়ে আছে এক অদ্ভুত সত্তা—আধা মানুষ, আধা আলো, যার চোখে নক্ষত্রের দীপ্তি, আর কণ্ঠস্বর ধ্বনিত হচ্ছে সমগ্র প্রাঙ্গণে।

প্রহরী তাদের দিকে তাকিয়ে বলল—

—"তোমরা বহু পথ অতিক্রম করেছ—ভয়, বিভ্রম, স্মৃতি আর আলো। কিন্তু শেষ পরীক্ষায় জয়ী না হলে এই যাত্রা অসম্পূর্ণ থাকবে। আমি সমাপ্তির প্রহরী। আমি তোমাদের সিদ্ধান্ত যাচাই করব।"

মা কণ্ঠ কাঁপিয়ে বললেন—

—"কেমন সিদ্ধান্ত?"

প্রহরী ধীরে ধীরে হাত তুলল। মুহূর্তেই তার সামনে তিনটি দরজা ফুটে উঠল। প্রতিটি দরজা আলাদা রঙে ঝলমল করছে।

প্রথম দরজায় শান্ত সবুজ আভা—সেখানে দেখা যাচ্ছে সাধারণ পারিবারিক জীবন, যেখানে কোনো বিপদ নেই, কেবল নিরাপদ আর শান্তি।

দ্বিতীয় দরজায় সোনালি আভা—যেখানে জ্ঞান, খ্যাতি আর অসীম সাফল্যের প্রতিশ্রুতি।

তৃতীয় দরজায় রক্তিম আলো—যেখানে অনিশ্চয়তা, অজানা ভ্রমণ, আর নতুন রহস্য অপেক্ষা করছে।

প্রহরী বলল—

—"প্রত্যেক দরজা ভিন্ন ভবিষ্যৎ নিয়ে যাবে। তোমরা কেবল একটি বেছে নিতে পারবে।"

অদ্রিজা ধীরে বলল—

—"মানে... আমাদের সিদ্ধান্তই হবে আসল সমাপ্তি?"

প্রহরী মাথা নেড়ে উত্তর দিল—

—"হ্যাঁ। সংকেত কেবল পথ দেখায়। কিন্তু চলার শক্তি আর ভবিষ্যৎ তোমাদের হাতে।"

পরিবার একে অপরের দিকে তাকাল। মা ফিসফিস করে বললেন—

—"আমি নিরাপত্তা চাই, তোমাদের হারানোর ভয় আর নিতে পারব না।"

বাবা দীর্ঘশ্বাস ফেললেন—

—"কিন্তু আমরা যদি শান্তির পথ বেছে নিই, তাহলে কি আমাদের শেখা সব বৃথা যাবে না?"

সায়ন দৃঢ় কণ্ঠে বলল—

—"আমি খ্যাতি চাই না। আমি চাই এমন পথ, যেখানে আমরা একসঙ্গে থাকব।"

অদ্রিজা মুষ্টি আঁটল।

—"আমার মনে হয় আমরা অজানার পথ বেছে নেওয়া উচিত। কারণ প্রতিটি ধাপই তো আমাদের নতুন করে তৈরি করেছে।"

সবাই চুপ হয়ে গেল। অবশেষে বিনি সামনে এগিয়ে এসে বলল—

—"আমি যন্ত্রটা বানিয়েছিলাম অজানাকে খুঁজে বের করার জন্য। আমরা এতদূর এসেছি শুধু নিরাপদে ফিরে যাওয়ার

জন্য নয়, বরং নতুনকে জানার জন্য। আমি চাই আমরা তৃতীয় দরজা বেছে নিই।”

বাবা-মা একে অপরের দিকে তাকালেন। ধীরে ধীরে তারা মাথা নেড়ে সম্মতি দিলেন।

প্রহরীর চোখ উজ্জ্বল হয়ে উঠল।

—“তাহলে তোমরা প্রস্তুত। অজানাকে বেছে নেওয়ার মধ্যেই সত্যিকারের শক্তি।”

রক্তিম দরজা ধীরে ধীরে খুলে গেল, আর ভেতর থেকে আলোর প্রবল স্রোত বেরিয়ে এসে পুরো প্রাঙ্গণ ভরিয়ে দিল।

বিনি ডায়েরিতে লিখল—

“সমাপ্তির প্রহরী আমাদের সামনে তিনটি ভবিষ্যৎ রেখেছিল। আমরা নিরাপদ পথ বা খ্যাতির পথ বেছে নিতে পারতাম। কিন্তু আমরা বেছে নিয়েছি অজানা। কারণ যাত্রার শেষ মানেই নতুন যাত্রার শুরু।”

আলো তাদের সবাইকে ঘিরে ফেলল, আর মুহূর্তেই তারা মিলিয়ে গেল সেই দরজার ভেতরে—যেখানে অপেক্ষা করছে নতুন এক অধ্যায়।

এপিলগ – সিঁড়ির ওপারে অনন্ত

আলোক-ঝড় থেমে এসেছে। পরিবার একসাথে দাঁড়িয়ে আছে উজ্জ্বল প্রান্তরের কিনারে। চারপাশে নিরবতা, শুধু দূরে অনন্ত আকাশে নক্ষত্রেরা ধীরে ধীরে ঘুরছে। মনে হলো যেন সময়ও এখানে থমকে গেছে।

মা ধীরে বললেন—

—"সব পরীক্ষা শেষ... তাই তো?"

কিন্তু বাবার চোখে ছিল গভীর চিন্তা।

—"না। প্রতিটি শেষই আসলে এক নতুন শুরু।"

ঠিক তখনই আকাশে আলোর ঢেউ কেঁপে উঠল। নক্ষত্রগুলো জটলা করে এক বিশাল প্রতীক গঠন করল—একটি অসীম চিহ্ন (∞)। প্রতীকের ভেতর থেকে গর্জনের মতো কণ্ঠ ভেসে এলো—

—"তোমরা প্রথম যাত্রা সম্পূর্ণ করেছ। কিন্তু অনন্তের টান থেমে থাকে না। সামনের পথ আরও দূরে, আরও গভীরে নিয়ে যাবে।"

অদ্রিজা শ্বাস আটকে ফিসফিস করল—

—"মানে... এটাই কেবল শুরু?"

বিনি ডায়েরির শেষ পাতায় লিখল—

"আজ আমরা সিঁড়ির শেষ ধাপে পৌঁছেছি। ভেবেছিলাম সমাপ্তি পেলাম, কিন্তু দেখলাম এর নাম অনন্তের আহ্বান। সিঁড়ি শেষ হয়নি, বরং রূপ বদলেছে। নতুন পথে ডাক

আসছে। জানি না, সেই পথে আলো থাকবে নাকি অন্ধকার, কিন্তু জানি—আমরা একসাথে এগোব।"

হঠাৎ মাটি ফেটে গিয়ে আবার একটি দরজা গড়ে উঠল। তবে এবার তা আলোর নয়—ছায়া ও তারার মিশ্রণে তৈরি। দরজা ধীরে ধীরে খুলে গেল, ভেতরে দেখা গেল অসীম অজানা পথ, যেখানে আলো আর অন্ধকার পাশাপাশি বইছে।

সায়ন দাঁত চেপে বলল—

—"যা-ই থাকুক, এবার আমরা প্রস্তুত।"

পরিবার একে অপরের হাত শক্ত করে ধরল। আকাশে অসীম প্রতীক জ্বলজ্বল করতে লাগল, আর কণ্ঠ আবার প্রতিধ্বনিত হলো—

—"স্বাগতম, পথিকেরা। অনন্তের যাত্রা কেবল শুরু হলো।"

তাদের পায়ের নিচের প্রান্তর হঠাৎ ভেসে উঠল, আর সবাই ধীরে ধীরে দরজার ভেতরে মিলিয়ে গেল।

আকাশে শুধু রয়ে গেল দীপ্ত অসীম চিহ্ন, যেন ফিসফিস করে বলছে—

"অনন্তের টানে... শেষ নেই।"

চলবে.................. (আসছে দ্বিতীয় খণ্ড)

www.ingramcontent.com/pod-product-compliance
Lightning Source LLC
LaVergne TN
LVHW040423051026
849517LV00002B/436

9798231112685